THE VALLEY 3 : 벗어날 수 없는 계곡

DAS TAL SEASON 1.3 DER STURM by Krystyna Kuhn

© 2010 Arena Verlag GmbH, Würzburg, Germany
Korean Translation Copyright © 2017 by Dasan Books Co., Ltd.
All rights reserved.

The Korean language edition is published by arrangement with
Arena Verlag GmbH through MOMO Agency, Seoul.

THE VALLEY 3

벗어날 수 없는 계곡

크리스티나 쿤 지음 · 강혜경 옮김

차 례

프롤로그

2010년 11월 11일 하루 전.

오! 주의 어머니, 성모마리아여!

모든 성녀들의 어머니여!

율리아는 기도문을 중얼거리며 힘겹게 길을 따라 올라갔다. 온 천지가 물바다여서 걸음을 내딛기가 여간 힘든 게 아니었다. 지난밤부터 쉴 새 없이 비가 내렸고 거센 바람까지 가세해 율리아의 얼굴에 차가운 빗방울을 뿌려댔다.

하필이면 왜 오늘 같은 날 그런 엉뚱한 제식을 치르고 와야겠다는 생각이 들었는지 율리아 스스로도 이해할 수가 없었다. 베를린에서 가톨릭 학교에 다니긴 했었지만 그렇다고 특별히 독실한 가톨릭 신자로 자란 건 아니었는데 말이다.

고개를 들어 하늘을 올려다보자 시꺼먼 먹구름이 덮인 하늘에는 바늘구멍만 한 틈조차 보이지 않았다.

11월 11일.

영령 기념일. 고인들의 영혼을 기리는 날.

율리아는 벌써 한 달 넘게 추모비에 가지 않았다. 그리고 오늘 아침 눈을 떴을 때까지만 해도 거기 갈 계획은 없었다. 그런데 브랜던 교수의 철학 세미나 시간에 프리드리히 니체에 대한 지루한 강의를 듣던 중 불현듯 성인들의 이름이 떠올랐던 것이었다.

이상한 일이야. 요즘은 혼자 있을 때조차 거의 독일어로 생각하지 않는데.

그녀는 어느새 쌍둥이 남동생인 로버트와 단둘이 있을 때도 영어로 얘기하는 데 더 익숙해져 있었다.

빗방울이 또 그녀의 뺨을 때렸다. 거의 수평으로 날아오는 커다란 빗방울은 날카로운 바늘처럼 따끔거렸다. 한겨울 같은 찬 공기. 날씨에 비해 옷은 너무 얇았고 게다가 이미 비에 흠뻑 젖어 있었다. 사방에는 온통 하늘을 찌를 듯 높이 솟은 검푸른 가문비나무뿐이었다. 나무들은 모두 같은 목표, 즉 빛을 쟁취하기 위해 힘겨루기를 하고 있었다. 가죽 없는 뼈처럼 앙상한 가지들을 하늘로 뻗고 있는 나무들은 기괴해 보이기까지 했다.

율리아는 질퍽거리는 흙바닥을 딛고 앞으로 나아가느라 몸시 애를 먹었다. 신발은 이미 흙투성이가 된 지 오래였다.

캠퍼스 어디에서도 꽃이라곤 구할 수 없었기 때문에 그녀는 추모비에 놓을 꽃 한 다발조차 들고 오지 않았다. 심지어 캐나다에서 영령 기념일 때 무덤에 갖다놓곤 하는 그 흔한 개양귀비 조화조차 없었다. 그녀는 빈손으로 아빠의 산소에 가는 사람처럼 부끄러운 마음이 들었다.

아니, 여긴 아빠의 산소가 아니야. 그냥 이 계곡에서 내가 찾아가볼 수 있는 유일한 추모지일 뿐이야.

성인 페르페투아!

그녀는 성인들 중 그 이름이 제일 마음에 들었다.

성스러운 고행자들이시여, 우리를 위해 기도해주소서!

어쩌면 그 이름은 그녀가 예배 시간 때 학교 강당에서 반 친구들과 함께 성인들의 이름이 촌스럽다며 깔깔대고 웃었던 덕분에 기억에 남았을지도 몰랐다. 그리고 한편으로는 실제로 살다가 힘든 상황이 닥치면 그 성인들이 자신을 도와줄지도 모른다는 일종의 희망 같은 것이 마음속에 남아 있었을지도.

마침내 폐쇄 구역 앞에 있는 다리에 다다르자 율리아는 발걸음을 늦추었다. 거기에서 추모비가 있는 곳으로 가는 갈림길이 시작되었다.

전날 내린 심한 폭우, 아니 눈과 비가 뒤섞인 진눈깨비 때문에 목재로 된 다리는 빙판처럼 미끄러웠다. 그 느낌이 얇은 운동화 밑창을 통해 고스란히 전해졌다. 맞은편에서 폭포가 꿍음을 내며 바위 아래로 떨어지고 있었다. 그 소리에 율리아는 온몸을 부르르 떨었다. 얼굴은 이미 비로 흠뻑 젖어 있었다.

그녀는 마주 부는 바람을 온몸으로 버티며 그레이스 대학교가 있는 쪽을 돌아보았다. 본관 건물 위층에 있는 방들은 거의 불이 환하게 켜져 있었고 세미나실과 구내식당 그리고 로비도 마찬가지였다. 역시 그레이스는 그곳의 자연경관에는 전혀 어울리지 않는 이질적인 구조물이었다. 본래부터 자연에 소속되어 있지 않은 것을 자연 한가운데 박아놓은 느낌이랄까.

환한 불빛들을 보자 율리아는 잠시 타이타닉 호가 떠올랐다. 그 거대한 증기선이 한밤중에 빙산과 충돌해 가라앉던 장면이.

다만 다른 점이 있다면 지금은 밤이 아니라 비 내리는 11월의 낮이라는 것.

그리고 그녀는 대서양 위가 아니라 계곡 안에 있다는 것.

하지만 그래도 때론 같은 결론으로 치달을 수도 있지.

가식적인 아름다움. 고립. 그리고 상상할 수 없는 잔혹함.

그녀는 이를 악물고서 잡초 사이로 난 좁은 샛길을 따라갔다. 자기도 모르게 발걸음이 빨라졌다. 이곳의 뭔가가 자석처럼 끌어당겼다 밀어내는 듯했다.

왜 자꾸 이곳에 오게 되는 거지?

'너한텐 이곳이 필요하니까'라고 마음속에서 어떤 목소리가 속삭였다.

율리아는 자신이 왜 한 달에 한 번씩 추모비를 찾고 또 그곳에 꽃을 놔두는지 크리스에게 설명하지 않았다. 그리고 또 영령 기념일 전날인 오늘 궂은 날씨에도 불구하고 이곳에 올라와야만 했던 이유에 대해서도 말하지 않았다.

내일은 크리스와 함께 멀리 떠나기로 계획했지만 마음속에 있는 뭔가가 그와 단둘이 보내게 될 날들을 두렵게 했다. 과연 과거에 대해 털어놓지 않고 얼마나 더 버틸 수 있을까? 그는 번번이 묻고 또 물었다. 그녀의 부모에 대해, 그녀가 다녔던 학교에 대해, 그리고 런던에서의 생활에 대해. 율리아는 시간이 갈수록 그에게 거짓말을 해야 한다는 사실에 점점 더 부담을 느꼈다.

이제 비탈이 더 가팔라져 질퍽한 흙바닥에 자꾸만 발이 미끄러지곤 했다. 그녀는 넘어지지 않으려고 바닥에서 튀어 올라와 있는 나무뿌리를 움켜쥐었다. 나무가 빽빽한 숲 안쪽이라 바람은 피할 수 있었지만 비는 뼛속까지 들이치는 느낌이었다.

거의 다 왔어. 다행이야.

율리아는 그곳까지 눈을 감고도 갈 수 있었다. 처음 추모비를 발견했었던 날이 똑똑히 기억났다. 공포감에 휩싸여 무작정 숲속으로 뛰어 들어가다가 그곳을 발견한 그날로부터 벌써 반년이 지났다. 그곳에서 그녀는 비석에 새겨진 '마크 드 빈센츠'라는 아빠의 이름을 처음으로 보았다. 그 후로 율리아는 다리에서부터 추모비가 있는 곳까지 15분이면 도달할 수 있게 되었다.

곧, 곧 도착한다.

그러다가 문득 어리둥절해져서 걸음을 멈추었다. 평소와 뭔가가 달라져 있었다. 나무 사이로 빛이 새어 들어오고 있었다.

간밤의 폭풍 때문인가?

거센 비바람에 나무 몇 그루가 쓰러진 탓이겠지.

아니, 다른 뭔가가 있었다. 예전에는 빽빽하게 서 있었던 키 큰 가문비나무 몇 그루가 그루터기조차 남지 않고 깨끗이 베어져 있었던 것이다. 그 결과 공터가 생겼고 그 한가운데 추모비가 일종의 경고문처럼 덩그러니 서 있었다. 게다가 누군가가 추모비를 휘감고 있던 담쟁이덩굴을 떼어내고 깨끗이 닦아놓기까지 했다. 덕분에 얼마 전까지만 해도 풍파에 닳아 희미했던 이름들이 이제는 선명하게 들어왔다.

또⋯⋯

율리아는 아무 소리도 내지 않았지만 속으로는 비명을 질렀다.

추모비로부터 1미터쯤 떨어진 곳에 새것으로 보이는 나무 십자가가 세워져 있었다. 그리고 그 옆에는 시꺼먼 네모 구덩이가 만들어져 있었고 한쪽 끝에는 퍼 올린 흙이 높이 쌓여 있었다.

율리아는 한참 만에야 그 구덩이의 용도를 깨닫곤 소름이 끼쳐 그만 그 자리를 피하고 말았다.

십자가가 서 있던 그 구덩이는 다름 아닌 무덤이었다. 누가 그곳에 무덤을 파놓았던 것이다. 율리아는 관목들 사이로 무작정 달아나면서 머릿속으로 끝없이 기도문을 중얼거렸다.

주여! 우리의 기도를 들어주소서!

영령 기념일

11월 11일. 디데이!

크리스는 빗줄기가 쳐놓은 장막 사이로 캠퍼스 내에 있는 주차장을 내려다보고 있었다. 여전히 하늘은 먹구름이 잔뜩 끼어 있었고 바람도 전날보다 더 거세졌지만 빗줄기는 밤새 좀 잦아든 것 같았다. 이따금씩 빗방울에 섞여든 눈송이가 한두 개씩 창문에 들러붙곤 했다. 눈은 그의 기숙사 방 불빛에 홀려 날아드는 날벌레의 날개처럼 하얗고 투명했다.

겨우 오전 9시밖에 안 된 시각이었지만 캠퍼스는 벌써 분주하고 정신없었다. 학생들은 불룩하게 싼 배낭이나 가방, 트렁크 등을 이미 대기하고 있던 차나 버스 등에 쑤셔 넣고 곧 자신들도 그 차에 올라탔다. 크리스는 이케가 브랜던 교수의 낡

은 크라이슬러 뒷좌석에 들어가지 않으려고 버티는 모습을
보자 웃음이 나왔다. 브랜던은 입을 벌린 채 차 주위를 뛰어다
니는 이케를 제압하지 못해 쩔쩔매고 있었다. 그가 학생들에
게 프리드리히 니체의 『권력에의 의지』에 대해 강의를 한 게
어제였는데 정작 자기는 키우는 개조차도 통제 못 한다니, 참
아이러니한 일이었다.

그러면서도 크리스는 수없이 시계를 보고 있었다.

9시 10분. 이제 잠시 후면 그 역시 이 계곡에서 나간다.

나흘간 율리아와 단둘이서 한방, 한 침대를 쓰게 될 것이다.
뭐든 그들이 하고 싶은 대로 할 수 있었고 또 마침내 서로에
대해 제대로 알게 되리라.

그는 이번 주말을 멋지게 보내기 위해 얼마나 많은 시간을
쏟아부었던지 몰랐다. 이번 여행의 모든 경비를 그 혼자 부담
하기 위해 동급생들의 에세이를 열 개도 넘게 대신 써주었다.
게다가 율리아에게 함께 여행을 가자고 설득하는 데도 오랜
시간이 걸렸었다.

어머니가 아버지를 버리고 떠났을 때 크리스는 열세 살이었
다. 아버지는 알코올중독자에 어마어마한 빚마저 지고 있었
다. 크리스는 어머니를 돕기 위해 신문을 배달했었고 좀 더 커
서는 방학 기간 동안 인쇄소에서 일했었다. 그 덕에 그는 돈을
버는 게 얼마나 힘들며 반면 써버리기는 얼마나 쉬운지를 일
찍부터 깨달았다.

하지만 율리아는 그의 제안을 받아들이려 하지 않았다.

"너 혼자 모든 비용을 부담하는 건 싫어."

"율리아, 이건 선물이야. 내가 널 위해 준비한 선물. 선물은 얌전히 받으면 돼. 안 그러면 선물하는 사람에게 상처를 주는 거야."

"그럼 로버트는?"

"네 동생이 몇 살인지 몰라? 만으로 열일곱이잖아. 그 정도 나이면 누나 없이 주말 정도는 혼자 얼마든지 보낼 수 있어."

그는 하나둘씩 그녀가 제기하는 문제점들을 반박했다.

그녀와 단둘이 여행을 갈 수 있게 된 결정적인 계기를 만들어준 건 하필 데이비드였다. 크리스는 벌써 반년 동안이나 데이비드 프리먼과 한 기숙사에 살고 있었지만 그와 친구 사이라고 할 순 없었다. 아니, 처음엔 그랬을지 모르지만 데이비드가 율리아를 사랑하고 있다는 걸 알게 되면서부터 그와 친구로 지내는 게 불가능해져버렸다.

크리스는 그런 생각을 하면서 여행 책자를 가방 안에 넣었다. 이 네모반듯한 골방을 잠시 동안만이라도 벗어날 수 있어서 기뻤다. 크리스는 그곳에 개인적인 물건들은 극히 일부만 두고 다녔다. 침대 위 책장에 책 서너 권과 노트북, 책상 위에 아버지가 늘 갖고 다니던 오래된 라디오 정도만. 그 라디오는 크리스가 자기 방에 머무는 동안엔 늘 켜져 있었다. 바로 지금처럼 말이다.

스피커에서 일기예보가 나오자 크리스는 볼륨을 높였다.

"폭풍이 북미 지역을 지나면서 많은 피해가 발생했습니다. 지금까지 집계된 바에 따르면 두 명이 사망했고 부상자도 속출하고 있습니다. 현재 폭풍은 에드먼턴 지역에 머물고 있으며 위력이 점점 더 강해지고 있습니다. 기상학자들은 아무 예고도 없이 갑자기 불어닥친 이번 폭풍의 행로를 주시하고 있으며 1998년 1월 북미 지역을 휩쓸고 갔던 폭풍과 유사한 양상을 보이는 것으로 예측하고 있습니다."

"어이, 우리 먼저 출발할게."

크리스가 뒤를 돌아보자 데이비드가 배낭을 들고 문가에 서 있었다.

"휴가 잘 보내!"

"너희도!"

"그리고……."

"뭐?"

데이비드는 잠시 망설이더니 마침내 입을 열었다.

"로버트는 우리 집에서 편하게 잘 지낼 테니까 걱정하지 말라고, 율리아한테 전해줘."

크리스는 고개를 끄덕였다.

"로버트를 데려가줘서 고마워."

데이비드가 어깨를 으쓱했다.

"걔랑 나는 원래 친하잖아. 그리고 넌 어차피……."

데이비드가 말을 하다 말고 또 망설였다.

"로버트가 있건 없건 신경도 안 쓰는 거 알아."

"그러게. 데이비드라는 사마리아인이 있어서 얼마나 다행인지 모르겠다!"

크리스는 불편한 심기를 애써 숨기지 않았다.

그러자 데이비드가 단호하게 맞섰다.

"로버트는 내 친구야. 그래서 우리 집으로 데려가려는 것뿐이라고."

"그리고 율리아는 내 여자 친구지. 그래서 나도 그녀를 데려가는 것뿐이야."

크리스는 작별 인사도 하지 않고 돌아서서 창가로 걸어갔다. 동쪽의 수평선은 칠흑처럼 까맸고 호수는 그 어느 때보다 더 깊이를 헤아릴 수 없는 분화구처럼 보였다. 그걸 보면서 요 며칠간 가졌던 느낌, 크리스 자신이 '11월의 느낌'이라 부르곤 했던 그 느낌이 점점 더 강해졌다. 1년 전 11월 11일에도 해라곤 비치지 않는 흐린 날이 하루 종일 계속되었었다. 크리스는 그날을 그 어떤 날보다 더 또렷이 기억하고 있었다.

작년 11월 한 달은 그의 일생에서 가장 힘든 시간이었다. 전화들, 점점 더 암울해지는 뉴스들, 그리고 병문안. 학업 성취에 대한 과한 요구. 그 한 달간 그는 마치 누군가 자신을 요동치는 마차에 집어넣고 버튼을 누른 것 같은 느낌이 들었었다. 그에 비하면 롤러코스터 따윈 아무것도 아니었다. 그는 그레이스 대학에 도착했을 때까지도 그 느낌을 갖고 있었다. 사실대로 말하자면 마차가 멈춘 건 율리아를 만나고 난 직후부터였다.

마음 같아서는 그녀에게 그 말을 매일이라도 해주고 싶었다. 하지만 그는 율리아가 다른 사람이 너무 가까이 다가오는 걸 못 견뎌 하는 걸 잘 알고 있었다. 다른 사람들은 그런 그를 감성적인 루저로 여길지 모르지만 크리스는 율리아가 언제 혼자 있고 싶어 하는지 느낄 수 있었다.

사실 크리스는 아직 율리아에게 자신의 이야기를 조용히 들려줄 기회가 없었다. 그럴 수 없었다. 둘만 있을 때가 거의 없었으니까. 물론 이따금 그녀가 자기 방에서 몰래 빠져나와 그와 함께 밤을 보낼 때도 있긴 했지만 그것도 정찰견 같은 데비 때문에 쉽지가 않았다.

왠지 마음이 불안해져 크리스는 라디오의 전원을 꺼버렸다. 이번 겨울을 계곡에서 보내게 될까봐 두려웠다. 그저 대학에서의 단조로운 일상을 견딜 수가 없었다. 이곳은 아무것도 움직이지 않는 듯했고 아무것도 변하지 않는 듯하면서도 왠지 어색했고, 보이는 표면 아래에는 아무도 입 밖으로 꺼내지 못하는 뭔가가 도사리고 있는 걸 느낄 수 있었다.

처음엔 작은 소리가 나더니 잠시 후 서부영화 〈하이 눈〉의 주제곡이 또렷이 들렸다.

크리스의 휴대전화 벨 소리였다.

모르는 번호…… 받을까 말까?

습관 때문이었는지 호기심 때문이었는지 손가락은 이미 초록색 버튼을 누르고 있었다.

"여보세요?"

"나야!"

그는 율리아의 목소리를 들을 때마다 일종의 안도감을 느끼곤 했다.

아직 있구나. 가버리지 않았어. 날 생각하고 있었어.

그러자 갑자기 믿기지 않을 만큼 기분이 좋아졌다. 심장이 격렬하게 고동쳤고 몸은 기적처럼 힘이 넘쳤다.

"어디서 전화하는 거야? 혹시 혼자 떠난 건 아니지, 나만 놔두고?"

"아니야, 난……."

그때 수화기 너머로 낯선 목소리가 들렸다.

"뭐? 뭐라고 했어?"

"크리스, 나 한시라도 빨리 여기서 나가고 싶어."

"알았어. 난 준비 다 됐어. 지금 어디야?"

"로비야. 보안 요원들 중에 메이슨이라는 분한테 잠시 전화를 빌렸어."

또다시 전화 저편으로 저음의 남자 목소리가 들리자 크리스는 한 대 맞은 것 같은 느낌이 들었다.

메이슨이라고? 혹시 그 스티브인가 뭔가 하는 놈 말하는 건

가? 크고 떡 벌어진 어깨에 텍사스 사투리를 쓰는 그 촌뜨기?

크리스는 그를 캠퍼스 내에서 정기적으로 실시되는 마약 단속 때 알게 됐는데 그는 예쁜 여학생들과 시시덕거리길 유난히 좋아했다. 마약 테스트를 하면서 마치 이곳이 엘리트 학교가 아니라 뉴욕의 브롱크스 거리인 것처럼 구는 그 보안 요원이 크리스는 몹시 못마땅했었다.

데비는 그가 금발이라는 것만 빼곤 영화 〈트와일라잇〉에 나오는 에드워드를 닮았다며 좋아서 어쩔 줄 몰라 했다.

"잠깐만 기다려봐."

율리아는 휴대전화를 든 채 누군가에게 소리치곤 다시 크리스에게 말했다.

"나도 가방 다 챙겼어. 금방 내려올 거지?"

"너 좀…… 너무 서두르는 것 같아. 1초도 더 기다리기 힘든 사람처럼."

잠시 침묵이 흐른 뒤 율리아가 가볍게 웃었다. 하지만 그게 거짓웃음이란 걸 크리스는 금세 알아차렸다.

"말했잖아, 여기서 빨리 나가고 싶다고."

크리스는 망설였다. 그녀는 전날 저녁부터 좀 이상했었다. 우울해, 아니 혼란스러워 보였다. 하지만 그가 율리아로부터 알아낸 거라곤 추모비에 다녀왔다는 대답뿐이었다. 어제 율리아는 그의 손을 꼭 잡으며 속삭였다.

"제발 더는 묻지 마."

그러곤 지금처럼 이렇게 억지로 기분 좋은 척, 들뜬 척 꾸며대고 있었다. 그녀가 종종 다른 사람들 앞에서 거짓된 모습을 꾸며댄다는 걸 크리스는 잘 알고 있었다. 다른 사람들 앞에서뿐만 아니라 자기 앞에서도.

그는 이미 수차례 그 이유를 물어보려고 했었지만 그때마다 침묵의 벽에 부딪쳐 포기하곤 했었다. 이유는 몰랐지만 이번 여행에서 그 벽을 극복할 수 있기를 바랐다. 그리고 그녀의 절대적인 신뢰를 얻을 수 있기를 바랐다.

크리스는 농담처럼 최대한 가볍게 말했다.

"와, 짐을 어쩜 그렇게 빨리 쌀 수가 있어? 원래 여자들은 안 그러잖아. 아무튼, 벤저민이랑 로즈도 벌써 내려갔어?"

"로즈도 금방 올 거야. 데비는 어디 있는지 모르겠어. 기숙사에는 없었거든."

"맞다, 데비는 아예 잊고 있었네!"

크리스는 한숨이 나왔다. 벤저민과 로즈는 그렇다 치고, 어쩌자고 데비한테까지 밴쿠버에 내려주겠다고 제안했었는지 아무리 생각해도 수수께끼였다. 율리아의 기숙사 친구인 로즈는 무난했고 벤저민 역시 괜찮았다. 하지만 데비는…….

"제시간에 주차장에 안 나타나면 우리끼리 출발해버리자."

"크리스!"

하지만 율리아는 크리스를 힐책하는 게 아니라 다른 뭔가에 정신이 팔려 있는 듯했다. 그때 뒤에서 또다시 남자 목소리가 들렸다. 그녀에게 무슨 질문을 하는 모양이었다. 뭐라고 대답했는지는 알아들을 수가 없었지만 잠시 후 다시 휴대전화에서 율리아의 목소리가 들렸다.

"알았어, 로비에서 기다릴게. 좀 있다 봐."

"지금 그 자식이……."

하지만 율리아가 이미 종료 버튼을 누른 뒤였다.

***

크리스는 벤저민의 방에 들렀다. 그때까지도 카메라 장비를 챙기고 있었던 벤저민은 이삼 분 안에 뒤따라가겠다고 약속했었다. 크리스와 율리아는 먼저 로즈를 밴쿠버 공항에 내려준 뒤 데비를 밴쿠버 근교에 살고 있는 할머니 댁에 데려다주기로 했다. 벤저민은 이렇게 말했다.

"난 그냥 가다 아무 데나 내려줘. 운명이 날 어디로 안내하는지 한번 보자고."

아래층으로 내려가는 길에 크리스는 다른 학생들과 마주쳤다. 그들은 엘리베이터와 계단을 거의 점령하다시피 했다. 가는 곳마다 배낭과 트렁크가 길을 막고 있었다. 학생들의 웃음소리와 행복에 겨운 목소리가 복도에 울려 퍼졌다.

맞은편에서 알레사와 카티아가 걸어왔다. 그들은 로즈와 율리아의 친구들이었고 크리스와 함께 그 지겨운 포르스터 교수의 수업을 듣고 있었다.

"안녕, 크리스! 연휴 잘 보내."

카티아가 먼저 인사를 건네고는 마치 세계 일주라도 떠나는 것처럼 어마어마하게 큰 트렁크를 질질 끌고 가는 알레사를 뒤따라갔다. 크리스는 그들에게 손을 흔들어 보이곤 로비로 내려갔다.

그레이스 대학에는 그 흔한 학기 방학이나 봄방학이 없었다. 대신 하필이면 영령 기념일로부터 나흘간 휴교를 했다. 학생들은 기다리고 기다리던 휴일을 얻게 된 게 누구 덕분이건 상관없었다. 그들의 유일한 관심사는 어떻게 하면 귀한 시간을 최대한 즐겁게 보낼 수 있느냐 하는 거였다.

로비로 들어선 크리스는 율리아를 찾아 두리번거렸다. 벽에 붙어 있는 대형 평면 TV에 CNN 뉴스가 나오고 있었다. 완전히 눈에 덮여버린 기차선로, 쓰러진 나무들, 반대편 차선으로 미끄러져 전복된 자동차들, 서로 충돌해 뒤엉켜 있는 트럭들. 산악 지역에서 캐나다까지 온통 빨갛게 호우경보가 내려져 있었다.

이젠 정말 떠나야 했다. 계곡의 날씨는 원래 변화무쌍했지만 크리스는 적어도 이번 여행을 가는 동안만이라도 폭풍에 휩쓸리고 싶지 않았다.

그는 주위를 두리번거리다 잠시 후 율리아를 발견했다. 그녀는 벽난로 옆 소파에 앉아 있었다. 날이 궂은데도 아무도 벽난로를 지필 생각을 하지 않았고 중앙난방은 드넓은 공간에 따뜻한 온기를 불어넣어주기에 역부족인 듯했다. 한마디로 로비는 으슬으슬 추웠다.

크리스는 그녀를 보자마자 갑자기 심장이 덜컥 내려앉는 것 같았다. 율리아는 그들이 함께 필즈에서 구입한 두꺼운 밤색 거위털 점퍼를 입고 있었다. 창백하고 갸름한 얼굴을 감싼 어깨까지 내려오는 연갈색 머리카락은 볼 때마다 그를 숨 막히게 만드는 그녀의 녹색 눈동자와 대조를 이루었다.

미러 호를 내려다보고 있는 율리아를 보는 순간 크리스는 왜 그런 끔찍한 짓을 할 생각이 들었는지 스스로도 알 수가 없었다. 그래, 그건 정말 유치한 짓이었다.

하지만 젠장! 그냥 장난이었잖아. 뭐 대단한 잘못이라고!

그는 거대한 돌바닥 위를 미끄러지듯 걸어가선 율리아에게 다다르기도 전에 두 팔을 뻗었다. 그러곤 그녀가 그의 존재를 알아차리기 전에 손으로 그녀의 목을 감쌌던 것이다. 그의 두 손은 잠시 허공을 허우적대다가 다시 그녀의 살갗에 닿았다. 그는 절대로 그녀의 목을 조르지 않았다. 그저 조금 놀라게 하려 했을 뿐이었다.

율리아가 소리를 지를 거라고 생각한 크리스의 예상은 완전히 빗나갔다. 그렇다고 불개미에 물렸을 때처럼 벌떡 일어난 것도 아니었다. 그의 손이 닿자마자 그녀의 몸은, 돌처럼 굳어버렸다는 표현이 더 맞을 것이다. 크리스는 그녀의 싸늘해지는 피부와 오그라드는 근육을 손끝으로 생생하게 느꼈다.

그는 깜짝 놀라 손을 뗐다.

"나야, 크리스. 진정해!"

하지만 율리아는 굳은 채 뻣뻣하게 굳어선 아무런 반응이 없었다. 그는 팔을 내리고 소파 앞쪽으로 돌아가 몸을 숙여 그녀에게 입을 맞췄다.

"율리아, 왜 그래?"

그녀는 대답하지 않았다. 그의 목소리를 듣고 있지 않은 것 같았다. 또다시 자기 안으로 숨어버렸던 것이다. 그건 크리스가 원한 것과 정확히 반대의 상황이었다.

이럴 줄 미리 예상했어야 했는데. 난 가끔 왜 이렇게 멍청한 거지?

"율리아!"

크리스는 두 손으로 그녀의 얼굴을 감쌌다. 표정은 여전히 경직되어 있었다. 그녀는 공포에 질린 사람처럼 두 눈을 동그랗게 뜬 채 그를 보고 있었다. 반쯤 벌어진 입에서는 아무 소리도 나오지 않았다.

슬픔의 바다 같은 얼굴이었다.

아, 율리아를 놀라게 하면 안 되는 거였는데.

내가 그녀에게서 이 슬픔을 영원히 물리칠 수만 있다면.

하지만 그를 본 뒤에도 그녀는 표정이 편안해지기는커녕 오히려 그를 옆으로 밀쳐냈다. 그러더니 두 눈을 부릅뜨면서 화를 냈다.

"이러는 거 재미있어?"

목소리는 작았지만 무서웠다.

"정말 미안해."

크리스가 고개를 저었다.

"미쳤어? 날 이렇게 놀라게 하다니."

"잘못했어."

"가끔 너는 겁에 질린 내 모습을 보면서 진짜 즐거워하는 게 아닌가 싶어."

크리스는 그녀를 껴안으려는 듯 두 팔을 들고 몸을 숙였다.

"율리아, 정말 미안해, 응? 네가 얼마나 잘 놀라는지 가끔 잊어버려. 진짜야."

그녀는 그의 가슴을 밀쳐냈다. 크리스는 그녀가 진정될 때까지 기다리는 수밖에 없었다.

"대책 없이 매번 같은 짓을 저질러놓고 무조건 사과만 하면 다 해결되는 줄 알아? 대체 언제쯤 바뀔 거야? 난 정말⋯⋯."

율리아는 울컥했는지 입을 다물었다. 항상 그랬듯이. 크리스는 이미 알고 있었다. 그녀는 아무 말도 하지 않고 다시 자기 속으로 들어가버렸다. 그리고 다시 거기서 나올 때까지는 두세 시간은 걸릴 것이었다.

그때 등 뒤에서 낯선 목소리가 들렸다.

"율리아 양, 뭔 일입니꺼?"

스티브 메이슨이었다.

어쩐지, 왜 안 나타나시나 했지!

그 보안 요원은 기껏해야 크리스보다 대여섯 살 정도 많은 청년이었다. 그가 그들이 있는 벽난로 쪽으로 걸어왔다. 율리아는 고개를 저었다.

"아뇨, 아무 일 없어요."

메이슨은 스크린을 가리키면서 심한 사투리로 말했다.

"저 뉴스 봤지예? 이거는 보통 태풍하고 다릅니다. 특히 화이트 이스케이프를 지나갈 때 조심하이소. 안 되겠다 싶으모 마 피하는 게 상책임더."

크리스가 대답했다.

"네, 알아요. 우리도 어린애가 아니거든요! 게다가 이젠 더 심해지지 않을 거래요."

"더 안 심해진다꼬예?"

보안 요원의 눈썹이 위로 치켜 올라갔다. 그는 율리아 쪽을 슬쩍 쳐다보더니 징그럽게 웃었다.

"아, 이런 태풍이 마 고마울 때도 있지예. 특히 몸을 따뜻하이 뎁하줄 사람이 있을 땐 말임더."

뻔뻔하고 징그러운 웃음. 게다가 윙크까지.

크리스는 율리아가 부드러운 미소로 답하는 모습을 분개하며 지켜보았다.

날 약 올리려고 일부러 저러는 건가? 내가 자길 놀라게 했

다고 지금 복수하는 거야? 율리아는 왜 아무 남자한테나 쉽게 웃음을 흘리는 거지?

크리스의 눈에는 어쩐지 그녀가 너무 쉽게 구는 것 같아 보였다.

보안 요원은 크리스보다 머리 하나가 더 컸다. 그는 미국 해군을 연상시키는 짧은 금발에 얼굴은 크고 선이 굵었다. 크리스는 한때 메이슨 같은 남자를 부러워한 적도 있었다. 두꺼운 점퍼를 입고 있어도 겉으로 드러나는 울퉁불퉁한 근육질의 잘 단련된 몸매를.

하지만 지금은? 지금 크리스의 눈엔 그가 율리아를 노골적으로 쳐다보고 있는 모습밖에 보이지 않았다. 마치 눈빛으로 그녀를 끌어당기려는 듯이.

율리아가 짧게 대답했다.

"별일 없을 거예요, 스티브."

언제부터 둘이 서로 이름을 부르는 사이가 됐지?

"그라모 다행이지예, 방학 동안에는 학교에 보안 요원이 둘밖에 없다 아입니꺼. 학교도 이때다 싶어서 돈을 아낄라는 기지예. 그라니까 우리 둘이 다 책임지야지 우짭니꺼."

스티브 메이슨은 손을 들어 마침 로비를 가로질러 지나가던 다른 보안 요원을 불렀다. 그사이 로비에 있던 학생들 절반이 사라지고 없었다.

"보이소, 테드 씨. 학교 관리 팀들이 떠나기 전에 울타리 다

손봐놓고 갔심더. 우리는 인자 기숙사에 가가꼬 혹시 창문 열린 데는 없는지 살펴보입시더."

다른 보안 요원은 스티브보다 머리 두 개는 더 작은 오십대 중반 정도의 중년 남자였는데 크리스는 처음 보는 얼굴이었다. 얼굴이 불그스름한 건 살이 많이 쩌서만은 아닌 듯했다. 입구 쪽 문이 열리면서 들어온 바람을 타고 술 냄새가 풍겼다.

"그러라면 그래야지, 뭐."

테드가 못마땅하다는 듯 중얼거리자 스티브는 인상을 썼다.

"예, 어쩔 수 없심더. 지가 남쪽을 맡으께예, 그쪽은 북쪽 부속 건물을 맡으이소."

그는 그만 가려는지 등을 돌려 돌아섰다.

드디어 가는군!

그가 율리아를 계속 그런 눈길로 쳐다본다면 크리스 자신도 어떤 행동을 할지 장담할 수 없었다. 스티브는 율리아에게 손을 흔들며 태연하게 말했다.

"잘 다니오이소, 우리 절세미인 율리아 양. 그라고 차 태아준다꼬 아무하고나 같이 가지 마이소!"

그 순간 크리스는 그의 입가에 야릇한 미소가 번지는 걸 보고야 말았다.

발신인 주소

데비는 아무도 없는 기숙사 주방 의자에 앉아서 눈을 감은 채 기름 범벅으로 미끌미끌한 감자 칩 봉지에 손을 넣으며 제8번 목록을 떠올렸다.

제8번 목록. 내가 제일 싫어하는 사람.

1. 제이크!

2. 슈퍼대디 빌더. 세상에서 가장 뻔뻔한 양아버지!

3. 벤저민. 호모가 틀림없다!

4. 율리아. 자기 방에서 자는 날이 거의 없다!

데비가 이런 목록을 만들기 시작한 건 어렸을 때부터였다. 아마 아홉 내지 열 살쯤 됐을 때였나, 하루 동안 있었던 일을 꼼꼼하게 적기로 결심한 때가 언제였는지 정확히 기억은 안

났다. 하지만 그건 흔히 그 나이의 여자애들이 쓰는 일기 같은 게 아니었다. 데비는 처음부터 목록 형식을 더 선호했다. 자기 삶을 번호로 나열하는 것. 이를 테면 이런 식으로.

1. 양치질 세 번 했음.

2. 학교 복도에서 선생님 일곱 명에게 인사했음.

3. 화장품 구입에 1.75달러 썼음.

4. 이번 주엔 감자 칩을 세 봉지밖에 안 먹었음.

그로부터 이삼 년 후 목록의 내용이 변하기 시작했고 데비는 아주 사소한 일들까지 인지하는 자신의 능력을 매우 뿌듯해했다. 그레이스의 다른 학생들, 잘난 척하는 율리아 프로스트나 참을성 없는 회색 눈동자의 크리스토퍼 비숍, 심지어 로버트 프로스트도 이런 목록을 즉흥적으로 완벽하게 열거하고 또 특별히 기록해놓지 않아도 언제든지 불러낼 수 있는 기억력을 갖고 있진 않을 거라 자신했다.

1. 힐 교수에게 전화를 다섯 번 걸었다가 바로 끊음.

2. 카티의 수건을 세 번 사용함.

3. 보안대에 불법 파티를 여섯 차례 신고함.

4. 마르셀 프루스트에 대한 보고서를 열다섯 장 씀.

5. 제이크에게 벤저민의 방에서 훔친 포르노를 보냄.

6. 포르스터 부인의 빨간 스카프를 훔침.

그녀는 다른 사람들이 생각하는 것처럼 멍청하지 않았다. 만약 그녀가 진짜 지능이 떨어진다면 그레이스의 입학시험에 붙었을 리가 없었을 것이다. 그녀의 머릿속에는 수많은 목록들이 있었다. 그리고 그녀는 그 모든 걸 다 기억하고 있었다.

기숙사 방은 쥐 죽은 듯 조용했다. 데비는 오늘 같은 날이 너무 좋았다. 평소에는 카티와 율리아 그리고 심지어 착하고 참을성 많은 로즈에게도 늘 사소한 잔소리를 들어야 했기 때문이었다.

"데비, 그만 좀 먹어!"

"데비, 내 초콜릿 건드리지 마!"

"데비, 샤워 끝났니?"

데비, 데비, 데비.

귀여운 율리아, 사랑스러운 율리아. 율리아 포에버.

율리아와 크리스. 두 사람은 늘 로미오와 줄리엣처럼 서로 열렬히 사랑하는 척했지만 데비는 그게 다 가식적인 연기라는 걸 꿰뚫어 보고 있었다.

위대한 사랑? 웃기고 있네!

그런 건 좋아하는 연예인이 나온 잡지를 보며 그가 자기를 쳐다보고 있다고 혼자 착각하면서 바지에 오줌이나 질질 싸는 청소년들한테나 통하는 거야.

그리고 데비는 크리스가 믿는 것처럼 율리아가 그를 그다지 사랑하지 않는다는 걸 알았다. 그래서 크리스가 더 약이 올라 있다는 것도.

크리스와 율리아. 두 사람 사이는 너무 멜로드라마 같은 냄새가 났다. 데비는 벌써 몇 주째, 정확히 말하면 고스트 등반 이후로 다섯 번째 막이 오르길 내내 기다려왔다. 하지만 지금까진 새로운 막이 시작될 그 어떤 기미도 보이지 않았다.

그녀는 절반쯤 남은 봉지에 다시 손을 넣어 파프리카 맛 칩을 한 움큼 끄집어냈다.

아, 어쩜 이렇게 맛있고 바삭할 수 있을까? 이걸 못 먹느니 차라리 죽는 게 낫지.

하지만 사실은 할머니 댁에서 보내게 될 이번 주말에 너무 심심해서 죽을지도 몰랐다. 반면 크리스와 율리아는……

데비는 한숨을 내쉬었다.

어떤 사람들은 날 때부터 복을 갖고 나오나봐.

그녀는 벽에 걸린 큰 시계를 쳐다보았다. 벌써 로비에 내려가 있었어야 할 시각이었다. 15분 전에 이미 기숙사를 나선 로즈는 데비에게 꼭 시간을 지키라고 강조했었다. 무슨 무시무시한 태풍이 올 거라면서.

데비는 키득키득 웃었다.

태풍? 사실 그건 좀 무서웠다.

그렇지만 내가 안 가면 어떻게 되는 거지?

다른 사람들이 발을 동동 구르며 투덜거리는 꼴을 보는 것도 재미있을 것 같았다. 데비는 차비의 일부를 미리 지불했기 때문에 다른 사람들이 자기를 두고 떠나진 않을 거라고 확신했다.

데비는 일어났다. 그들은 분명 제일 먼저 기숙사 주방으로 그녀를 찾으러 올 것이다. 컴퓨터실로 가는 게 제일 확실할 것 같았다. 그곳은 그녀가 제일 좋아하는 장소였는데 며칠 동안 들를 시간이 없었다. 혹시 안젤라 파인더의 보안 사이트에서 허점이라도 발견하게 될지 모를 일이었다. 틀림없이 어딘가 있을 것이다. 친구들의 비밀이 들어 있는 비밀의 파일이.

비밀보다 친구 사이를 돈독하게 만들어주는 게 또 있을까?

***

지하 2층 컴퓨터실 역시 복도나 로비와 마찬가지로 한산했다. 데비는 다시 돌아갈까 하고 잠시 망설였다. 알렉스가 정신을 놓아버린 지난 5월 이후 데비는 이곳에 혼자 있기가 꺼려졌다.

또다시 감자 칩 봉지에 손을 넣었다.

아냐, 다른 친구들을 골탕 먹이기로 작정했잖아. 그러니까 그냥 있어.

그녀는 안젤라 파인더가 늘 앉았던 컴퓨터 책상에 자리를 잡고 컴퓨터를 켰다. 공포 영화를 좋아하는 데비는 안젤라 파인더가 그 자리에 앉아 있던 모습을 상상해보았다. 그것도 살아서가 아니라 죽은 모습으로 말이다.

아니, 유령이지. 유령, 죽어서도 안정을 찾지 못해 떠돌다

니는 존재.

*안젤라 파인더는 내가 자기 뒤를 캐고 다니는 한 결코 편안
히 잠들 수 없을 거야.*

데비는 그런 생각을 하며 혼자 키득키득 웃었다. 물론 유령
같은 건 믿지 않았다.

'난 멍청하지 않아!'

그건 데비가 가장 좋아하는 말이었다.

*난 멍청하지 않아, 하지만…… 공상의 세계에 빠지는 게 꼭
나쁜 것도 아니잖아.*

그녀는 왼손으로 브라우저를 열고 오른손으론 다시 감자
칩을 집었다. 그런 다음 주소 하나를 입력하고 기다렸다가 사
용자 이름과 비밀번호를 입력한 뒤 비밀번호를 즉시 변경했
다. 그녀는 로그인을 할 때마다 매번 비밀번호를 바꿨다. 그레
이스에 도착한 이후로 지금까지 줄곧 'Sally2009'라는 이름을
쓰는, 아름답지만 멍청한 로즈와는 달랐다.

드디어 그레이스 학보사의 웹사이트가 열렸다. 그 사이트
이면에 데비만 들어갈 수 있는 다른 사이트들이 은폐되어 있
다는 사실을 아는 이는 아무도 없었다. 안젤라만 빼고. 하지
만 안젤라는 죽었고 이젠 그녀가 남긴 유산의 관리인은 데비
였다.

데비는 '정보'라는 글자를 클릭한 뒤 또 다른 주소창을 클
릭했다. 그곳은 일반적으로 마우스를 갖다 대면 활성화되지

않는 주소였다. 그 사이트를 열기 위해선 클릭과 동시에 특별한 코드를 눌러야만 한다는 걸 아는 사람은 그녀뿐이었다.

드디어 열렸다.

안젤라의 세상.

하지만 각각의 데이터를 열 수 있는 방법은 아직 알지 못했다. 무슨 수를 써봐도 화면에 뜨는 이름들의 명단 이상의 정보는 캐낼 수가 없었다.

하지만 한편으로 그녀는 개인 정보를 캐낼 수 있는 다른 기발한 수를 발견했기 때문에 앞으로 차차 안젤라처럼 많은 정보를 수집할 수 있을 거라 믿었다.

그 기발한 수란 다름 아닌 필터 프로그램을 설치하는 거였다. 그 프로그램으로 데비는 그레이스 대학 서버로 드나드는 모든 이메일의 복사본을 자동적으로 받을 수 있었다. 그걸 통해 얻을 수 있는 정보들이란 한마디로 놀라웠다. 물론 가끔씩은 무의미하거나 정보로써 아무런 쓸모가 없는 쓰레기에 불과한 것도 있었고 단순히 재미있는 이야깃거리도 있었다. 어쨌거나 데비는 그레이스 학생들의 머리 꼭대기에 앉아 날마다 오가는 소식들을 검열하는 일이 즐거웠다.

그러던 어느 날 흥미로운 사실을 발견했다.

율리아에게 새로운 메일이 도착한 것이었다. 율리아는 외부로부터 메일을 받은 적이 거의 없었고 그녀 앞으로 온 메일이라곤 고작 학생부의 지침이나 교수들이 내는 과제 또는 크리스나 카티가 보내는 메시지가 다였다.

데비는 율리아 앞으로 도착한 새 소식을 클릭했다. 그런 다음 꽤 오랫동안 모니터의 글씨를 응시했다. 그런데 너무 집중하다보니 눈이 침침해지더니 급기야는 두통까지 왔다.

발신인 주소를 보며 데비는 머리를 굴렸다.

'remembrance@grace.on.ca.'

이게 누구지?

어쨌거나 데비가 아는 사람은 아니었다.

외부로부터 온 메일일까? 아니야……

그 메일은 학교 통신망을 통해 들어온 것이었고 그것도 어제저녁 20시 50분경에 발송된 것이었다.

난 네 아버지가 무슨 짓을 저질렀는지 다 알고 있다!

데비는 손톱을 물어뜯었다.

율리아의 아버지라고?

데비는 지금까지 한 번도 율리아가 자기 부모에 대해 말하는 걸 들은 적이 없었다. 그녀는 즉흥적으로 어떤 결심을 하곤 인쇄 버튼을 클릭했다. 신경을 긁는 듯한 인쇄기 소리가 컴퓨터실의 정적을 깼다. 데비는 그쪽으로 걸어가 막 출력된 종이를 꺼내선 꼬깃꼬깃 접어 바지 주머니에 넣었다. 그런 다음 다시 감자 칩 봉지를 찾아 더듬거리면서 흐뭇한 미소를 지었다.

악천후

그들이 주차장에 도착했을 때 크리스는 율리아의 짐 가방을 들고 있었다. 시계를 들여다보니 오전 10시 15분 전이었다. 이제 캠퍼스에는 거의 남아 있는 사람이 없었다. 본관 건물 밖에서 마지막으로 남은 몇몇 학생들이 작별 인사를 하고 있었다. 그러곤 각자 자동차와 버스에 올라탔다.

크리스는 날씬하고 키 큰 가문비나무들이 좌우로 춤을 추고 있는 호숫가를 바라보았다. 수관들이 거의 바닥까지 닿았다가 위로 치솟아 다시 반대 방향으로 휘어지곤 했다.

벌써 태풍이 시작되고 있는 건가?

크리스는 그럴 리 없다고 생각했다. 어제도 지금처럼 강한 바람이 불었지만 밤사이 다시 잠잠해졌었다.

옆에 서 있던 율리아가 추위에 오들오들 떨자 그는 그녀의 어깨를 감싸 안았다. 다행히 이제 더는 그를 밀어내지 않았다.

"크리스, 제발 여기서 빨리 나가자."

율리아의 목소리에 담긴 간절함이 그의 마음을 움직였다.

"왜 그래, 율리아?"

그는 잠시 망설이다 되물었다.

"정말 무슨 일 있는 거 아냐? 너 어젯밤부터 좀 이상했어."

하지만 그녀는 고개를 저었다.

"아냐, 영령 기념일이라서 그래. 모두들 묘지를 찾아가는데 난…… 아, 나도 모르겠어."

그녀의 눈에 눈물이 고였다. 크리스는 견딜 수가 없었다. 이런 상황이 오면 그는 뭘 해야 좋을지 무슨 말을 해야 할지 난감하기만 했다. 속수무책으로 정신이 멍해지다가…… 결국엔 분노로 바뀌었다.

"우린 묘지에 안 갈 거야. 내가 약속할게. 그냥 신나는 일만 하자."

그는 율리아를 품에 꼭 끌어안았다.

"알았어."

율리아의 아름다운 얼굴에 살짝 미소가 비쳤다.

"네 말이 맞아."

율리아는 그에게 짧게 입을 맞췄다.

"날 여기서 데리고 나가줘서 고마워, 크리스."

그가 율리아를 마주 보고 웃으며 대답했다.

"너랑 여길 나가는 거, 그건 내가 제일 바라는 거야."

크리스는 율리아의 손을 잡고 잔디밭을 지나 주차장에 세워놓은 밴 쪽으로 갔다. 이번 휴가를 위해 학교 측으로부터 대여한 것이었다. 버스 한 대가 막 주차장을 빠져나가고 그 뒤로 밴 여러 대가 따라 나갔다.

평소처럼 엄격하게 양복을 입고 넥타이를 맨 불문학과 학과장 포르스터 교수가 자신의 흰색 링컨 콘티넨털에 짐 가방두 개를 싣고 있었다. 출입문 바로 앞에 주차해둔 그 차는 포르스터 교수가 토요일 아침마다 자기 방갈로 앞에 세워두고선 정성스럽게 왁스칠을 해 광을 낸 1970년대산 링컨 자동차였다. 평소 같으면 가르마를 따라 양쪽으로 반듯하게 누워 있을 머리카락이 바람에 날려 얼굴을 가리자 교수는 얼른 머리카락을 쓸어 넘겼다.

교수는 학생들을 보자 손을 흔들어 보이곤 열려 있는 조수석 문 쪽으로 갔다. 크리스는 교수의 아내가 여행 가방을 들고 주차장으로 걸어오는 모습을 보았다. 그녀는 외투도 입지 않은 채 추위에 오들오들 떨고 있었다. 포르스터 부인은 그레이스 대학에서 미술을 가르치고 있었는데 로즈는 그녀가 학생들의 창의적인 작업을 망쳐놓는다고 늘 투덜거렸다.

그 두 사람을 볼 때마다 크리스는 견딜 수 없는 지루함이 느껴졌지만 벤저민과 로즈가 오는 것을 보자 잠시 그 생각을 잊었다.

벤저민이 멀찌감치 서서 소리쳤다.

"야, 크리스! 고갯길에서 누가 운전할 건지 우리 제비뽑기하자! 롤러코스터 안 타본 지 너무 오래됐어!"

하지만 크리스는 고개를 저었다.

"렌트 계약서에 서명을 한 건 나야. 그러니까 운전도 내가 해. 안 그랬다가 네가 나무라도 들이받으면 그 비용을 고스란히 내가 물어야 한다고."

"아! 넌 진짜 분위기 깨는 데 선수다, 선수."

벤저민이 한숨을 쉬며 주차장을 두리번거렸다. 정문 앞에 주차되어 있는 보안 요원들의 차 세 대 외엔 이미 주차장이 텅 비어 있었다.

"진짜 우리가 마지막인가봐, 그렇지?"

율리아는 점퍼에 달린 후드를 덮어쓰며 불안한 목소리로 물었다.

"근데 데비는 왜 안 오는 거야?"

그사이 빗방울은 눈으로 바뀌어 있었다. 축축한 큰 눈송이는 호수 표면에 채 닿기도 전에 녹아버렸다.

로즈는 배낭을 내려놓고 손목시계를 들여다보더니 재킷 주머니에서 흰 모자를 꺼냈다.

"먼저 내려온 줄 알았는데. 내가 아까 늦어도 15분까진 주차장에 가 있으라고 했거든."

"하필 데비가 우리 차에 같이 타고 간다니. 단 1초도 입을 쉬지 않을 텐데. 뭘 먹느라 쩝쩝대거나 아니면 징징거리거나. 난 데비네 할머니가 앓고 계신 병이 뭔지 안 봐도 훤히 보여."

벤저민이 투덜대는 사이에 크리스는 얼굴에 떨어진 눈송이를 닦곤 차 뒤로 가서 트렁크 문을 열었다.

"우리가 데리러 가는 게 낫겠어. 로즈, 같이 갈래?"

율리아의 말에 크리스가 기가 막히다는 듯 눈을 부라렸다. 조바심도 나고 짜증이 치밀었다. 그는 짐을 싣다 말고 율리아의 등에 대고 소리쳤다.

"데비한테 5분 안에 내려오라고 전해. 그 이상은 못 기다린다고."

그 순간 크리스가 서 있는 쪽으로 갑자기 강풍이 불어 굵은 눈발이 그의 얼굴을 때렸다. 주차장 아래쪽에 있는 호숫가를 따라 서 있는 단풍나무들이 격렬하게 가지를 흔들면서 나뭇잎을 휘날렸다. 크리스는 쾅 소리를 내며 트렁크 문을 닫았다.

맞은편의 키 큰 가문비나무들도 여전히 격렬하게 춤을 추고 있었다. 하지만 그들 눈 아래 펼쳐져 있는 미러 호는 한 치의 미동도 보이지 않았다. 아닌 게 아니라 호수 위로는 약한 산들바람조차 불지 않는 것 같았다.

크리스는 잠시 눈을 감았다.

머리가 어지러워서 그런가.

그러곤 다시 눈을 떴다. 하지만 변한 건 없었다.

"거참 이상하네."

크리스의 중얼거림을 들었는지 벤저민이 물었다.

"뭐가?"

크리스가 정면을 가리켰다.

"넌 저거 안 보여?"

"뭐? 나무 말이야?"

"저게 지금 진짜 움직이고 있는 거 맞아?"

"야, 너 뭐 잘못 먹었어? 아무리 눈이 나빠도 그렇지 저게 안 보인단 말이야?"

"아니, 나도 보여. 그런데 호수를 좀 봐. 수면이 너무 잔잔하잖아."

벤저민은 두르고 있던 목도리를 벗어 공중에 띄웠다. 목도리가 바람에 휘날렸다.

"저 호수는 저 하고 싶은 대로 하는 거 너도 잘 알잖아. 이제 익숙해질 때도 됐는데. 난 저 호수보다는 CNN 뉴스를 믿을래."

그러더니 차 앞쪽의 조수석으로 뛰어갔다.

"네 옆에 앉아도 돼?"

운전석 문을 열던 크리스가 외쳤다.

"안 돼!"

"그래도, 먼저 온 사람이 임자잖아! 여자애들은 뒤에 다 같이 앉고 싶어 할걸. 나랑 내기할래? 여자애들은 오줌 눌 때도 혼자 안 다니잖아."

크리스가 또 눈을 희번덕거리자 벤저민이 지지 않고 받아쳤다.

"왜? 뭐 문제 있어? 그러면 내가 운전할까?"

크리스가 중얼거리듯 대답했다.

"아냐, 됐어."

10분이 훨씬 지나서야 율리아와 로즈가 돌아왔지만 데비는 없었다.

"어디 있는지 도통 모르겠어. 어쨌거나 기숙사에는 없어."

이미 짜증이 나 있던 마당에 크리스는 급기야 화가 폭발해서 운전석으로 들어가 앉았다.

"혼자 있고 싶으면 그러라고 해. 우린 그만 가자."

"그렇지만 데비만 혼자 두고 갈 순 없어."

로즈가 모자를 벗고 바싹 민 머리를 쓰다듬었다.

벤저민이 뒷좌석에 앉으며 말했다.

"클랙슨 좀 크게 울려볼래? 그럼 혹시 화장실이나 다른 어디선가 나올지도 모르잖아."

크리스는 차 열쇠를 꽂더니 클랙슨을 길게 꾹 눌렀다.

"아, 그만해! 귀청 터지겠어!"

로즈가 소리치자 벤저민이 이기죽거렸다.

"로즈, 넌 머리 좀 길러볼 생각 없어? 그러면 적어도 두 가지 좋은 점이 생길 거야. 천연의 귀마개가 생길 테고 애인도 생길걸."

그들은 한동안 아무 말 없이 차에 앉아 있었다. 크리스는 화를 억눌러보려고 애썼지만 그럴수록 더 미칠 것 같았다. 바람이 차 앞 유리로 눈을 몰고 왔고 눈은 그대로 유리에 얼어붙어버렸다.

이제 눈송이는 표면에 닿아도 녹지 않았다. 기온이 점점 더 내려가고 있는 게 틀림없었다. 앞 유리에 붙은 눈이 얼음으로 변해 와이퍼를 작동시켜도 떨어지질 않았다. 크리스는 눈을 닦아내기 위해 차에서 내렸다.

그 일은 정말 힘들고 짜증 났다. 크리스는 손이 꽁꽁 언 채로 차 안으로 들어왔다. 하지만 속에서는 화가 부글부글 끓고 있었다.

마침내 율리아와 단둘이 지낼 수 있겠다 싶어서 좋아했는데, 그게 그리도 무리한 일이야?

율리아는 크리스를 힐끗 보더니 인상을 썼다. 벤저민은 뭐가 그리 좋은지 입이 찢어져라 웃고 있다가 크리스에게 놀리듯 물었다.

"어이, 표정들이 왜 그래? 두 사람 애정 전선에 먹구름이라도 낀 거야?"

그러자 크리스가 날카롭게 소리쳤다.

"입 닥쳐!"

하지만 벤저민은 크리스의 반응에 전혀 아랑곳하지 않았다.

"너 하루에 그 말을 나한테 몇 번이나 하는 줄 알아?"

"그러니까 말 좀 들어. 입 닥치라고!"

"진정해, 친구."

벤저민이 팔을 뻗어 크리스의 어깨를 톡톡 쳤다.

"너 그러니까 진짜 뭐 밟은 사람 같아."

여기까지야.

크리스는 더 참을 수가 없었다. 그는 몸을 돌려 벤저민의 손목을 잡아 비틀었다. 그러자 벤저민이 아프다며 비명을 질렀다.

"이게 마지막 경고야! 조용히 해!"

그 순간 율리아가 소리쳤다.

"크리스!"

알았어. 알았다고.

어서 마음을 진정시켜야 했다. 분노에 굴복하지 말자고 얼마나 다짐하고 또 다짐했던가.

"그만 출발하자."

크리스가 단호하게 말하자 율리아가 반대했다.

"안 돼. 데비가……."

"데비, 내 눈앞에 나타나기만 해봐!"

크리스는 잠시 후에야 자신이 그 순간 고래고래 고함을 질렀다는 사실을 깨달았다. 다른 사람들은 할 말을 잃었는지 모두 잠자코 있었다.

열쇠를 돌리자 시동이 걸리지 않고 덜덜 소리가 나더니 금세 꺼져버렸다. 벤저민이 무슨 말을 하려고 하자 크리스가 먼저 화를 내며 소리를 질렀다.

"입도 뻥끗하지 마!"

다시 한 번 시도하자 이번에는 시동이 걸렸다. 크리스는 기어를 1단으로 올렸다. 그런데 가속페달을 밟자마자 차가 후진을 하더니 호수 연안 쪽으로 움직이기 시작했다.

문단속

제13번 목록. 내가 사랑하는 것들.

1. 막대 초콜릿
2. 브랜던 교수님
3. 마시멜로
4. 프랑스어 수업
5. 통계

제21번 목록. 내가 싫어하는 것들.

1. 텅텅 빈 지갑
2. 웃음 띤 입
3. 모든 사람들에게 친절하게 구는 나 자신

4. 이케

5. 영령 기념일

데비는 욕실 거울 앞에 서서 손을 씻었다. 두통이 점점 더 심해지고 있었다.

마침내 로즈가 떠났다. 데비는 자기를 부르는 로즈의 목소리를 듣고도 대답하지 않았다. 대답하고 싶지 않았다.

얌전히 기다릴 것이지. 왜들 난리야?

난 서두를 필요가 전혀 없어.

데비! 데―비!

그녀는 손을 씻으면서 스스로 자기 이름을 불러보았다. 왜 그랬는지는 데비 자신도 이해할 수 없었다. 그냥 자기 목소리를 듣는 게 좋았다. 아니 더 정확히 말하면 누군가 자기 이름을 부르는 걸 상상하는 게 좋았다. 다른 사람들이 평소에 그녀의 이름을 부를 때마다 느껴지는, 재촉하거나 나무라는 말투 말고 진짜 걱정하는 것 같거나 심지어 조언을 구하는 것 같은 애교스럽고 따뜻한 톤으로.

'데―비, 내 머리스타일 어때? 데비, 나한텐 네 의견이 중요해. 넌 감각이 뛰어나잖아. 넌 멋진 스타일과 우아함을 알아보는 눈을 가졌어.'

그런데 내가 방금 그 말을 소리 내서 말했었나?

데비는 자기 뒤에 아무도 없다는 걸 확인하기 위해 벌써 몇 번이나 어깨 너머로 고개를 돌려보았다.

나한테 내가 꿈꾸는 그런 우아함을 갖출 수 있는 돈만 있다면 얼마나 좋을까. 하이힐에 딱 붙는 청바지, 애버크롬비에서 나오는 폴로 티셔츠.

데비에게도 로즈처럼 돈 많고 관대한 부모님이 있었다면. 만약 삶의 비밀이 자신의 부모를 스스로 고를 수 있는 거라면 아마도 로즈는 엄청 운이 좋았던 게 틀림없다. 꼭 그녀 스스로 그런 말을 자주 해서가 아니라 그냥 보기만 해도 저절로 알 수 있었다. 데비는 로즈의 아버지가 보스턴에 있는 빌딩을 여러 채 소유하고 있다는 사실도 알아냈다. 그녀의 아버지는 한마디로 부동산 시장의 거물이었다.

데비. 데—비.

또는 카티처럼 거만하고 톡톡 쏘는 타입이기라도 했다면! 그럼 다른 사람들은 아예 신경조차 쓰지 않았을 텐데.

아니면 데비의 여동생 앨리스 같거나.

앨리스. 사랑스러운 앨리스. 귀여운 앨리스.

데비는 한숨을 내쉬곤 거울을 들여다보았다. 그런다고 그녀의 넙데데한 얼굴이 치약으로 얼룩진 바보 같은 거울에서 사라지지는 않았다. 또 한순간에 둥근 살찐 얼굴에서 갸름한 얼굴로 변하지도 않았다.

다음에 미용실에 가면 머리를 금발로 염색해달라고 해야겠어. 형광빛 도는 금발로. 11월에 딱 어울리는 색이야.

데비는 한 달에 한 번씩 미용실을 찾았고 그때마다 다른 색으로 부분 염색을 하곤 했다.

아님 파마를 할까?

'11월 폭풍 속의 파마', 책 제목으로 꽤 그럴싸한 것 같아.

그런 생각을 하자 웃음이 나왔다.

데비는 11월의 날씨가 그리 싫지 않았다. 오늘처럼 대학 건물 주위로 강풍이 불면 일부 학생들이 거의 목숨을 걸다시피 하는 실외 활동은 모두 취소될 테니까.

그녀는 날씨 때문에 투덜거리는 카티가 지긋지긋했다.

다른 애들까지 모두 고스트 산에 데리고 갔다가 하마터면 죽을 뻔했는데, 벌써 잊어버렸나?

아니다. 그들은 틈만 나면 그때 이야기를 했고 시간이 지날수록 9월 초 사흘간의 등반, 그러니까 카티와 크리스 그리고 그 외 몇몇 학생들이 3천 미터 봉우리를 등반했던 그 사건은 점점 더 전설적인 일이 되어갔다.

그때 그 자리에 없었던 사람이 누구더라?

바로 나, 데비야.

게다가 그들은 아무도 이번 휴가 동안 밴쿠버에서 데비와 함께 지내길 원치 않았다. 그래서 그녀는 3일 내내 할머니 집에서 빈둥거릴 수밖에 없을 것이다. 반면 율리아와 크리스는……

그랬다. 데비는 크리스의 이메일을 열어보았고 그래서 그가 어느 호텔 2인용 침실을 예약했는지도 알고 있었다.

그런데 크리스는 그 돈이 어디서 났을까? 아주 작고 아담한 2인용 침실이 하룻밤에 백 달러라니. 그것도 오로지 (로즈가 반달 같은 완벽한 눈썹을 치켜올리며 하는 말처럼) '운동'을 위해서! 하! 하!

"섹스!"

데비는 큰 소리로 말했다.

로즈, 넌 왜 그 말을 소리 내서 말하지 못해?

데비는 그 말을 하는 데 아무런 거리낌이 없었다.

"섹스! 세—엑—스!"

물론 데비는 율리아에게 온 메일의 내용을 크리스에게 알려주는 것만으로 이번 비밀 여행을 끝장내버릴 수도 있었다. 크리스는 틀림없이 율리아의 아버지가 저지른 짓에 대해 알고 싶어 안달할 테니까.

하지만 한편으로 그녀는 알고 있는 걸 너무 쉽게 발설해선 안 된다고 생각했다. 그래서 그 비밀을 어떻게 이용할 수 있을지 일단 지켜보기로 했다.

데비! 데—비!

방금 누가 날 불렀나?

아니었다. 주차장에서 들려오는 시끄러운 클랙슨 소리뿐이었다.

데비는 또다시 물을 틀고 손을 씻었다.

비누로 한 번 더? 아냐, 비누는 됐어.

그런 다음 이번에는 카티의 흑백 체크무늬 수건으로 손을 닦았다. 그리고 욕실 문고리를 돌려 열고 밖으로 나갔다. 등 뒤에서 문이 쾅 소리를 내며 닫혔다. 데비는 만족스럽게 웃고 있었다.

아, 그 쌀쌀맞은 눈빛의 한국계 혼혈이 이 사실을 알면 얼마나 약이 오를까?

하지만 카티는 포르스터 교수의 아들이라고 자칭했던 그 수수께끼 같은 인물 폴 포르스터를 찾아 벌써 3일 전에 어디론가 가버리고 없었다. 그는 카티와 나머지 일행들을 따라 고스트 꼭대기까지 올라갔었는데 내려오던 길에 홀연히 사라져버렸다고 했다.

데비는 수개월 전부터 카티가 포르스터 교수에게 폭탄처럼 퍼붓는 분노의 메일들을 모두 읽고 있었다. 하지만 거만한 그 불문학과 교수는 모든 걸 침묵으로 묵살해버렸다.

하! 게다가 그는 등반 때 있었던 수수께끼 같은 일들을 모두 카티의 책임으로 돌렸다. 하지만 데비는 아무래도 교수가 폴이라는 남자에 대해 뭔가를 알고 있으면서도 모른 척하는 것 같다는 의심이 들었다.

데비는 포르스터 교수를 이해할 수 있었다. 그는 괜찮은 사람 같았다. 얼마 전 그는 데비에게 지난번 중간고사에서 알레사와 카티아가 서로 커닝을 했다는 사실을 알려줘서 고맙다고 웃으며 말했었다.

데비는 발코니 문으로 다가가 아래를 내려다보았다. 모두가 떠나고 까만색 밴만 남아 있었다. 누군가를 기다리며.

바로 그녀.

데보라 빌더를.

그녀는 또다시 율리아에게 온 그 기이한 메일에 대해 생각했다.

하필 이럴 때 떠나야 하다니!

그녀는 로즈의 향수를 집어 들고 머리끝에서 발끝까지 뿌려댔다. 향수가 확연히 줄어드는 게 보였다.

그럼. 기다려야지.

그것도 아주 오래.

그런데 바로 그 순간 그녀를 기다리고 있어야 할 차가 덜컹거리면서 움직이는 게 보였다.

쟤들이 또 날 따돌리고 무슨 짓을 하려는 거지? 설마 날 놔두고 떠나려는 건 아니겠지?

밴이 정지하는가 싶더니 또 움직였다. 그런데……

어? 왜 저러는 거지?

차가 후진을 하면서 시꺼먼 미러 호 쪽으로 돌진하기 시작했다.

설마 쟤네들 장난하는 거야? 틀림없이 벤저민이 운전하고 있을 거야.

벤저민은 늘 마약에 절어 있었다. 그랬다. 데비는 그의 트렁크에서 빈 약통을 발견했다.

만약 걔가 차를 몬다면 차라리 학교에 남아 있는 게 나아.

그녀는 벤저민이 운전하는 이상 절대로 차에 올라타지 않겠다고 다짐했다.

데비는 방으로 들어가 트렁크를 끌고 기숙사 복도를 뛰어갔다. 유리문을 열고 막 엘리베이터 쪽으로 뛰어가려는 순간 시꺼먼 물체와 충돌했다. 그녀는 유니폼 재킷에 달린 은색 단추에 왼쪽 눈을 부딪치고 말았다. 시선이 그레이스 대학 문장 아래 수를 놓은 이름표로 향했다.

테드 베이커.

"아직도 안 갔어요?"

그녀는 자신을 향해 웃고 있는 남자의 얼굴을 보았다. 아주 잠시였지만 그녀의 뺨을 가볍게 쓰다듬는 그의 손과 그녀의 얼굴이 율리아처럼 갸름해지고 로즈처럼 매끈해지는 장면을 상상했다.

"네. 그런데 친구들이 기다리고 있어서요, 빨리 가야 해요."

"현관은 잘 잠갔어요?"

"네, 저 그게…… 아, 잘 모르겠어요."

그 남자는 천천히 기숙사 문 쪽으로 가더니 왼쪽 바지 주머니에서 열쇠 꾸러미를 꺼내 그중 열쇠 한 개를 문고리에 꽂고 두 번 돌렸다.

"항상 문단속을 잘해야 해요. 안전이 제일 중요하니까!"

검은 그림자

뒷좌석에 있던 벤저민이 어깨 너머로 크리스에게 소리를 질렀다.

"세상에! 너 우릴 전부 죽일 작정이야? 처음 출발할 땐 기어를 1단에 놔야 한다는 것도 몰라?"

크리스는 이를 악물었다. 차는 호수 연안으로 떨어지기 직전에 아슬아슬하게 멈춰 섰다. 크리스는 아예 시동을 꺼버렸다. 거의 수평으로 떨어지는 눈송이에 맞서 와이퍼가 끼이익 끼이익 소리를 내며 좌우로 움직였다.

크리스, 정신 차려!

그는 심호흡을 깊이 하고 곁눈질로 율리아를 쳐다보았다. 그녀는 하얗게 질린 채 그의 시선을 피했다.

크리스가 다시 시동을 걸려고 하는 순간 뒷좌석에 앉은 로즈가 말했다.

"저기 봐. 데비가 왔어!"

창밖을 흘낏 보자 흩날리는 눈 사이로 뚱뚱한 데비가 차 쪽으로 걸어오는 게 보였다. 크리스는 데비를 볼 때마다 시골 장터에서 흔히 볼 수 있는 울룩불룩한 풍선이 떠올랐다. 그녀는 두꺼운 솜을 넣은 겨울 패딩 점퍼를 짤막한 목 위로 여미고 허리가 있을 거라 짐작되는 부위에 은색 벨트를 졸라매고 있었다. 게다가 진한 오렌지색 트롤리 트렁크를 끌고 오고 있었는데 번번이 주차장 바닥에 깔려 있는 자갈이 바퀴에 끼어 걸음을 멈추곤 했다.

그 모습을 본 벤저민이 창문을 내리자 차 안으로 차가운 바람이 휘몰아쳐 들어왔다.

"오, 저기 빌더 양이 오고 계시는군요. 저분은 살기 위해 오고 있습니다. 고스트 산봉우리 위로 불어오는 백 년만의 폭풍을 피해 달아나고 있는 겁니다!"

벤저민이 창밖으로 고개를 내밀고 소리치는 동안 드디어 차가 있는 곳에 도착한 데비는 문고리를 잡고 미친 사람처럼 흔들었다.

차 문 하나도 열 줄 모르는 멍청이 같으니.

크리스가 이런 생각을 하는 동안 마침내 문이 열렸고 데비는 차 안으로 쓰러지듯 들어왔다. 그러곤 소리를 버럭 질렀다.

"너희들, 나 빼놓고 가려고 했지? 이 꼭대기에 나 혼자 남겨두고 말이야. 너희들 전부 정말 못됐어!"

크리스는 그녀 쪽을 돌아보지 않았다. 그럴 필요가 없었다. 냄새만 맡아도 그녀라는 걸 알 수 있기 때문이었다.

맙소사, 도대체 몸에 뭘 뿌린 거지?

크리스가 낮은 목소리로 말했다.

"얼른 문이나 닫아. 얼어 죽겠어."

쾅 소리와 함께 문이 닫혔다.

그때 늘 화기애애한 분위기를 만들려고 노력하는 로즈가 말했다.

"맙소사, 데비! 너 30분이나 늦었어! 대체 어디 갔었던 거야? 그리고 내 향수를 쓰려거든 좀 적당히 써. 네가 쓰는 게 아까워서가 아니라 향이 너무 독해서 오히려 너한테 마이너스라서 그래."

그러자 데비가 심술궂게 물었다.

"근데 크리스, 아깐 대체 무슨 일이야? 난 또 네가 호수로 다이빙하려는 줄 알았잖아. 오토매틱으로 빌리지 그랬어! 아님 일부러 그랬던 거야?"

그 말을 들은 크리스가 참았던 울분을 토하려던 순간 율리아가 그의 손을 잡았다.

그러곤 나지막히 말했다.

"가만있어."

크리스는 자기를 보고 웃는 율리아의 얼굴을 보자 갑자기 마음이 편안해졌다.

그래서 조용히 다시 시동을 걸었다.

율리아가 날 용서했어. 이젠 모든 게 잘될 거야.

빌어먹을 날씨, 빌어먹을 폭풍, 빌어먹을 자동차, 빌어먹을 데비!

그들 앞에는 나흘간의 휴가가 기다리고 있었다. 다른 건 아무래도 좋았다. 그는 기어를 넣고 액셀을 밟은 뒤 조용히 출구를 빠져나갔다.

거봐, 문제없잖아!

마음속 깊은 곳에서부터 만족감이 밀려왔다.

***

그레이스 계곡을 문명 세계와 연결해주는 단 하나의 도로는 좁고 굽이가 많았다. 그래도 필즈까지 두어 시간만 달리면 그다음부터 밴쿠버까지는 줄곧 직선 도로가 이어졌다.

크리스의 시선이 룸미러에 비친 학교로 향했다.

맙소사, 저곳을 벗어나는 게 이렇게 기쁠 줄이야.

꼭 필즈로 가기 때문에 기쁜 것만은 아니었다.

그는 고개를 돌려 율리아를 바라보았다. 그녀는 눈을 감고 있었지만 그 자세에서 조금 전까지도 그녀를 휘감고 있던 검은 그림자가 사라졌다는 걸 크리스는 알 수 있었다.

그사이 하늘은 마치 벌써 해가 저물기라도 한 것처럼 어두워져 있었다. 겨우 오전 10시가 조금 넘은 시각인데 이상했다. 평탄치 않은 길 때문에 차 전조등이 위아래로 격렬하게 흔들렸다.

크리스는 안개등을 켰다. 희뿌연 불빛에 눈송이가 춤추듯 휘날리더니 잠시 후 강풍이 차를 가격했다. 크리스는 핸들을 잡은 손에 힘을 주었다.

"세상에, 눈 내리는 것 좀 봐!"

크리스는 옆자리에서 율리아가 중얼거리는 소리를 들었다.

"크리스, 좀 천천히 가."

"걱정 마, 여기만 지나가면 강설 한계선 아래니까."

그의 시선이 룸미러에 붙어 있는 온도계로 옮겨갔다. 눈금이 영하 5도를 가리키고 있었다. 차가 지나가며 남기는 바큇자국은 금세 눈에 파묻혀버렸다.

"사흘간 폭우 때문에 호텔에 갇혀 꼼짝 못하는 것도 나쁘진 않을 것 같은데, 안 그래?"

크리스의 말에 옆자리에 앉아 있던 율리아가 조용히 웃었다. 그러자 크리스도 히죽히죽 따라 웃었다.

모든 게 잘 돌아가고 있었다.

그녀는 그에게 잘해주었다.

그리고 그는 그녀를 사랑했다.

그러는 사이 잠시 한눈을 팔았던 걸까? 크리스는 데비의 비명 소리에 깜짝 놀라 전방을 주시했다. 보기만 해도 아찔한 굽잇길이 튀어나왔다. 게다가 노면이 예상했던 것보다 더 미끄러웠다.

"크리스, 조심해!"

"진정해, 날 좀 믿으라고."

그러나 데비의 악다구니보다 그의 목소리가 불안하게 떨리고 있다는 건 그 자신이 더 잘 알았다.

"음악이라도 좀 들을까?"

크리스는 라디오를 켰다. 마침 그가 제일 좋아하는 밴드 중 하나인 니켈백의 음악이 흘러나오고 있었다.

뒷좌석에서 벤저민이 소리쳤다.

"오예, 이 음악 죽이는데!"

차는 눈보라를 가로지르며 달렸고 쿵쿵대는 베이스 음은 차를 흔들어대는 강풍과 기묘하게 어우러졌다.

크리스는 하마터면 그레이스 대학의 실질적인 출입문과도 같은 흰색과 빨간색 줄무늬의 차단기를 박을 뻔했다. 차단기는 평소처럼 내려져 있었다. 크리스는 급히 브레이크를 밟았다. 하지만 차는 거의 느끼지도 못할 만큼 조금씩 속도가 줄어들었다. 그는 브레이크를 더 세게 밟았다.

이번에는 율리아가 비명을 질렀다.

"저기 앞에! 조심해!"

"진정해! 저건 차단기일 뿐이야!"

뒷좌석에서 또다시 데비가 신경증 환자처럼 날카롭게 소리 질렀다.

"그런데 왜 넌 브레이크를 안 밟는 거야?"

사실 브레이크를 밟고 있는데도 차는 계속 앞으로 달려갔다. 그는 기어를 1단으로 내렸고 차단기 바로 앞에서 겨우 멈춰 섰다.

벤저민이 신경질적으로 웃으며 말했다.

"우와, 오늘 아침에 혹시 네 커피에 뭐 탔어? 위스키? 너 제정신이 아닌 것 같아."

"입 다……."

"닥치라고? 알았어."

크리스는 창문을 내리고 상체를 밖으로 내밀어 스피커폰의 빨간 단추를 눌렀다.

찌지직- 하는 기계음이 들렸다.

"저 크리스토퍼 비숍이에요. 차단기 좀 올려주시겠어요?"

또다시 삐이익- 하는 기계음이 들렸다.

"젠장, 거기 아무도 없어요?"

정적—

아무 대답이 없었다.

바람이 나무 위에 쌓여 있던 눈뭉치를 휘감아 그의 얼굴 쪽으로 날렸다.

뒷좌석에서 벤이 또 노골적으로 웃어댔다.

"너희들, 방금 봤어?"

하지만 아무도 대답하지 않았다.

"야, 왜들 그래? 웃기지 않아?"

크리스는 정면을 바라보았다. 그의 시선이 오른쪽 길가에 세워진 팻말로 향했다.

'EXIT(출구)⋯⋯.'

그런데 누군가 검은색 페인트로 거기에 'US(우리)'라는 글자를 덧붙여놓았다.

'EXITUS(죽음).'

"멋진걸. 하지만 행정 직원들이 돌아와서 저걸 보면 당장 지워버리겠지? 아깝게. 왜 난 저런 생각을 못 했을까?"

벤저민이 또다시 큰 소리로 웃었다.

크리스는 그의 말을 제대로 듣고 있지 않았다.

왜 대답을 안 하지?

그런데 손을 뻗어 다시 단추를 누르려는 순간 스피커폰에서 딸깍하는 소리가 들렸다.

"빨리 차단기 좀 올려주세요!"

"거 누군교?"

"크리스토퍼 비숍이에요."

"아아, 비숍 군! 아까 먼저 간 거 아잉교?"

"차단기나 빨리 올려줘요!"

맙소사, 저 역겨운 사투리! 저 과장된 웃음!

틀림없이 스티브란 놈이구나!

"참 다행이네예. 다 잠글라 했는데."

차단기가 서서히 올라갔다. 크리스는 창문을 올렸다.

그 순간 스피커폰에서 말소리가 들렸다.

"율리아 양한테 말이나 전해주이소. 내 생각 하라꼬, 만약
에……."

"바보 같은 놈."

크리스는 낮게 욕을 내뱉곤 액셀을 밟았다. 그러자 차가 튕
기듯이 앞으로 나갔다.

***

고갯길까지는 아직 꽤 남아 있었다. 와이퍼를 최고 단으로
작동시켰지만 앞 유리는 여전히 뿌옇기만 했다. 가면 갈수록
기온이 더 떨어졌고 굽잇길에서 미끄러지지 않기 위해 크리스
는 온 신경을 집중해야만 했다. 그사이 차는 시속 50킬로미터
도 안 되는 속도로 달리고 있었는데도 마치 질주를 하듯 아찔
하게 느껴졌다.

그제야 크리스는 처음으로 필즈에 도착하기 전에 폭풍이
차를 습격할지도 모르겠다는 생각이 들었다. 도로에는 바람
에 휩쓸린 잔가지들이 어지럽게 나뒹굴고 있었다. 그나마 쓰

러진 나무가 도로를 막고 있지 않는 게 다행이었다. 봄에 실제로 그런 일이 발생해서 학교가 이틀씩이나 외부로부터 고립된 적도 있었다.

그리고 가장 최악인 건 고갯길을 통과한 후에도 눈이 그치지 않을 것 같다는 예감이었다. 그건 생각보다 더 많은 시간을 낭비할 것임을 의미했다.

율리아와 그만의 귀중한 시간을.

전조등은 희뿌연 안개 사이를 채 5미터 앞도 비추지 못했다. 그 불빛 속에서 보이는 거라곤 소용돌이치듯 휘날리는 눈송이들뿐이었다. 미친 듯이 빠르게 그리고 일정한 경로도 없이 회오리쳐대는 얼음 조각들.

숲속 샛길을 지나 작은 다리를 건넜다. 또다시 강풍이 불어 앞 유리를 강타하자 크리스는 핸들이 꺾일까봐 거의 껴안다시피 했다.

차 안에 무거운 정적이 감돌았다.

내가 라디오를 껐었나? 아니면 율리아가?

왜 아무도 말을 안 하지? 무슨 말이든 좋으니까 제발 이 정적을 좀 깨줘. 제발 한 마디만이라도. 눈보라와 바람 소리, 흔들리는 나뭇가지 소리 그리고 끽끽거리는 와이퍼 소리가 만들어내는 이 괴이한 분위기를 잊을 수 있게.

결국 크리스가 명랑한 척 말했다.

"드디어 빠져나왔다!"

그가 다시 속도를 높이기 시작하자 로즈가 걱정스럽게 한마디 했다.

"아직 마을 아래까지 다 내려간 건 아니잖아."

동부 해안에서 자란 로즈에게 산악 지대에서 부는 눈보라 같은 건 TV 뉴스에서나 보던 생소한 것이었다. 하지만 솔직히 말해 크리스 역시 이렇게 흉흉한 날씨를 직접 겪은 건 처음이었다.

그 순간 데비가 뜬금없이 물었다.

"있잖아, 율리아. 혹시 네 메일을 마지막으로 확인한 게 언제인지 기억나?"

데비가 상대방의 비밀이나 약점을 캐내려고 할 때 자주 쓰는 수법이었다.

율리아가 황당한 표정을 지었다.

"글쎄. 왜? 혹시 나한테 이메일 보냈어?"

"내가? 아니, 내가 왜 너한테 이메일을……."

데비가 귀에 거슬리는 목소리로 웃었다.

"우린 같은 기숙사에 사는데, 안 그래? 난 그냥 브랜던 교수님이 우리한테 혹시 새로운 도서 목록이라도 보냈나 싶어서 말이야……. 참, 너희들 혹시 그 새로 온 보안 요원 알아?"

로즈가 물었다.

"누구?"

"한 오십대쯤 되어 보이던데. 귀엽게 생긴 얼굴의……."

율리아는 놀랍다는 표정을 짓더니 큰 소리로 웃었다.

"테드 베이커 말이니? 그 사람이 귀엽게 생겼다고? 글쎄, 난 잘 모르겠는걸. 그 사람 옆에 가면 늘 술 냄새가 진동하던데. 근데 그 사람이 왜?"

"그 사람이……."

그 순간 벤저민이 갑자기 데비의 말을 가로막았다.

"그 사람이 뭐? 혹시 네 속옷에 손이라도 넣었어? 근데 데비, 너 속옷은 제대로 입고 다니니?"

"벤저민, 넌 진짜 애가 못됐어!"

맙소사, 저 계집애는 내 차 뒷좌석이 아니라 당장 심리 치료사의 소파에 앉아 있어야 할 것 같아.

크리스는 또다시 액셀을 밟았다.

"크리스, 앞 조심해!"

율리아의 목소리가 너무 커서 크리스는 자신도 모르게 그쪽을 돌아봤다. 율리아는 동공이 커져선 석상처럼 꼼짝도 않고 앞만 응시하고 있었다.

뭐야, 대체…….

그 순간 크리스 역시 보았다. 나무 사이로 나타난 정체 모를 시꺼먼 물체를. 백 미터쯤 될까?

80미터?

70미터?

그들이 탄 밴이 미친 듯이 그 앞으로 질주해갔다.

그런데 그 물체는 차도 한가운데로 불쑥 뛰어들어선 그 자리에서 꼼짝하지 않았다.

아니면 혹시?

휘날리는 눈 때문에 크리스는 정체를 정확히 알아볼 수가 없었다.

"제발 천천히 좀 몰아!"

소리치는 로즈 때문에 크리스는 다시 브레이크를 밟았다. 하지만 차는 멈추지 않고 계속 눈길을 미끄러지듯 달려갔다. 크리스는 있는 힘을 다해 브레이크를 밟았다. 하지만……

제길! 브레이크가 듣질 않아!

속도는 전혀 줄어들지 않았다. 타이어가 계속 눈길에 미끄러지고 있었다. 크리스는 땀으로 축축해진 손으로 핸들을 꽉 부여잡았다.

그는 시선을 도로에 고정시킨 채 속도를 줄이려고 노력했지만 차는 점점 더 빠른 속도로 굽잇길을 질주했다.

도저히 차를 통제할 수가 없었다! 12도가 넘는 경사의 그 도로 위에서 차에 점점 더 가속도가 붙었다.

브레이크가 말을 안 듣는데 어떻게 차를 세우지?

그는 핸들 방향을 반대로 꺾어서라도 속도를 줄여보려고 했지만 오히려 바퀴가 헛돌면서 위험하게 요동쳤다. 크리스는 자기 이름을 부르는 율리아의 목소리를 듣자 가슴이 오그라드는 것 같았다.

"크리스!"

위험한 느낌이 점점 더 강해졌다. 크리스는 무서웠다. 정말 무서웠다. 전에는 이런 적이 거의 없었다. 이유 없이 겁을 먹다니, 결코 스스로에게 용납할 수 없는 일이었다.

제발 데비가 훌쩍거리면서 소리 지르는 걸 멈춰준다면.

"브레이크 밟아, 크리스! 브레이크를 밟으라고!"

바퀴들이 미쳤는데 그게 무슨 소용이야.

그래, 후진! 기어를 후진으로 넣어보자!

그는 페달을 밟은 채 기어를 R로 옮겼다. 그러자 차가 잠시 언덕길을 거슬러 올라가는 것 같더니 이내 다시 앞으로 내려갔다.

크리스는 벤저민이 미친 듯 지르는 소리를 듣고서야 상황이 얼마나 위험한지 깨달았다.

"핸드브레이크를 올려! 이 자식아!"

있는 힘을 다해 핸드브레이크를 당기자 타이어가 쌩 돌더니 차는 그대로 돌진해 한 바퀴를 굴렀다. 크리스는 나무들이 다가오는 걸 보았다.

그리고 차가 나무와 부딪치는 순간 검은 그림자는 마치 바람에 쓸려가듯 숲속으로 사라져버렸다.

사고

크리스는 앞으로 쏠렸다가 다시 뒤로 튕기면서 등받이에 머리를 세게 부딪쳤다. 그런데도 그는 이 모든 일들을 멀리서 구경하고 있는 것처럼 실감이 나질 않았다. 차 안은 불길하리만큼 조용했고 들리는 소리라고는 오직 달달거리며 돌아가는 모터 소리뿐이었다. 바람이 연신 차창을 때려댔다.

잠시 동안 크리스는 돌처럼 굳어서 가만히 있었다.

어떻게 이런 일이 있을 수 있지? 지금까지 운전을 하면서 한 번도 실수한 적이 없었는데.

그는 너무 두려운 나머지 진땀이 났고 머리도 어질어질한 것 같았다.

혹시 바람에 흔들리고 있는 창밖 나뭇가지들 때문에 어지

러운 건가?

나무들이 마치 자기를 보며 비웃고 있는 것 같았다. 게다가 여전히 귀에 거슬리는 마찰음을 내며 좌우로 움직이는 와이퍼 소리와 사방에서 날아드는 수백, 수천 개의 눈송이도 그를 불안하게 했다. 작은 날벌레 떼 같은 눈송이를 마음 같아선 양팔을 흔들어 멀리 쫓아버리고 싶었다. 그때 벤저민의 목소리가 황당한 환상에 사로잡혀 있던 그를 현실로 돌려놓았다.

"너희들도 혹시 저 냄새 나?"

크리스가 그게 무슨 냄새인지 깨닫는 데는 1초도 걸리지 않았다.

기름. 기름 냄새였다.

앞쪽 보닛에서 모락모락 피어오르는 연기가 하늘에서 내리는 눈송이와 뒤엉켰다. 눈송이는 보닛의 뜨거운 열기 때문에 금세 녹았다.

나가야 해.

차에서 당장 나가야 했다. 크리스는 시체처럼 창백한 얼굴로 앉아 있는 율리아 쪽을 돌아보았다. 그녀는 꼼짝하지 않고 있었다. 다행히 별일은 없는 것 같았다. 최소한 육안으로는 어떤 부상도 보이지 않았다.

"얼른 밖으로 나가. 빨리 나가라고, 율리아!"

그런데 그 순간 호러 판타지 영화의 한 장면처럼 갑자기 보닛에서 불길이 솟기 시작했다.

크리스는 오른손으로 율리아의 손을 꽉 잡고선 왼손으로 차 문을 열었다. 얼음처럼 차가운 공기가 차 안으로 휘몰아쳐 들어왔다. 커다란 눈송이가 그의 얼굴을 때렸다.

그는 율리아를 자기 쪽으로 끌어당겼다. 그녀의 몸이 핸들에 걸려 빠져나오지 않자 그는 그녀의 팔을 인정사정없이 당겼다.

"나와, 빨리!"

다행히 율리아는 아무런 저항도 하지 않고 그가 하는 대로 따라주었다. 차라리 소리를 질렀다면 마음이 놓였을 텐데 소리조차 낼 수 없을 정도로 충격에 빠진 그녀의 모습을 보자 크리스의 두려움은 점점 더 커졌다.

두 사람은 눈이 쌓인 도로 위로 떨어져 나뒹굴었다.

차에서 최대한 멀리 떨어져야 해. 율리아를 안전한 곳으로 피신시켜야 해!

정신을 차리고 일어난 크리스는 율리아의 팔을 잡고 일으키려다가 그녀가 안 가려고 버티는 바람에 하마터면 눈길에 미끄러질 뻔했다.

율리아가 소리쳤다.

"기다려, 크리스!"

"안 돼, 여긴 너무 위험해! 어서 따라와!"

"그럼 다른 애들은? 다른 애들은 어쩌고?"

다른 친구들이 어찌되든 전혀 상관없는 건 아니었지만 그래도 지금은 각자 알아서 제 목숨을 구할 수밖에 없었다. 그는 율리아의 어깨 너머로 막 벤저민과 로즈가 차 밖으로 나오는 걸 확인했다.

크리스가 그들을 향해 소리쳤다.

"뛰어!"

불길이 삽시간에 보닛을 집어삼켜 철판이 오그라드는 모습을 보자 크리스는 할 말을 잃고 말았다.

젠장, 왜들 꼼짝하지 않는 거야?

"차가 언제 폭발할지 모른다고!"

그때 율리아가 소리쳤다.

"데비! 데비가 아직 차에서 안 나왔어."

그러곤 크리스가 미처 말리기도 전에 차 쪽으로 달려갔다.

그냥 문만 열고 밖으로 나오면 되는데 데비는 대체 뭘 하는 거야?

크리스는 저주를 퍼부으면서 하는 수 없이 차 쪽으로 다시 돌아갔다. 차는 경사진 언덕 바로 앞에서 쓰러져 있는 나무에 걸려 겨우 멈춰서 있었다. 환한 전조등이 나무들 사이로 으스스한 빛을 뿜어내고 있었는데 크리스는 그 빛 속에서 데비의 시체처럼 창백한 얼굴과 창문에 흘러내리는 핏자국을 보았다. 아마도 차가 충돌할 때 문에 머리를 부딪친 모양이었다.

데비는 꼼짝도 하지 않았다.

갑자기 두려움이 몰려들면서 크리스는 속이 메스꺼워졌다.

젠장, 만약 안 좋은 일이라도 생기면 어쩌지? 그럼 모두 내
책임인데……

설마…… 설마 죽은 건 아니겠지?

사고가 나면 그가 책임져야 했다. 그는 차를 통제하지 못했
고 눈길이 위험하다는 걸 알면서도 조심하기는커녕 그저 그
곳에서 빨리 벗어나려고 급하게 달렸다.

"아직 살아 있어! 기절한 것뿐이야. 하지만 차에서 혼자 나
오진 못해."

로즈의 말에 크리스는 데비가 앉아 있는 보조석 쪽 뒷문을
당겼다. 그런데 문이 뭔가에 걸려 열리질 않았다. 여전히 보닛
에서 불길이 솟고 있었고 스스스 하는 낯설고 오싹한 소리도
들렸다. 그의 이마에서 물 같은 게 흘러내렸다.

눈이 녹은 건가? 아니면 땀?

상관없었다. 다행히 데비가 기절한 것뿐이라는 사실을 알
자 안도감에 아드레날린이 마구 샘솟았다.

"벤, 도와줘!"

크리스는 뒷좌석 쪽 문을 열고 차 안으로 몸을 숙여 데비의
몸통을 껴안고 끌어당겼다. 하지만 그녀의 육중한 몸은 꿈쩍
도 하지 않았다.

"아, 여긴 너무 좁아!"

크리스는 뒷좌석과 운전석 등받이 사이로 미끄러져 들어가
선 데비의 몸을 틀어 뒷좌석에 완전히 뉘었다.

"벤, 이리 좀 와! 와서 데비의 발을 잡고 천천히 끌어내줘!"

"아, 이런…… 너무 위험해."

벤저민의 목소리가 불안에 떨고 있었다.

"차가 펄펄 끓는 주전자 같잖아. 저 김 좀 봐!"

"그러니까 빨리하라고!"

드디어 데비의 축 처진 몸이 조금씩 움직이기 시작했다. 머리는 질질 끌리다시피 했다. 크리스는 의식을 잃은 데비의 머리를 들어 벤저민과 함께 차 밖으로 끌어내는 데 성공했다.

바람 때문에 나뭇가지에서 눈뭉치가 떨어져 얼굴에 닿자 데비가 깨어났다.

율리아가 데비의 얼굴 위로 몸을 숙이고 물었다.

"어디 아픈 데 없어?"

데비는 얼떨떨한 표정으로 그녀를 빤히 쳐다보았다. 그러더니 물음에 대답하는 대신 눈을 크게 뜨고 따지듯 물었다.

"대체 크리스가 뭔 짓을 한 거지? 율리아, 네가 대신 설명 좀 해줄래?"

크리스는 시선 끝으로 앞 창문에 불길이 치솟는 걸 보았다. 유리가 쩍 갈라지는 소리를 듣자 본능적으로 곧 폭발하리라는 걸 예감했다.

그가 율리아의 팔을 잡아당기며 소리쳤다.

"뛰어!"

그러곤 데비를 겨드랑이에 낀 채 눈길 위로 질질 끌다시피

해서 차에서 멀리 달아났다. 채 10미터도 못 가서 앞 창문이 폭발하며 산산조각 났다. 작은 유리 파편들이 반짝거리면서 눈송이와 함께 천천히 땅으로 내려앉아 눈과 뒤엉겼다. 유리 조각들은 반사된 화염 때문에 발갛게 보였다. 마치 핵이 폭발하듯 불길이 하늘로 치솟았다. 각종 호스와 벤틸, 나사, 녹아버린 플라스틱 조각, 시꺼멓게 그을린 전선 등이 공중으로 떠올랐다가 땅으로 떨어졌고 그 위로 내리는 눈에 덮여 사라졌다. 눈은 마치 하늘을 거꾸로 엎어놓은 것마냥 하염없이 떨어지고 있었다.

한참 후 모든 게 잠잠해졌고 고요한 숲속에서 들을 수 있는 유일한 소리는 흐느낌에서 통곡으로 변한 데비의 울음소리뿐이었다. 그건 마치 나무들 사이로 지나가며 울부짖는 늑대 소리 같았다.

***

그들은 말없이 까맣게 타들어가는 모터 장치를 지켜봤다.

한참 후에야 크리스 옆에 서 있던 벤저민이 중얼거렸다.

"빌어먹을! 대체 왜 그런 거야, 크리스?"

"나도 몰라, 차가 이상했어. 브레이크가 도무지 말을 안 듣더라고."

그때 율리아가 말했다.

"아무래도 데비가 이상해."

율리아는 자신이 입고 있던 짙은 색 패딩 점퍼를 벗어 바닥에 깔고 그 위에 데비를 눕혔다.

"그러다가 네가 얼어 죽겠다."

크리스는 자신의 옷을 벗어 율리아의 어깨에 걸쳐주었다.

"데비가 쇼크 상태인 것 같아."

데비는 진짜 반쯤 넋이 나간 것 같았다. 눈은 멀뚱멀뚱 허공을 향해 있었고 아래턱은 추위와 긴장감 때문인지 덜덜 떨고 있었다.

갑자기 데비가 중얼거리듯이 말했다.

"거기 뭔가가 있었어. 숲속에 말이야. 너희들도 봤어?"

"데비!"

로즈가 두 손으로 데비의 얼굴을 감쌌다.

"데비, 정신 차려! 차 사고가 났었던 거야."

하지만 데비는 비명을 지르며 로즈의 두 손을 뿌리쳤다.

"쟤 또 왜 저러는 거야?"

벤저민이 한심하다는 표정으로 고개를 저었다.

하지만 착한 로즈는 참을성 있게 데비를 설득하려고 했다.

"데비, 데비, 날 봐, 이젠 괜찮아! 내 얼굴을 보라고. 그래, 바로 그거야. 지금부터 내 말 잘 들어. 혹시 다친 덴 없어? 아픈 데 없냐고?"

로즈의 방법이 효과가 있었는지 데비는 서서히 상황을 파악하는 것 같았다. 그러자 좀 전까지 시체처럼 창백했던 얼굴이 갑자기 분노로 시뻘게졌다.

"너희들도 봤지! 너희들도 봤잖아!"

데비는 벌떡 일어나더니 크리스 쪽으로 달려가 그의 가슴을 마구 때렸다.

"네 잘못이야! 네가 미친 듯이 차를 몰지만 않았어도! 그러니까 내가 천천히 가라고 했잖아!"

"아냐, 그건……."

데비는 신경증 환자처럼 날뛰더니 결국 로즈의 품에 안겨 홀쩍거렸다.

"하마터면 너 때문에 죽을 뻔했잖아! 만약 그랬으면 넌 좋아했겠지, 안 그래?"

크리스는 지금 당장은 아니더라도 언젠가 꼭 데비의 얼굴을 갈겨주리라 다짐했다. 입술이 퉁퉁 붓고 겨우 숨만 쉴 수 있을 정도로.

그런 생각을 하자 갑자기 속이 메스꺼워졌다. 어지럽고 토할 것만 같았다.

저 말은 신경 쓰지 말자.

크리스는 생각했다.

진정해. 다른 사람들은 아무도 널 욕하지 않잖아.

데비만 그래.

그는 발로 브레이크를 밟았던 그 당시의 느낌을 다시 떠올렸다. 하지만 차는 전혀 반응하지 않았었다. 그들 모두 죽을 뻔했다.

크리스가 물었다.

"율리아, 넌 어때? 다친 덴 없어?"

"난? 나한텐 왜 안 물어봐?"

데비는 이제 훌쩍거리는 게 아니라 아예 고래고래 소리를 질렀다.

"넌 너무 빨리 달렸어. 그렇지, 로즈? 내 말이 맞지? 크리스 잘못이야, 모든 게!"

크리스가 데비를 향해 소리쳤다.

"입 닥쳐, 데비. 입 닥치라고!"

데비는 또다시 울기 시작했다.

한동안 모두 입을 다문 채 나무에 쌓인 눈송이를 쓸어내리는 바람 소리와 데비의 흐느끼는 소리를 듣고 있었다.

한참 뒤에 벤저민이 입을 뗐다.

"좋아. 어쨌거나 이걸로 우리의 여행은 끝장난 거야. 맞지?"

그러자 크리스가 대답했다.

"두고 보면 알겠지."

그는 무슨 일이 있어도 이번 주말을 계곡에서 보내고 싶지 않았다. 여기서 나가지 않으면 미칠 것만 같았다.

***

거센 눈보라는 결국 활활 타오르던 불꽃을 잠재웠다.

"일단은 학교로 돌아가야 해. 그다음에 어떻게 할지 생각해
보자."

크리스가 중얼거리자 벤저민이 물었다.

"그다음에 어떻게 할지 생각해보자고? 맙소사, 아직도 모르
겠어? 이번 휴가는 끝장났다고. 디 엔드!"

그 말에 크리스는 자제력을 잃고 말았다. 온몸이 바들바들
떨렸고 분노가 머리끝까지 치밀어 올랐다. 그는 차 쪽으로 달
려가더니 발로 차를 마구 찼다. 열에 달궈졌던 금속에서 츠츠
츠- 하는 소리가 났다.

도끼나 망치 같은 게 있다면…….

그 순간 번뜩 뭔가가 떠올랐다. 트렁크의 금속 손잡이는 맨
손으로 잡을 수 없을 정도로 뜨거웠다. 그런데도 그는 갖은 방
법을 써서 트렁크 문을 열고 짐 가방을 꺼냈다.

율리아가 소리쳤다.

"크리스, 너 지금 뭐 하는 거야?"

자동차용 잭. 그건 보기에도 상당히 묵직해 보였다.

크리스는 보닛에서 나오는 열기를 느꼈고 금속이 달궈지는
소리를 들었다. 그리고 동시에 어떤 일이 일어날지 예감하고
있었다.

그는 자신의 분노를 잘 알고 있었다. 그건 그의 몸에서 이미 끓어오르고 있었고 멈출 방법이 없었다. 그건 항상 끔찍한 공포심과 함께 시작되었다. 견딜 수 없는 공포심. 하지만 그걸 잠재울 방법을 모르는 그는 번번이 패닉에 빠졌다. 공포심이 패닉으로 변하고 또 그걸 억누르지 못한다는 절망감이 무시무시한 분노로 변하게 되는 악순환. 그건 인간적인 관점에서 어쩌면 당연한 게 아닐까? 그리고 이런 상황에서 그가 원하는 것, 그가 할 수 있는 건 오직 한 가지뿐이었다. 빌어먹을 차, 재수 없는 차를 부숴버리는 것, 박살 내버리는 것이었다.

크리스는 잭을 든 팔을 최대한 뒤로 젖혀 자동차 뒤 유리창을 힘껏 내리쳤다.

어차피 다 못쓰게 된 차를 부순들 아무 상관 없지 않은가. 이편이 죄 없는 다른 사람들에게 화풀이를 하는 것보단 더 낫지 않느냔 말이다. 이런 행동 자체는 세월이 흐르면서 그가 지혜롭게 자신을 통제하는 방법을 배웠다는 증거였다.

그 순간 유리 조각 하나가 그의 얼굴에 정면으로 튀었다. 짧은 통증과 함께 그는 제정신을 차렸다. 따끔함을 느낀 동시에 누군가 그의 어깨를 잡아당겼다.

"크리스, 정신 나갔어?"

그는 벤저민일 거라고 생각했지만 뒤로 슬쩍 돌아보니 율리아였다. 그녀의 얼굴에는 놀라움과 두려움이 뒤섞여 있었다.

아냐, 그러면 안 돼.

그녀가 날 무서워하게 만들면 안 돼. 예전에 있었던 일이 또다시 반복되어선 절대로 안 돼.

크리스는 깊이 심호흡을 했다. 그런 다음 잭을 바닥에 내려놓고 마음을 진정시키기 시작했다. 그러는 동안 차츰 분노도 가라앉았다.

한편으론 두려우면서도 다른 한편으론 걱정하는 표정으로 율리아가 바라보고 있다는 걸 깨닫자 그는 다행이라는 생각이 들었다. 분노를 억누르는 데 성공했기 때문이었다.

제시카와 있었던 일이 또다시 반복되어선 안 돼.

그는 이마에 맺혀 있는 땀을 닦았다. 그리고 일부러 아무렇지 않은 척 말했다.

"벤, 네 영화 소재로 이런 건 어때?"

하지만 벤저민은 늘 하던 시시껄렁한 농담조차 하지 않았다.

크리스는 나머지 사람들을 쳐다보았다. 모두 숲 쪽을 보고 있었다. 그는 그들의 시선이 있는 곳을 눈으로 좇았다.

로즈가 속삭였다.

"저게 뭐지? 너희들도 저거 보여?"

나무 사이에 뭔가가 있었다. 빨간 불빛 같은 게 반짝거렸다.

설마 차에서 불씨가 숲으로 옮겨붙은 건 아니겠지?

그건 아니었다.

두 눈. 어둠 속. 움직임. 바스락거리는 소리.

뭔가가 숲속을 가로지르며 재빨리 달려가더니 눈 속으로

사라졌다.

데비가 거의 흐느끼는 목소리로 말했다.

"내가 그랬잖아, 숲속에 뭔가 있다고."

"숲속에 뭔가가 있는 건 당연하지. 짐승일 거야."

크리스는 중얼거렸지만 그 역시 차를 갑자기 돌진하게 만들었던 그 반짝이는 눈을 생각했다. 그리고 아버지의 말을 떠올렸다.

"정말이다, 크리스, 내 말을 믿으렴. 나도 한때는 세상에 악이란 없다고 믿었었단다. 하지만 그 후로 내 생각이 틀렸다는 걸 내 몸으로 직접 겪었어."

그래, 크리스. 네 아버지는 술주정뱅이였고 나중에는 죽음이 두려워 질질 짜는 노인네가 되었지.

하지만 만약 그의 말이 맞는다면 어쩌지?

"그건 저 위 계곡에 붙잡혀 있단다, 크리스. 철창 속 야생동물처럼."

우려했던 일

사고와 그로 인한 충격 때문에 폭풍에 대한 걱정은 잠시 잊
혔다. 하지만 시간이 가면 갈수록 상황이 점점 더 심각해지고
있는 건 분명했다.

고갯길을 넘었지만 학교까지는 여전히 3킬로미터 내지 4킬
로미터를 더 가야 했다. 평소의 날씨라면 아무것도 아닌 거리
였겠지만, 지금은?

다행히도 눈발은 좀 잦아들었다. 하지만 그 대신 기온이 점
점 더 떨어지고 있었다. 구름이 여전히 오전의 하늘을 가득 덮
어 시야를 방해했다. 바람은 양쪽으로 늘어서 있는 빽빽한 나
무들 덕분에 위세를 떨치지 못했지만 차단기가 있는 곳부터
는 숲길이 끝나고 사방이 뚫린 휑한 도로가 시작된다는 생각

에 걱정이 앞섰다.

데비는 걷고 있다기보다는 술 취한 사람처럼 넘어질 듯 말 듯 휘청거리고 있다는 표현이 더 적절했다. 얼굴은 살얼음이 낀 것처럼 허였다. 그녀는 자꾸만 왼쪽 이마에 난 피멍 자국을 만졌다.

그러더니 갑자기 앞으로 고꾸라지듯 엎드려선 꼼짝하지 않았다. 로즈가 그녀를 일으켜보려고 갖은 방법을 다 써보았지만 데비는 요지부동이었다.

로즈는 데비를 달래기 시작했다.

"이제 얼마 안 남았어. 버텨야 해, 데비. 머리는 어때?"

하지만 데비는 대답하지 않았다.

"아직 많이 아파?"

크리스는 예전에는 데비가 벙어리가 되었으면 좋겠다고 빌었었지만 그 순간에는 제발 무슨 말이든 해주면 좋겠다고 생각하고 있었다.

"학교에 도착하자마자 침대에 누워서 좀 쉬어."

로즈는 다정하게 말했지만 이번에도 데비는 대답이 없었다.

그랬다. 심지어 벤저민이 뒤로 되돌아와 높이 쌓인 눈 속에 두 발을 딛고 서선 데비의 얼굴에 카메라를 바싹 들이대는데도 아무런 반응을 보이지 않았다.

벤저민은 바람 소리에 맞서 고래고래 소리를 질렀다.

"오예, 정말 멋진 그림이야! 이런 황량한 곳에 그 명품 짐 가방을 끌고 다니는 꼴이 얼마나 역겨운 줄 알아? 이런 건 어떤 감독도 생각해내지 못했을 거야!".

벤저민이 숨을 헐떡이며 계속 말했다.

"그런데 말이야, 우리 그레이스로 돌아가면 뭘 하지?"

크리스는 율리아의 손을 더듬어 잡았다.

"너희들은 너희들 하고 싶은 대로 해. 율리아랑 난 차를 구하는 대로 바로 떠날 거야."

그는 경사진 언덕 아래를 뚫어져라 응시했다.

이럴 때 스노보드라도 있었다면 얼마나 좋을까? 그러면 이삼 분 안에 학교에 도착할 수 있을 텐데.

하지만 현실은 그렇지 않았다. 그는 데비를 기다려주기 위해 가다 서다를 반복해야만 했다.

저 정신 나간 게, 이런 날씨에 플랫 슈즈를 신고 오다니!

게다가 커다란 화장품 가방을 얹은 오렌지색 트롤리 트렁크도 자꾸만 눈길에 걸려 넘어졌다. 데비는 분명 걷고 있는데도 진전이 없었다. 꼭 쳇바퀴를 맴도는 햄스터처럼 거의 제자리걸음이었다.

데비가 이번 주말 여행에 함께 차를 타고 가겠다고 했을 때 내가 왜 승낙을 한 거지?

순전히 율리아 때문이었다. 반대하던 크리스를 율리아가 끝내 설득했던 것이다.

"데비를 이곳에 혼자 두고 갈 순 없잖아. 데비가 좀 성가시

게 군다는 건 나도 알아. 그래도 난 그동안 적응이 돼서 그런지 괜찮아."

데비한테는 영원히 적응이 안 돼, 치질에 적응이 안 되는 것과 마찬가지야.

그 순간 벤저민이 소리쳤다.

"빌어먹을! 진짜 춥네! 에이, 젠장! 젠장! 젠장! 팔다리가 다 얼어붙은 것 같아. 심지어 내 가장 소중한 신체 일부도 고드름이 된 것 같다고."

하지만 아무도 웃지 않았다. 그 역시 좋은 징조는 아니었다.

크리스가 옆에서 걸어오고 있는 율리아에게 물었다.

"괜찮아?"

율리아는 입김으로 손을 데우기 위해 주머니에서 자꾸만 손을 꺼냈다.

"당연하지! 최고야! 손가락은 감각이 없고 앞도 안 보이고 또 막 죽을 뻔하다가 살아난 거에 비하면 이보다 더 좋을 순 없어."

"내가 배낭 대신 들어줄까?"

"별로 무겁지 않아. 그보단 데비의 트렁크나 좀 끌어줘. 난 데비가 정말 걱정돼."

율리아가 고개를 저으며 거절하자 크리스는 머리카락을 쓸어 올렸다. 작은 얼음 조각들이 붙어 있었다.

"정 힘들면 그냥 놓고 오라지."

"제발 그러지 좀 마, 크리스."

애절하게 쳐다보는 율리아의 눈을 보고 있으면 그는 심지어 데비라도 안아 옮겨야 할 것만 같았다. 그렇지만 그는 다시 한 번 말했다.

"그냥 여기 두고 가자고 해. 학교에 가서 차를 구하면 다시 가지러 오면 되잖아."

율리아가 걸음을 멈추고 그를 진지하게 쳐다보았다.

"크리스! 데비를 도와줘. 사실 이건 네 잘못이잖아. 네가 너무 급하게 차를 몰았던 탓이야. 대체 왜 그래? 넌 고갯길에 들어서자마자 갑자기 가속페달을 밟기 시작했어. 이 굽잇길을 마구 내달렸다고, 이런 날씨에. 데비 말이 맞아. 네가 우리 모두를 죽일 뻔한 거야."

"아까 그 차는 제일 싼 타이어를 끼워놓은 게 틀림없어."

"아, 그래? 그러니까 네가 그렇게 빨리 달린 게 다 타이어 탓이란 거야? 넌 네 잘못을 인정할 줄 몰라, 안 그래? 넌 세상에서 네가 제일 잘난 줄 알지?"

율리아는 화가 나서 발을 쾅쾅 굴렀다.

크리스는 걸음을 멈췄다. 그리고 한참 만에 데비가 가까이 오자 말없이 그녀의 트렁크를 받아 끌기 시작했다. 그 빌어먹을 트렁크는 너무 무거웠다. 하지만 그 안에 뭐가 들어 있는지는 전혀 알고 싶지 않았다.

이상하게 모든 게 잘못되어가고 있었다. 정확히 1년 전부터.

율리아와 함께 보낸 밤을 제외하곤 말이다. 그 순간엔 모든 게 달랐다. 그땐 그녀도 달랐다. 아니면 혹시 달랐으면 하는 그의 착각이었을까? 알 수가 없었다.

잊어버려, 크리스. 너무 많이 생각하지 마. 학교에 도착하자 마자 새 차를 구해서 떠나면 돼.

"그런데 그놈의 차단기는 어디 간 거야? 학교 불빛이 벌써 보였어야 하는 거 아닌가?"

로즈 역시 완전히 녹초가 되어 있었다.

크리스는 정면을 뚫어져라 응시했다.

빌어먹을 숲이 왜 끝도 없이 계속되는 거지?

구불구불하게 커브가 계속되는 도로는 너무나 길게 느껴졌 다. 하지만 학교까진 이제 얼마 남지 않은 게 틀림없었다.

그런데 그게 아니라면 어떡하지?

게다가 도로변에 쓰레기들도 점점 더 많이 나타났다. 그 쓰 레기들은 마치 제 목적을 벗어난 이정표처럼 눈 위로 불쑥 튀 어나와 있었다. 빈 병, 비닐봉지, 그 안에 들어 있는 빈 맥주 캔 들. 이제 거의 다 지났구나 하고 안심하는 순간 또 새로운 숲 이 나타나곤 했다.

그 사실은 크리스로 하여금 다시 한 번 계곡이 언젠가 외부 로부터 완전히 차단되었던 적이 있었다던 이야기를 실감하게 만들었다. 그땐 결국 불도저를 동원해 이 빼곡한 숲을 가로질 러 널찍한 길을 내야만 했었다고 했는데, 대체 누가 이런 산중에 학교를 지을 생각을 했는지 아무리 생각해봐도 정말 수수 께끼였다.

아마도 그들 중에서 그레이스의 비밀스러운 과거에 대해 아는 사람은 크리스가 유일할 것이었다. 그런데 그런 그조차도 지난 몇 주간 이 학교에 오기로 결심하게 된 이유에 대해 까맣게 잊고 있었다.

그런데 오늘, 11월 11일에야 크리스는 그 이유가 다시 생각 났다. 그는 운전을 잘하는 편이었고 이런 날씨에 운전을 하는 것에도 익숙했다. 율리아나 다른 이들이 그 사실을 믿건 말건 상관없었다. 그는 브레이크가 정상이 아니었다고 확신했다.

정면에서 강풍이 불자 데비가 기우뚱하더니 또다시 눈 위로 쓰러져버렸다. 로즈는 데비가 일어날 수 있도록 부축해주었다. 크리스는 그제야 데비가 여전히 한 마디도 하지 않고 있다는 사실이 걱정되기 시작했다.

"왜 그래, 데비? 아까 사고 날 때 혀를 깨물기라도 한 거야? 아까 있던 곳으로 돌아가서 잘려 나간 혀를 찾아볼까?"

벤저민 역시 크리스와 같은 생각을 했던 모양이었다.

하지만 데비는 대답도 하지 않았고 울지도 않았다.

로즈가 한숨을 내쉬며 말했다.

"데비를 괴롭히지 마, 벤. 지금 많이 안 좋은 거 안 보여?"

데비는 여전히 아무런 반응도 없이 넘어질 듯 아슬아슬하게 앞으로 걸어갔다. 통통 부은 얼굴은 도로 위 눈처럼 허옜고 젖은 머리카락은 피딱지가 앉은 이마에 엉겨 붙어 있었다.

그런데 갑자기 데비가 걸음을 멈추었다.

"너희들도 저 소리 들었어?"

그러더니 정면에 있는 숲속 나무들 사이를 뚫어져라 응시했다. 크리스도 걸음을 멈추곤 귀를 쫑긋 세웠다.

"아무것도 없는 것 같은데? 그냥 바람 소리겠지."

"아냐, 저기 뭔가가 있어……. 확실해."

로즈의 말에도 아랑곳 않고 데비는 새파래진 손가락을 뻗어 왼쪽 숲을 가리켰다.

크리스는 데비가 가리키는 곳을 좇았다. 키 큰 가문비나무의 가는 줄기가 일정한 리듬에 맞춰 좌우로 흔들리고 있었다. 마치 제대로 된 안무법을 배우기라도 한 것 같았다.

미쳤어. 저 백치가 드디어 미친 거야!

크리스는 더 듣기도 귀찮다는 듯이 말했다.

"계속 가."

그들은 아무 말 없이 눈과 싸우며 힘겹게 걸어갔다.

아버지는 정신병자라는 어머니의 말을 오랫동안 믿어왔던 크리스는 불과 몇 달 전에야 아버지가 미친 게 아니었다는 걸 알게 되었다. 이 산 위에는 틀림없이 사람을 불안하게 만드는 뭔가가 있었다. 그게 무엇인지 말할 수도 설명할 수도 없는 어떤 것이. 이 계곡은 로키 산맥 중에서도 가장 외진 곳이었다. 외부 사람의 발길이 거의 미치지 않는 곳. 그건 단지 학교가 사유지라는 이유에서 때문만은 아니었다. 그보단 사람들이 일부러 피해가는 듯했다.

사유지.

크리스는 아직도 그 학교의 진짜 주인이 누구인지 알아내지 못했다. 지금까지 알아낸 사실이라고는 본사가 영국에 있는 유럽의 어느 회사라는 것뿐이었다. 하지만 최근엔 그 일에 대해 거의 잊고 지냈었다. 그런데 바로 지금 이 순간 아버지의 말이 다시 생각난 것이다.

"그 계곡은 한 번 들어가면 절대 못 나온단다."

"세상에 어떤 곳도 누굴 붙잡아두진 못해요, 아버지."

"그렇지 않아, 그 계곡은 다르다니까."

"아버지도 그곳에서 나오셨잖아요."

"진짜로 나왔다고는 할 수 없어, 크리스. 내가 어떻게 됐는지 네 눈으로 직접 보고 있잖니."

"아버지는 북미에서는 가장 유명한 철학자 중 한 명이시잖아요."

"그건 다 옛말이다. 봐라, 지금 내 모습을. 난 그저 속 없는 빈껍데기일 뿐이야."

아버지의 그다음 말을 떠올리자 크리스는 등줄기가 서늘해졌다.

"크리스, 내 영혼은 아직 그 꼭대기 위에 남아 있단다."

그는 생각에 너무 깊이 열중한 나머지 주변의 변화를 전혀 감지하지 못했다. 하지만 계곡은 좋은 점도 있었다. 새로운 기회를 얻을 수 있다는 것. 다른 사람, 새로운 사람이 될 수 있다는 것. 하지만 그런 건 그가 여기 오기로 결정한 여러 가지 이유들 중 하나에 불과했다.

크리스는 벤저민의 외침에 놀라 생각에서 깨어났다. 드디어 숲이 끝나고 눈앞에 계곡이 펼쳐져 있었다.

"저기 차단기가 있어!"

기진맥진해진 로즈도 소리쳤다.

"아, 드디어!"

눈에 뒤덮인 건물 지붕들이 주변의 자연환경을 평화로워 보이게 했다. 하지만 크리스는 캠퍼스의 규모가 어마어마하다는 걸 새삼 깨달았다. 그 한가운데 유리벽으로 된 본관 건물과 날개처럼 양옆으로 펼쳐진 4층짜리 부속 건물들이 자리 잡고 있었다. 그 광경을 보면서 그는 갑자기 등줄기가 서늘해졌는데 그 이유는 잠시 후에야 깨닫게 되었다.

건물에는 창문이 백 개가 넘었지만 그중 불이 켜진 곳은 단 한 군데도 없었던 것이다.

***

휘장처럼 둘러선 수풀과 나무들을 지나자마자 크리스는 폭풍이 벌써 계곡에 도달해 있다는 걸 알았다. 호수는 잿빛 장막 뒤로 아예 사라져버렸고 또다시 눈이 오기 시작했는데 아까보다 훨씬 더 많이 쏟아지고 있었다.

벤저민이 뭐라고 외쳤지만 바람 소리 때문에 거의 들리지 않았다.

"맙소사, 얼른 서둘러야겠어. 바람이 너무 강해."

주차장으로 가는 동안 뻥 뚫린 캠퍼스 위로 불어오는 돌풍을 피해 숨을 만한 곳은 전혀 없었다. 펑펑 쏟아지는 눈 속에서 크리스는 그레이스 대학 마크가 부착된 차 세 대를 발견했다. 모두 보안 요원들의 밴이었다.

발아래서 눈이 뽀드득거렸다. 데비의 트렁크가 얼어붙은 눈길에 자꾸 걸려 넘어지자 크리스는 아예 트렁크를 번쩍 들었다. 남쪽 건물과 연결되어 있는 신설 건물 안의 스타벅스 앞을 지나갈 때 시계를 보니 11시 25분이었다. 온도계는 영하 7도를 가리키고 있었다.

잠시 후 그들은 호수를 따라 본관 건물로 연결되어 있는 보도블록에 이르렀다. 보도블록 역시 눈에 완전히 덮여 있었다.

건물은 컴컴했다.

보안 요원이 최소한 두 명은 건물 안에 있을 게 틀림없다는 사실을 몰랐더라면 아마도 이곳이 수년째 방치되고 있었다 해도 믿을 만큼 음산했다. 버림받은 것처럼. 불과 몇 시간 전만 해도 수많은 학생들로 북적거렸었다는 사실이 믿어지지 않을 만큼 건물에선 사람 냄새가 전혀 나지 않았다. 그제야 크리스는 이 대학을 생명력 있게 만드는 건 오직 학생들뿐이라는 사실을 깨달았다.

그들은 천천히 계단을 오르기 시작했다. 그런데 한 계단 한 계단 올라갈수록 크리스는 자꾸 찜찜한 기분이 들었고 뭔가 이상하다는 느낌이 강해졌다. 건물을 휘감듯이 불어대는 바람 때문만이 아니었다. 또 불 켜진 곳이 한 군데도 없다는 사실 때문도 아니었다.

분명 다른 뭔가가 있었다.

그는 계단 끝에 이르러서야 그 이유를 알았다. 로비로 들어가는 건물 입구가 철창으로 잠겨 있었던 것이다. 철창은 바람이 불 때마다 덜컹거리며 요란한 소리를 냈다.

그 순간 그들은 하울링 소리를 들었다. 그 소리는 오래도록 크리스의 귓가에 쟁쟁했다. 마치 어딘가 갇혀 있는 짐승의 울음소리 같았다.

***

크리스가 큰 소리로 욕을 했다.

"젠장! 현관을 봉쇄해버렸어. 이제 저 안으로 어떻게 들어가지?"

그는 철창을 발로 찼다. 그러자 하울링 소리가 멈췄다.

"벨을 눌러보자."

벤저민은 스피커 위에 달린 스위치를 눌렀다. 하지만 사람 목소리 대신 지지직— 하는 기계음만 들렸다.

"집이 비었나봐. 이봐요, 안에 아무도 없어요?"

벤저민의 농담에도 아랑곳 않고 크리스는 스위치 위에 손가락을 대고 기다렸다. 하지만 아무 소용 없었다. 어느 곳에서도 불은 켜지지 않았고 사방이 쥐 죽은 듯 조용했다.

크리스는 또다시 철창을 걷어찼다.

"틀림없이 누군가 있을 거야. 보안 요원들 말이야. 우리 목소리를 들을 수 있겠지."

로즈의 말을 벤저민이 이었다.

"아니면…… 어디 보자고. 현관을 얼마나 제대로 감시하고 있는지."

벤저민은 바람에 날아가려는 모자를 잡아 더 깊이 눌러썼다. 바람이 윙윙 소리를 냈고 뭔가가 바닥에 쓰러지면서 요란한 소리가 났다. 그때부터 데비는 조용히 울기 시작했다.

크리스는 걱정스러운 눈빛으로 그녀를 바라보았다. 그들 앞에 서 있는 그녀, 머리에는 눈이 잔뜩 묻어 있고 이마에는 피멍이 들고 얼굴은 얼어서 새파래진 그녀는 그가 알던 데비가 아니었다. 데비의 달라진 모습에 그는 소름이 끼쳤다.

부상이 보기보다 심각하면 어쩌지?

그의 탓.

죄인이 되는 건 한순간이다. 의도하지 않았는데도, 어떤 예고도 없이. 그냥 그렇게. 눈 덮인 도로. 이유는 모르겠지만 멈추지 않고 계속 미끄러졌던 바퀴. 말을 듣지 않던 브레이크. 경사진 굽잇길.

하지만, 아무 일도 없었지 않은가? 그들은 모두 살아 있었다. 그래도 그가 아슬아슬한 순간에 차를 멈췄기 때문이었다.

"바보 같은 보안 요원들은 다 어디 간 거야?"

로즈가 물었다.

"아마 로비에서 20미터도 안 떨어진 보안대 사무실에 앉아 있을걸. 거기서 봐야 할 모니터는 안 보고 술이나 퍼마시고 있겠지."

벤저민이 대답했다. 그사이 그는 또 비디오카메라를 꺼내 다른 사람들의 기분은 신경 쓰지 않고 촬영을 하고 있었다.

"나 너무 추워, 로즈. 발가락에 감각이 없어."

데비의 목소리는 가을에 호숫가 산책길에 심은 단풍나무의 잎사귀 소리에 파묻혀 거의 들리지 않았다. 바람이 그들 발밑에 떨어져 있던 빨간 단풍잎을 한 번에 쓸어가버렸다.

로즈가 대답했다.

"놀랄 일도 아니지. 넌 어쩜 이런 날씨에 그런 신발을 신을 수가 있니?"

"난 얼어 죽고 싶지 않아. 여기 밖에 서 있고 싶지 않단 말이야. 아, 그런 죽음은 너무 비참해."

"얼어 죽지 않을 테니 걱정 마!"

그때 데비가 눈을 동그랗게 뜨고 아래쪽 호수를 응시했다.

"너희들도 저거 보여?"

그러면서 호수 쪽을 가리켰는데 그걸 본 크리스는 메마른 나뭇가지가 연상되었다. 그 가지들도 데비의 팔처럼 절망스럽게 우중충한 허공을 찌르고 있었기 때문이었다.

데비의 말에 모두들 뭐에 홀린 것처럼 호수를 쳐다보았다.

율리아가 물었다.

"저게 뭐지?"

"그러게……."

벤저민은 카메라를 높이 들어 렌즈 안을 들여다보았다.

"지금까지 본 것 중에서 제일 이상한 장면이네."

크리스 또한 같은 생각을 하고 있었다. 마치 수면이 한참 내려가 있는 것처럼 보였던 것이다.

"수위가 평소보다 최소한 2미터는 더 낮은 것 같아. 저기 둑 보여? 완전히 밑까지 드러나 있잖아."

벤저민의 말이 옳았다. 평소에는 수면 위로 1미터 정도 올라와 있던 둑이 2미터 내지 4미터는 더 드러나 있었다.

벤저민이 카메라를 들고 달려가면서 어깨 너머로 소리쳤다.

"저기 수평선을 좀 봐. 세상에! 우리 쪽으로 곧장 오고 있잖아. 꼭 영화 〈투모로우〉에 나오는 한 장면 같아. 저거 보여? 빨리 어디론가 피해야 해."

크리스는 고요한 미러 호 수면 위로 몰려오고 있는 구름을 보자 등골이 오싹해졌다. 그와 동시에 곤충 떼가 날아드는 장면이 떠올랐다. 마치 수백만 마리의 벌레들이 무서운 속도로 돌진해오는 것 같았다.

하지만 구름이 몰고 오는 것이라곤 눈이 전부였다. 수백, 아니 수천만 개의 눈송이가 공중으로 휘날렸고 곧 시야를 가려 서로를 알아볼 수조차 없게 되었다. 흰 눈뭉치에 완전히 뒤덮일 지경이었다.

눈이 뺨을 때리고 바람이 밀어내려고 위협하자 크리스는 본관 건물을 봉쇄하고 있는 철창에 몸을 바싹 붙였다.

이건 전혀 계획에 없던 일인데. 이 시각이면 벌써 필즈에 도착했어야 했다고.

그때 머릿속에서 또 다른 목소리가 들렸다.

우린 죽을 수도 있었어. 그러니까 그런 일이 일어나지 않은 것만으로도 다행으로 여겨. 넌 율리아와 함께 있잖아. 중요한 건 오직 그것뿐이야.

구름은 순식간에 몰려왔다가 또 순식간에 사라져버렸다. 시야가 다시 좀 더 맑아졌다. 크리스는 그사이 줄곧 자기 옆에 서 있었던 율리아를 알아보았다. 그녀는 온몸을 바들바들 떨고 있었다.

"크리스, 저게 뭐였지?"

율리아가 작게 속삭이자 크리스는 정신을 바짝 차리곤 그녀를 껴안았다.

"그냥 폭풍일 뿐이야. 걱정 마. 내가 어떻게든 여기서 나가게 해줄게."

그러곤 벤저민 쪽으로 고개를 돌렸다.

"후문으로 한번 가보자."

"아마 거기도 잠겼을 거야."

로즈의 회의적인 말에 크리스의 불안감이 신경질로 변했다.

"그럼 넌 이 상황에서 어떻게 하길 바라? 밖에서 그냥 노숙이라도 할까?"

"내가 센터에 연락해볼게."

로즈는 말이 떨어지기가 무섭게 주머니에서 휴대전화를 꺼내 번호를 눌렀다. 모두 기대에 찬 눈빛으로 기다렸다. 하지만 잠시 후 로즈가 고개를 저었다.

"자동 응답기야."

그들은 서로를 바라보며 어찌할 바를 몰라 했다.

그때 문득 아침에 율리아가 스티브의 휴대전화를 빌려 전화를 했던 사실이 떠올라 크리스가 급히 자기 휴대전화를 꺼내 수신 목록을 뒤졌다. 하지만 빨간색 화살표 옆에는 '발신자 표시 제한'이라는 문구가 떠 있었다.

약삭빠른 자식, 번호가 노출되지 않게 해놨잖아.

"좋아. 우리 서로 떨어져서 찾아보자. 나랑 율리아는 오른쪽 건물로 가볼게. 벤저민, 로즈 그리고 데비는 왼쪽을 찾아봐."

하지만 데비는 완강하게 거부했다.

"난 여기서 한 발짝도 안 움직일 거야!"

"그럼 넌 여기 있어. 그게 더 나아. 어쩌면 그사이 저 멍청한 보안 요원들 중 한 명이라도 맡은 바 임무를 해야겠다고 생각해서 나올지도 모르니까."

크리스는 율리아의 손을 잡고 남쪽 건물이 있는 방향으로 달려갔다. 그런데 옆쪽 입구에 거의 다 다다랐을 무렵 철컹하는 소리가 들렸다. 처음에는 금속 같은 게 바람에 날려 땅에 떨어지는 소리라고 생각했지만 곧 상황을 파악하자 정신이 번쩍 들었다.

잠시 후 그 소리가 멈췄다. 크리스는 율리아의 손을 놓고 달려가기 시작했다. 뒤에서 율리아가 부르는 소리를 들었지만 그는 대답하지 않았다.

드디어 옆쪽 입구에 도착했다. 하지만 그가 우려했던 일은 이미 벌어지고 말았다. 그곳 역시 철창이 내부로 들어가는 길을 막고 있었던 것이다. 다시 말해 설사 현관문 열쇠를 갖고 있었다 하더라도 건물 안으로 들어가 몸을 녹일 수 있는 기회는 없었을 것이었다.

그는 두 손으로 창살을 붙들곤 마구 흔들었다. 살면서 오직 생각의 힘만으로 자신에게 닥친 문제를 모두 풀 수 있으면 좋겠다는 생각을 한두 번 해본 게 아니었다. 가령 이 철창을 들어 올린다든가 아니면 아예 오늘 하루를 처음부터 다시 시작할 수 있기를, 또는 그를 이곳으로 오게 했던 결정을 취소할 수 있다면.

하지만 다음 순간 율리아가 다가와 "우리더러 안으로 들어오지 말라는 거야. 그렇지? 누군가 막고 있는 것 같아"라고 말했을 때, 그는 아버지의 이야기를 철저히 파헤쳐보겠다던 결심을 후회하지 않으리라 마음먹었다.

율리아.

그녀 때문에라도 이곳에 있을 가치는 충분했다.

그녀가 그 사실을 알아만 준다면 얼마나 좋을까.

유리창 너머의 얼굴

제5번 목록. 불행해지길 바라는 사람들!

데비는 다른 사람들이 가버린 것도 거의 알아차리지 못했다. 그저 머릿속으로 불행해지기를 바라는 사람의 수를 세느라 여념이 없었다. 예를 들어 크리스. 그는 오늘 데비를 하마터면 죽일 뻔했었다.

그녀는 그에게 꼭 복수해야겠다고 결심했다. 하지만 어떻게 복수할 것인지에 대해서는 나중에 다시 생각해보기로 했다. 머리가 아팠고 너무 힘들어서 생각이 눈보라 치듯 뱅글뱅글 돌았다.

엉망진창이야, 전부!

그랬다. 그녀는 살아오면서 나쁜 짓을 정말 많이 저질렀었다. 겉보기에는 정말 못된 짓거리였다. 하지만 사실은 다 그럴 만한 이유가 있었다. 그래, 그녀는 정당했다. 어떤 사람들은 그런 일을 당해야 마땅했으니까.

그게 내 잘못은 아니잖아, 안 그래?

가장 심했던 건 그녀가 세 살배기 여동생 앨리스의 입에 색 구슬을 잔뜩 쑤셔 넣었을 때였다. 그것도 제일 예쁜 구슬만 골라서! 앨리스는 그게 사탕인 줄 알고 냅다 삼켜버렸다. 그렇다고 정말 생명이 위태로울 만큼 위험하진 않았는데……

하지만 앨리스의 아빠이자 데비의 양아버지는 의사가 아니던가? 데비로선 난처하게도 그들은 그 일이 벌어지자마자 즉시 그녀를 의심했었다. 물론 데비는 끝까지 혐의를 부인했다. 어디에도 증거는 없었다. 그런데도 어떻게 그녀의 짓이라는 걸 알았던 걸까? 그런 확신은 어디서 오는 거지?

앨리스는 한 마디도 하지 않았다. 그럴 수 없었으니까. 앨리스는 네 살이 되어서야 말을 하기 시작했다. 그랬다, 그녀의 여동생은 정말 명석함이라곤 찾아볼 수 없었다. 그런데도 모두가 그녀를 보면 감탄을 했다.

그 일이 있은 후 그들은 데비를 그 의사에게 보냈다.

의사는 무슨.

조너선 그린 박사는 북미 전역에서 흔히 볼 수 있는, 수염이 덥수룩하고 말이 많은 정신과 의사였다. 세계 최고의 정신과 의사들은 모두 유대인이라고 했던가? 유감스럽게도 그린 박사 또한 유대인이었다. 데비는 전국 통계를 좋아했다. 그녀가 전공과목으로 지리를 선택한 것도 그런 이유 때문이었다.

그린 박사는 시애틀에 있는 유명한 로즈우드 병원에서 일하는 데비의 양아버지의 직장 동료였다. 데비는 처음부터 그를 좋아하지 않았지만, 특히 CT 촬영을 한답시고 그녀를 이상한 관 속에, 그것도 5분씩이나 집어넣은 후론 완전히 증오하게 되었다.

그녀는 5분씩이나 그 속에서 불안에 떨면서 얌전히 누워 있어야 했다.

소음 때문에 귀가 먹먹해지는 가운데 벽이 점점 더 가까이 다가왔다. 데비가 살려달라고 소리쳤는데도 그들은 검사를 중단하지 않았다.

하지만 그린 박사는 그녀의 뇌 속에서 아무 이상도 발견하지 못했다.

그럼, 당연하지. 내 뇌는 지극히 정상이니까. 그렇지 않았다면 그레이스에 입학도 못 했을 테지.

데비의 뇌는 깨끗했다. 그녀는 자신의 뇌가 신이 심혈을 기울여 만든 수작이라고 자신했다.

그린 박사가 〈그레이 아나토미〉에 나오는 맥드리미처럼 생겼었더라면 데비도 순순히 소파에 누웠을 것이다. 심지어 홀딱 다 벗고도! 아니, 무조건 홀딱 벗었겠지! 맥드리미 앞에서라면 제이크에 대해서도 말해줬을 것이다.

대신 그린 박사는 그녀 옆에 앉아 땀에 젖은 축축한 손을 그녀의 무릎 위에 올려놓곤 이렇게 말했다.

"네 뇌 사진을 한번 찍어볼까 싶구나. 어쩌면 네가 왜 그런 일을 하는지 이유를 알 수 있을지도 모르거든."

'그런 일'이라니. 왜 대놓고 말을 못 하지?

'그런 일'이란 앨리스에게 구슬을 삼키게 한 일 외에 엄마의 브래지어를 조각조각 잘라놓은 사건도 포함되었다. 물론 진짜 사소한 일이었지만! 거기에 비하면 양아버지의 재킷 주머니에 낯선 여자 귀고리 한 짝을 넣어놓은 건 언급할 거리도 못되었다.

잘했어, 데비! 정말 감쪽같았어! 하하하! 엄마가 미친 듯이 날뛰는 꼴이란.

데비는 그 정신과 의사가 그녀의 뇌 속에서 무엇을 봤는지 몰랐다. 아마도 결합이 너무 복잡해서 그의 실력으로는 해석이 불가능했던 게 아닐까? 어쨌거나 그는 오진을 내린 것이다. 그녀의 지능은 상당히 높은데. 그런데도 그는 그녀를 심리적으로 특이하고 불안하다고 진단했다.

또 그는 데비가 네 살 때까지 함께 살았던 할머니에 대해서도 이야기했었다.

데비는 그런 생각을 하면서 유리문을 통해 로비를 들여다보았다. 그녀는 너무 추웠고 머릿속은 타악기의 일종인 양은 냄비 뚜껑같이 생긴 게 소리를 낼 때처럼 시끄러웠다.

그런데 왜 그 악기 이름이 생각 안 나지?

꼭 양쪽 뇌가 서로 쾅쾅 부딪치는 것 같은 소리. 그건 모두 크리스가 나무에 차를 들이받았을 때 머리에 받았던 충격 때문이었다.

외할머니 마르타, 즉 그녀의 엄마의 엄마는 자신에게 생기는 모든 나쁜 일은 하느님이 내리는 벌이라고 세뇌시켜왔다.

그러니까 이게 모두 그녀의 잘못인 건가?

아니, 할머니. 내가 얼어 죽으면 그건 크리스의 잘못이야.

데비는 고개를 들어 하늘을 보았다. 비록 종교를 믿진 않았지만 그래도 성경, 정확히 말하면 묵시록처럼 인간의 고통을 완벽하게 묘사해놓은 책은 없다는 걸 인정했다. 그리고 오늘 하늘빛도 그런 계시처럼 보였다. 완벽한 계시였다. 재의 비가 내린 날처럼 잿빛인 하늘. 하늘이 관을 열고 재의 비를 뿌렸나니.

아니다. 그 하느님은 공평하지 않다. 그는 무능하고 나쁜 심판관에 불과하다. 왜냐하면 하느님이 진짜 유죄인 자를 찾는다면 저 쿨하고 거만한 크리스토퍼 비숍과 성스러운 율리아에게 벌을 내렸을 테니까.

'난 네 아버지가 무슨 짓을 저질렀는지 다 알고 있다!'

하하! '성스러운' 좋아하시네!

성경에도 눈이 나오던가? 글쎄. 아마도 아닐 거야. 왜냐하면 하느님의 시나리오가 연출되는 주 무대는 이스라엘이니까. 하

지만 지금 이건 벌이 아니라 상일지도 몰라. 이게 벌이었다면 오히려 날 주말에 외할머니 댁에 있도록 했겠지.

그리고 외할머니는 데비의 가방 안에 있는 책, 그녀가 제일 좋아하는 책인 『큐피드』를 쓰레기통에 처넣어버렸을 것이다.

"나쁜 생각을 읽는다는 건 나쁜 생각을 하는 것과 마찬가지란다."

이것 역시 외할머니가 자주 하던 말이었다.

"나쁜 생각을 한다는 건 나쁜 짓을 한다는 거지. 나쁜 짓을 한다는 건 하느님의 분노를 자기에게 끌어오는 것과 같은 거란다."

머리에 난 상처가 쿡쿡 쑤셨다. 그녀는 일어나서 얼음처럼 차가운 유리에 얼굴을 갖다 댔다.

아, 훨씬 낫군!

데비는 안으로 들어가는 길을 차단해놓은 건물에 대고 속삭였다.

"날 들어가게 해줘! 날 들여보내달라고!"

그녀는 다시 눈을 떴을 때 뭔가 달라져 있을 거라고 믿는 어린아이처럼 잠시 눈을 감았다 떴다.

그런데 동화처럼 실제로 그런 일이 일어났다!

로비의 불이 켜지더니 그녀가 서 있는 곳까지 밝은 불빛이 비쳤다. 그녀는 작은 변화까지 하나도 빼놓지 않고 모두 감지했다. 심지어 보고 싶지 않은 것까지. 왜냐하면 그건 그녀가 이성으로 이해할 수 없는 장면이었기 때문이었다.

다시 눈을 감았다.

그러다가 다시 눈을 뜨곤 유리창 너머에 나타난 낯익은 얼굴을 쳐다보았다.

그가 서서히 입을 벌리더니 무슨 말을 했다.

설사 그녀가 그 말을 듣진 못했다 해도 입 모양으로 짐작할 수는 있었다.

"관 속에 들어갈 때까지 비밀 지켜!"

철옹성

크리스는 화가 나서 견딜 수가 없었다.

"와, 정말 철옹성이 따로 없네. 어딘가 틀림없이 건물 안으로 들어갈 수 있는 구멍이 있을 텐데. 어쨌거나 이렇게 계속 밖에 있을 순 없어. 게다가……."

"데비!"

갑작스러운 율리아의 외침에 크리스는 말을 멈췄다. 그리고는 부리나케 어디론가 달려가는 율리아의 뒷모습을 멍하니 쳐다보았다. 크리스가 알아볼 수 있는 거라곤 멀리 바닥에 널브러져 있는 포대같은 물체가 다였다.

데비는 원래 있던 현관문에서 3미터 내지 4미터쯤 떨어진 곳에 있었다. 고개를 숙인 채 바닥에 주저앉아 있었는데 눈이 머리를 하얗게 덮을 정도로 펑펑 내리는데도 전혀 모르는 것 같았다. 두 팔은 힘없이 축 늘어져 있었고 눈빛은 흐릿한 채 한곳에 고정되어 있었다.

율리아가 데비를 불렀다.

"데비? 데비?"

크리스는 누군가 책임을 떠맡아야 할 상황이 생겼을 때 자발적으로 나서는 사람이 아니었다. 게다가 이번에는 그가 받은 충격도 컸다. 차를 제어할 수 없었던 그 상황이 아직도 머릿속에서 떠나질 않았다.

데비가 앉아 있는 모습을 보니 분명 정상은 아니었다. 얼굴이 마치 어릿광대 분장을 해놓은 것처럼 하얬다. 이마에 난 빨간 상처만 빼고.

크리스는 다른 쪽에서 다가오는 벤저민과 로즈에게 크게 소리쳤다.

"어때? 뭐 좀 발견했어?"

하지만 크리스는 대답을 듣기도 전에 그들의 표정에서 북쪽 건물의 현관문 역시 잠겨 있었다는 걸 알아차렸다.

역시 그럴 줄 알았어.

로즈가 어깨를 으쓱해 보였다.

"전혀. 창문 하나 열려 있는 곳이 없어."

그녀도 역시 추워서 입술이 새파랬고 흰 털모자 때문인지 눈이 더 퀭해 보였다. 로즈가 그제야 데비를 알아보곤 놀라서 소리쳤다.

"쟤 왜 저래?"

크리스는 어깨를 으쓱했다.

로즈는 데비 쪽으로 몸을 숙이곤 말을 걸었다.

"데비, 무슨 일이야? 괜찮아?"

벤저민이 턱으로 로비를 가리키며 물었다.

"근데 왜 갑자기 저 안이 환해졌지?"

로비 안의 벽난로와 소파들 그리고 평면 TV가 환한 샹들리에 불빛 속에 모습을 드러내고 있었다.

"대체 보안 요원들은 뭐 하는 거야? 모두 눈이 멀었나? 감시 카메라를 통해 틀림없이 우리가 보일 텐데."

벤저민이 공중으로 점프를 하면서 손을 흔들었다.

"어이, 여기 좀 봐! 우리야, 이 멍청이들아!"

"그래봐야 소용없어, 벤."

율리아는 고개를 절레절레 젓더니 일어나서 크리스를 바라보았다.

"무슨 일이 있어도 데비를 여기 이대로 앉아 있게 놔둬선 안 돼. 저러다 저승사자가 데려갈지도 몰라."

벤저민이 중얼거렸다.

"난 항상 그 반대로 생각했었는데. 데비가 저승사자를 부른다고 말이야. 사실 말이 나왔으니까 하는 말인데, 저 얼굴 좀 봐. 벌써 저승사자가 손을 내밀고도 남았을 얼굴 아니야?"

하지만 아무도 대꾸하지 않았다. 대신 크리스의 눈이 또다시 로비의 유리문 쪽으로 향했다.

그가 데비에게 물었다.

"너 혹시 계속 소리쳤던 거야? 아니면 벨을 눌렀거나, 아니면 문을 두들겼어?"

하지만 데비는 아무 대답도 하지 않았다. 눈은 여전히 허공을 보고 있었다.

맙소사, 이 계집애는 정말 모두에게 민폐만 끼치네!

아, 무슨 일이 있어도 율리아와 단둘만 따로 가겠다고 우겼어야 하는 건데. 왜 그러지 못했지?

하지만 렌터카 비용을 여럿이 함께 나눠 내면 돈을 아낄 수 있겠다는 생각에 오히려 좋아했던 건 크리스였다.

그는 주먹으로 유리문을 쾅쾅 두들기며 소리쳤다.

"안에 아무도 없어요? 대체 어디 있는 거예요? 우리가 여기서 얼어 죽는 꼴 보고 싶어요?"

"데비가 온몸을 사시나무 떨듯이 떨고 있어. 몸을 따뜻하게 할 수 있는 뭔가를 찾아봐야겠어."

로즈는 데비의 트렁크를 붙들곤 단숨에 지퍼를 내렸다. 그러자 물건들을 어찌나 꽉꽉 채워 넣었는지 뚜껑이 용수철처럼 튀어 오르듯이 열렸다. 제일 먼저 튀어나온 건 브래지어였다. 로즈는 가방 속을 열심히 뒤졌다.

"데비, 너 우리가 플로리다로 떠나는 줄 알았니? 어떻게 가방 안에 두툼한 스웨터도 하나 없을 수가 있어?"

하지만 데비는 여전히 반응이 없었다. 머리카락이 헬멧처럼 쩍 달라붙은 머리로 멍하니 친구들만 쳐다보고 있었다.

율리아가 걱정스럽게 물었다.

"뇌진탕 증세가 어떤지 누구 아는 사람 없어? 데비, 혹시 속이 울렁거리니? 아니면 어지러워?"

이번에는 로즈가 물었다.

"혹시 토할 것 같아?"

그러자 데비는 고개를 저었다.

다행이었다. 적어도 살아 있다는 증거였다.

크리스가 물었다.

"계속 문 두들겼어?"

맙소사! 이번에는 데비가 고개를 가로젓더니 멈추질 않고 계속 흔들며 말했다.

"아무도 없었어. 정말이야, 아무도 없었다고."

"그럼 왜 저 안에 불이 켜진 거야?"

"난 아무도 못 봤어. 정말이야, 믿어줘."

율리아가 말했다.

"크리스, 데비를 괴롭히지 마! 불안해하는 거 안 보여?"

"그래? 하지만 불안한 건 나도 마찬가지야! 틀림없이 그 사이 누군가 로비로 지나갔던 거야. 그런데도 쟤가 그걸 못 본 거지, 자기 생각만 하느라고."

"아냐, 아무도 없었어."

데비는 큰 소리로 훌쩍이며 울기 시작했다. 그녀는 상황이 수틀릴 때마다 그랬다.

크리스는 깊이 심호흡을 하곤 데비 쪽으로 몸을 숙여 소리 쳤다.

"제발 다른 사람 생각도 좀 해줄 수 없겠어? 어? 단 한 번만 이라도?"

그러자 그녀가 갑자기 울음을 멈추고 그를 빤히 쳐다보았 다. 그러곤 그를 비웃기라도 하듯이 한쪽 입꼬리가 위로 올라 갔다.

"크리스토퍼 비숍, 넌 내 목록에 있어."

맙소사, 맘 같아선 저걸 콱 잡아서 쥐어흔들었으면 좋겠어.

"그만해. 쟨 완전히 맛이 갔어. 한순간이지. 머리에 충격 한 방이면 뇌가 출렁거려서 아무 생각도 할 수 없게 되는 거야."

벤저민의 말을 듣자마자 크리스는 몸을 일으켰다. 건물 안 으로 들어갈 수 없다니 도무지 믿을 수가 없었다. 그는 주위를 두리번거리더니 호수 쪽으로 몇 미터쯤 걸어가 몸을 숙이곤 큼지막한 돌멩이를 주웠다. 최소한 지름이 10센티미터는 됨직 했다.

율리아가 물었다.

"그걸로 뭘 하려는 거야?"

"뭘 하긴. 저 빌어먹을 창문이라도 깨야지."

116

"그렇지만……."

율리아가 미처 말을 끝내기도 전에 크리스는 팔을 뒤로 힘껏 젖혔다가 로비 옆에 붙어 있는 세미나실 중 한곳의 창문을 향해 돌멩이를 던졌다. 쾅하고 돌멩이가 부딪치는 소리가 났지만 창문은 깨지지 않았다.

그러자 그는 아무 말 없이 돌아서서 돌멩이를 또 하나 집어 들었다. 그런 다음 다시 던졌지만 이번에도 창문은 멀쩡했다.

크리스는 이를 악물었다. 세 번째 돌멩이. 이번에는 로비 쪽 큰 창문을 노렸다.

학교 전체가 박살 나도 상관없어!

돌멩이가 유리에 부딪치면서 쨍하는 것 같기도 하고 퉁 하는 것 같기도 한 묘한 소리가 났다.

하지만 이번에도 원하는 일은 이루어지지 않았다. 깨지기는 커녕 가는 실금조차 나지 않았던 것이다.

"포기해, 크리스. 그래봤자 소용없어. 저건 방탄유리야."

벤저민이 말했다. 크리스는 어이없는 표정으로 건물을 쳐다보았다.

이럴 순 없어! 여긴 고작 대학 건물일 뿐이야. 백악관이 아니라고.

그들은 한동안 아무 말 없이 서 있었다.

침묵을 깬 건 벤저민이었다.

"스포츠센터 뒤에 탈의실이 있잖아. 거기로 가보자."

크리스가 신경질적으로 물었다.

"거기 가서 뭐 하게? 탈의실엔 창문도 없는데."

"맞아, 그 대신 환기 통로가 있지."

"그걸 어떻게 알았어?"

율리아가 놀라서 묻자 벤저민은 얼굴을 닦았다. 눈이 묻은 머리카락이 유난히 푸석해 보였다.

"실은 지난여름에 포르스터 교수한테 걸린 적이 있었거든……."

그의 얼굴에는 난처한 기색이라곤 전혀 보이지 않았다.

"걸리다니, 뭘?"

"그건 알 거 없어."

그러자 로즈가 어깨를 으쓱하며 대신 말했다.

"네가 뭘 피워대는지 우리가 모를 줄 알아? 난 다만 네가 이 꼭대기에서 그걸 어떻게 구하는지 궁금할 뿐이야."

"궁금해해봤자 소용없어, 난 절대로 불지 않을 테니까. 어쨌거나 그 비겁한 포르스터 자식이 날 학장한테 일러바쳤고 그 벌로 난 한 달 내내 그 환기 통로 안을 청소해야만 했어."

로즈가 킥킥대고 웃었다.

"그랬구나, 그래도 벤 감독님께선 그 장면은 안 찍었겠지?"

"그야 당연하지. 거긴 먼지가 너무 많아서 렌즈가 상할 테니까."

벤저민은 씨익 웃더니 주머니에 들어 있는 카메라를 톡톡

쳤다.

"어쨌거나 중요한 건 그 통로 안쪽이 사다리로 되어 있다는 거야. 굴뚝 안처럼 말이야. 게다가 뚜껑도 남자 둘이면 거뜬히 열 수 있어."

벤저민의 말을 들은 크리스는 심각한 표정을 지었다.

"그런데 벤, 한 가지 잊고 있는 게 있어."

"그게 뭔데?"

"그 당시 넌 탈의실에서 통로 안으로 들어갔던 거잖아."

그러자 벤저민이 또다시 빙그레 웃었다.

"네 말이 맞아. 그런데 잘 들어봐, 지금부터 아주 스릴 넘치는 이야기가 시작되니까. 즉 환기 통로의 입구는 탈의실 지붕 위에 있어. 그런데 그 지붕 위로 가려면 수영장 지붕을 타고 가야 한다는 말씀이지."

그 말을 듣자 크리스는 잠시 고민에 빠졌다. 벤저민이 말하는 수영장은 놀이동산 같은 곳에 있는 거대한 정글짐을 연상시키는 철강 구조물이 유리를 지탱하는 식으로 지어져 있었다. 그런 특이한 구조와 기술 덕분에 수영장 건물은 수상 경력이 화려했고 또 술 취한 학생들의 담력 테스트용으로 선택되곤 했다. 불과 몇 달 전에도 2학년 학생 둘이 거기에 올라가다가 추락하는 사고가 발생했는데 그중 한 명은 척추뼈 두 개가 부러져 심각한 후유증을 걱정해야 하는 상황이었다.

"유리 지붕 위로 올라간다고? 이 날씨에? 설사 그 꼭대기까지 올라간다 해도 바람 한번 불면 낙엽처럼 떨어지고 말 거야."

율리아가 소리쳤다. 크리스는 하늘을 올려다보았다. 고스트 산 위로 계속 시꺼먼 먹구름이 몰려들고 있었고 바람은 산등성이에서 계곡 아래로 불어왔다.

"지붕 위에 납작하게 엎드려서 기어가면 가능할지도 몰라."

"그래도 너무 위험해, 크리스."

율리아가 걱정스러운 목소리로 말렸다.

"그보다 더 위험한 건 폭풍이 본격적으로 시작될 때까지 우리가 밖에 서 있는 거야."

"본격적이라고? 그럼 이 정도는 아무것도 아니라는 거야?"

크리스가 한 팔로 율리아를 감싸 안으며 말했다.

"귀여운 율리아, 넌 로키 산맥의 눈보라가 어떤 위력을 지녔는지 정말 상상도 못 할 거야. 물론 지금 이것도 폭풍이긴 해. 하지만 일기예보에서 말한 대로라면 우리 모두 이대로 밖에 있다간 뼈도 못 추려. 목숨이 위험하다고."

그는 율리아가 너무 놀라 몸을 움츠리는 걸 느꼈지만 괜한 말을 했다고 후회하진 않았다. 그건 진실이었고 그의 힘으로는 바꿀 수가 없었다.

"이봐!"

로즈가 가소롭다는 듯이 웃었다.

"아직도 머리는 벽 뚫을 때나 쓰려고 갖고 다니는 거야? 생각 좀 해! 그것보단 방갈로 쪽으로 가보는 게 더 낫지 않겠어?

내가 알기로 우리 학교 교수님들은 열쇠를 발깔개 밑에 넣어 놓고 다니신다고. 난 이런 경우 교수님 집에 잠시 피해 있어도 괜찮다고 생각해."

크리스는 입술을 깨물었다. 로즈가 그렇다면 그런 거였다.

"좋아, 그건 나랑 벤한테 맡겨."

"우리만 두고 간다고? 안 돼, 여기 있어."

데비가 갑자기 멍한 상태에서 깨어났다.

벤저민이 대답했다.

"그래서 모두 다 함께 얼어 죽자고? 됐어, 난 사양할래."

크리스가 주위를 두리번거렸다.

"그동안 건물 처마 아래에라도 가 있는 게 좋겠어. 만약 방 갈로 쪽이 여의치 않으면 수영장 위로 넘어가야 할 테니까. 거기 있으면 그동안 바람이라도 좀 피할 수 있을 거야."

로즈는 오래 고민하지 않고 자기 배낭에서 스웨터를 꺼내 데비의 품에 안겨주었다.

"자, 데비. 추우니까 재킷 안에 이거라도 껴입어. 조금만 기다리면 곧 실내로 들어갈 수 있어. 그러면 누워서 한숨 자도록 해. 그리고……."

율리아는 크리스를 보며 고개를 저었다.

"크리스, 그러지 마, 너무 위험해!"

그는 잠시 망설이더니 손가락으로 시꺼먼 하늘을 가리켰다.

"폭풍이 몰려오기 전에 어서 가자."

***

크리스는 화가 나서 눈 덮인 바닥을 발로 쾅쾅 굴렀다.

폭풍에 대비한 방풍 철문! 가는 곳마다 방풍 철문이 내려져 있었던 것이다!

이건 정말 말도 안 돼!

상급생들과 교수들이 거주하고 있는 방갈로로 들어가려던 시도는 곧바로 실패했다. 아예 그 구역으로 들어가는 진입로 부터 거대한 철문으로 막혀 있었다. 평소 학기 중엔 늘 열려 있었지만 휴가가 시작되자 모두 닫아버렸던 것이다. 크리스는 잠시 자기 아버지도 먼 옛날 그 방갈로들 중 한곳에 살았었겠 구나 하는 생각이 들었다.

"소용없어, 크리스!"

벤저민이 걸음을 멈추고 얼굴에 묻은 눈을 닦았다.

"마치 태풍 카타리나가 다시 오기라도 할 것처럼 자기 집들 을 철저히 봉쇄해버렸어. 설사 이 철문을 넘어갔다 해도 일일 이 방갈로마다 살펴봐야 했을 거야. 내 말 믿어. 그보단 수영 장 위로 가는 게 더 빨라."

크리스는 깊이 심호흡을 했다.

벤저민의 말이 맞을지도 몰랐다.

그래, 벤이 좀 엉뚱하긴 하지. 그렇지만 최소한 쉽게 지치거 나 자포자기하진 않잖아.

게다가 스포츠센터는 또 하나의 장점이 있었다. 그곳은 본관 건물로 들어갈 수 있는 지하 통로가 있었다.

보안 요원들은 틀림없이 본관 건물 안에 있을 거야.

마침내 그는 고개를 끄덕였다.

그들은 몸을 숙인 채 본관 건물 뒷길을 따라 스포츠센터로 달려갔다. 그곳으로 가는 동안에도 크리스는 혹시나 깜빡하고 열어둔 창문이나 문이 없는지 보려고 위를 올려다보곤 했다. 하지만 열려 있는 문은 하나도 없었다.

어쩌면 이 철옹성 같은 건물 어딘가에 중앙 잠금장치 같은 게 있을지도 몰랐다. 그리고 원숭이보다 아이큐가 더 낮은 보안 요원들 중 한 명이 그 단추를 눌러 건물 전체를 한 방에 철옹성으로 만들어버린 걸지도 몰랐다. 크리스는 실제로 모든 게 자신이 상상한 대로였다 하더라도 전혀 놀라지 않을 것 같았다.

건물에서 떨어져 나와 뻥 뚫린 캠퍼스를 가로질러 뛰자니 바람 때문에 앞으로 나아가기가 더 힘들었다. 게다가 수영장 건물을 보자 또다시 의구심이 들었다.

수영장은 거대한 온실을 연상하게 했다. 그 건물은 철강으로 된 틀에 유리를 끼워 넣은 형식으로 지어졌고 하나의 틀은 100x150센티미터 크기였다. 하지만 지금은 건물 바깥쪽으로 달린 양철 블라인드 때문에 유리창이 직접 보이지는 않았다. 블라인드가 바람에 날려 계속 요란한 소리를 냈다.

크리스는 또다시 본관 건물 쪽을 돌아보았다. 그곳에는 율리아와 데비, 그리고 로즈가 나란히 붙어 앉아 벤저민과 그가 건물 안으로 들어갈 수 있는 방법을 찾아내기만을 기다리고 있었다.

바람은 거의 살인적이었고 얼음이나 다를 바 없는 눈 조각들이 쉴 새 없이 얼굴을 때렸다. 이런 상황에서 그 철강 구조물 위를 기어오르는 건 위험천만한 일이었다. 하지만 다른 선택의 여지가 없었다.

율리아의 눈에는 걱정이 가득했고 크리스는 그게 진심이라는 걸 잘 알았다. 그런 점에서 보면 그의 입장에선 폭풍 때문에 얻는 이점도 있는 셈이었다.

즉 지금이야말로 영웅이 될 수 있는 기회였다. 비록 평소 같았으면 크리스가 별로 가치를 두지 않는 역할이긴 했지만 말이다. 하지만 그는 이미 고스트 산에서 율리아의 신뢰를 잃을 뻔했기 때문에 또 그러고 싶진 않았다.

그는 지붕까지의 높이를 가늠해보았다. 8미터? 9미터? 그보다 더 높진 않을 것 같았다. 고스트 꼭대기에서는 이보다 더 어려운 것도 극복해내지 않았던가!

그는 재킷 지퍼를 턱 아래까지 바싹 올렸다.

"폭풍이 우리 계획을 망쳐버리기 전에 얼른 서둘러야겠어."

눈송이가 점점 더 굵고 무거워졌다. 빙산으로부터 불어오는 얼음 바람은 그들이 서 있는 곳을 정통으로 지나갔다.

"알았어!"

벤저민이 히죽거리며 맞장구를 쳤다. 그러더니 앞으로 한 걸음 다가서 유리로부터 5센티미터가량 튀어나와 있는 쇠틀을 잡았다.

"배낭을 메고 올라가려고? 배낭 때문에 무게중심이 밑으로 쏠릴 텐데."

크리스가 묻자 벤저민이 고개를 저었다.

"죽더라도 내 카메라와 꼭 함께 죽을 거야. 너희들이 내 무덤에 카메라를 넣어줄 거라는 확신이 없어서 말이야."

그 말이 뭐가 그리 우스운지 벤저민은 배꼽을 잡고 웃었다. 그러곤 곧 발을 들어 첫 번째 프레임에 발을 올리고 한 손으로 양철 블라인드를 붙들었다. 그런데 블라인드가 크리스의 예상보다 안정적이어서 지지대 역할을 하기에 충분했다.

그 순간 어마어마한 돌풍이 건물을 직격하자 철강 구조물 전체가 진동했다.

그는 벤저민이 손을 위로 뻗어 차근차근 위로 올라가는 모습을 지켜보았다. 벤저민은 눈 깜짝할 새에 두 번째 창까지 올라가더니 아래를 내려다보고 물었다.

"빨리 안 오고 뭐해?"

***

늦대의 울부짖음 또는 시끄러운 모터 소리처럼 들렸지만 사실 그 소리는 성난 바람이 내는 거였다. 크리스는 어깨를 으쓱하곤 곧 두 손으로 철강 구조물을 잡았다. 그리고 있는 힘을 다해 건물 벽 위로 올라섰다.

"조심해. 유리 틀이 너무 미끄러워. 게다가 진짜 차가워!"

머리 위에서 벤저민의 목소리가 울렸다.

"걱정 마셔. 지금은 미끄럼을 탈 수도 없어. 손이 이미 꽁꽁 얼어서 말이야."

크리스의 말에 벤저민이 웃었지만 웅웅거리는 바람 소리에 묻혀 소리는 거의 들리지 않았다. 크리스는 잡념을 모두 떨쳐 버렸고 서서히 일정한 리듬을 찾았다. 고스트에 다녀온 후로 카티와 함께 학교 근처에 있는 암벽에 서너 번 올라간 적이 있었다. 그때 카티로부터 암벽등반에 대해 많은 걸 배웠다.

철강 구조물은 손으로 잡고 발로 지탱할 수 있을 만큼 충분히 돌출되어 있었다. 그래서 평소 날씨라면 이삼 분만에 꼭대기까지 도달할 수 있을 정도로 쉬운 코스였다. 하지만 지금은 바람 때문에 자꾸만 균형을 잃었고 위로 올라가면 갈수록 더 몸이 얼음처럼 굳었다.

벤저민이 소리쳤다.

"꼭 붙들어, 물렁이!"

크리스는 고개를 들어 위를 보았다. 벤저민은 벌써 지붕 꼭대기에 도달해 카메라를 크리스에게 향하고 있었다. 크리스는 아직 두 칸을 더 남겨둔 상태였다.

"쟨 확실히 미쳤어."

크리스는 혼자 중얼거렸고 속으로 웃으면서 '미쳤어, 미쳤어'라고 되풀이했다.

이제 마지막 한 칸만 남았어.

그는 다시 손을 뻗어 차가운 유리 틀을 꽉 움켜쥐었고 다리를 높이 들어 디딜 곳을 찾았다.

반동을 이용해 위로, 같은 동작을 반복하면……

그때 뒤에서 돌풍이 그를 때렸다. 그는 유리와 철강 구조물이 동시에 진동하는 걸 온몸으로 느끼면서 지붕에 온몸을 밀착시킨 채 다시 올라갈 수 있는 기회를 기다렸다.

그리고 드디어 해냈다! 꼭대기까지 올라간 것이다.

벤저민이 소리쳤다.

"발이 바깥쪽 프레임에서 미끄러지지 않게 조심해!"

크리스가 소리쳤다.

"내가 너무 지쳐 보여?"

"글쎄!"

벤저민이 놀리듯 웃었다.

"그래도 운 좋으면 저 아래 수영장 물이 따뜻할지도 몰라."

지붕 위에도 이미 눈이 높이 쌓여 있어서 유리와 틀을 분간

하기가 어려웠다. 크리스는 오른손으로 틀을 꽉 붙들고 왼손으로 차가운 얼음을 쓸어내 건물 안을 들여다보았다.

수영장은 8미터 아래쯤에 있었다. 안은 깜깜했지만 어렴풋이 타일 바닥을 알아볼 수 있었다. 크리스는 잠시 지붕 위에 있는 게 더 낫겠다는 생각을 했다. 만약 그 순간 유리가 깨져서 추락하게 되면 차가운 타일 바닥에 전속력으로 충돌할 게 뻔했기 때문이다.

벤저민 역시 같은 생각을 하는지 갑자기 조용해졌다.

크리스는 유리에 몸을 최대한 밀착시켰다. 옷이 흠뻑 젖어 있었지만 추위를 느낄 시간조차 없었다. 두 손으로 틀을 꽉 붙든 채 다시 디딜 곳을 찾아 한 발을 오른쪽으로 뻗었다.

좋아, 이제 뇌.

그는 잠시 허공에 떴다가 두 발에 무게를 실은 채 다시 조금씩 몸을 옮겨갔다.

다음은?

그는 오른쪽을 홀끗 쳐다보았다. 다음에 잡아야 할 유리 틀은 손에 닿기엔 10센티미터쯤이 부족했다. 크리스는 갑자기 두근거림이 격렬해져서 바람 소리조차 잊을 정도였다.

좋아! 생각하지 말자. 아무 생각도 하지 말고 계속 전진하는 거야!

그는 오른손을 놓았다……. 짧지만 그만큼 더 강한 바람이 그를 아래로 짓눌렀다. 심장이 터질 것만 같았다. 아주 짧은 순간이었지만 몸이 허공에 뜨는 느낌이 들어 두 다리가 사시나무 떨리듯 떨렸다.

꽉 붙잡아! 어디든 붙잡으라고!

기적처럼 그는 잡으려던 유리 틀을 붙들 수 있었다.

운이 좋았던 걸까? 아님 운명이었을까?

왜 바람이 날 아래로 내동댕이치지 않은 거지?

왜 내 발이 얼어붙은 유리 틀 위에서 미끄러지지 않은 걸까?

이 상황에선 미끄러졌어야 더 현실적이고 상식적이지 않나?

"왜냐하면 '그것'이 그러길 원하기 때문이란다."

초라한 침상 위에 누운 그의 아버지는 오직 육신만 남아 제 기능을 하고 있었다. 이성은 이미 오래전에 먼 여행을 떠났다. 어디론가 의식 밖에 있는 다른 세계로.

'그것.'

처음에 크리스는 아버지가 말한 '그것'이 스티븐 킹이 공포소설에서 묘사했던 '이름 없는 섬뜩함'인 줄로만 알았었다.

"아버지, '그것'이라뇨? 그게 대체 뭐죠?"

그의 목소리는 아버지를 아주 잠깐 동안 현실 세계로 불러왔다. 아버지는 그 순간 눈을 뜨고 그를 보았고 놀란 눈빛으로 중얼거렸다.

"계곡."

크리스는 오른손으로 유리 틀을 꽉 붙든 채 몸을 위로 끌어올렸다. 그리고 숨을 고르기 위해 잠시 쉬었다. 얼음 같은 추위 때문에 눈물이 났다. 어쩌면 무서워서 난 걸지도 몰랐다.

바로 그 순간 그는 수영장 안에서 사람 그림자를 보았다.

그는 얼른 손으로 눈을 쓸었다. 그리고 아래에 있는 형체에 시선을 고정시켰다.

스티브 메이슨일까?

키로 봐선 절대로 테드는 아니었다.

크리스는 손바닥으로 유리를 쳤다.

"이봐요! 스티브, 여기에요! 여기 위요!"

하지만 스티브는 그를 보지 못하고 수영장 모서리를 돌아서 본관 건물 쪽으로 가버렸다.

젠장. 바람이 너무나 세서 고막이 터질 것만 같아.

"이봐요, 스티브! 내 말 안 들려요?"

하지만 아무리 두 손으로 유리를 두드려도 소용없었다.

저 바보 멍청이! 그냥 가버렸잖아. 위쪽은 쳐다보지도 않았어. 맙소사, 해피밀 사은품으로 나온 플라스틱 몬스터 인형도 저 자식보단 똑똑할 거야!

그때 벤저민이 크리스를 불렀다.

"야, 크리스! 너 벌써 꽁꽁 얼어버렸어?"

크리스는 앞쪽을 보았다. 벤저민은 이미 지붕 끝에 도달해 있었다.

"잠깐만. 저 아래 보안 요원이 있단 말이야! 스티브가!"

그는 다시 아래를 내려다보았다. 유리창은 그가 잠시 한눈을 판 사이 또다시 눈으로 덮여 있었다. 크리스는 손바닥으로 눈을 닦아내곤 지하 터널 쪽으로 걸어가고 있는 보안 요원에 게로 눈길을 돌렸다.

아니, 그는 걸어가고 있지 않았다.

달려가고 있었다.

***

"그 꼭대기에서 일어나는 일은 어떤 것도 우연이 아니야."

이 또한 아버지가 한 말이었다.

"크리스!"

바람이 크리스에게 벤저민의 목소리를 전해주었다.

"나 이제 뛰어내린다!"

그는 위를 보았다. 지붕 꼭대기에 다다른 벤저민이 엄지를 치켜세웠다. 그러더니 모서리를 넘어 시야에서 사라져버렸다. 크리스가 유리를 통해 다시 건물 안을 내려다보자 스티브는 사라지고 없었다.

크리스는 항상 쿨한 남자로 통했다. 고등학교 때부터 여학 생들은 속을 알 수 없는 크리스를 우상시했었다. 겨울에도 선 글라스를 벗지 않는 남자. 절대로 약점을 보이지 않는 남자. 그 는 이런 평판을 얻기 위해 애썼었다. 그의 인생에는 자존심을 다칠 수 있는 부분들이 너무 많았기 때문이었다.

하지만 지금은. 이 꼭대기 위에서는 쿨한 모습을 찾아볼 수가 없었다.

그는 자신이 비참하게 느껴졌다.

눈이 계속 뺨을 때렸다. 1센티미터씩 위로 올라가는 동안 거의 아무것도 보이지 않았다. 옷은 벌써 다 젖어버렸고 손가락은 떨어져 나갈듯이 시렸다.

그런데 웬일인지 크리스의 뇌 속에 있는 뉴런들이 그 순간 그가 처한 환경과 상황을 의식할 수 있도록 서로 이어지고 있는 것 같았다.

그가 있는 왼편에는 미러 호의 잿빛 물이 반짝이고 있었다. 크리스는 미러 호가 진짜 유성에 의해 생성되었는지는 알아내지 못했다. 강풍이 수영장 지붕 위로 점점 더 거칠게 불어오는데도 호수에는 여전히 잔잔한 물결조차 일지 않았다.

저 반짝거림. 잔잔한 수면! 혹시 호수 위에 벌써 살얼음이 낀 걸까? 겨우 두세 시간 만에?

호수 위로 내려앉은 시꺼먼 하늘을 보면서 크리스는 또다시 곤충 떼가 떠올랐다. 그러자 눈송이 하나하나가 온몸에 달라붙은 생명체처럼 느껴졌다. 그는 잠시 패닉에 빠져 몸에 붙은 눈송이를 당장 털어내고 싶은 충동에 휩싸였다.

그 순간 벤저민의 목소리가 그를 다시 현실로, 아니 지붕 위로 되돌려놓았다.

"크리스! 대체 어디 있는 거야?"

그는 하늘에서 시선을 거두었다.

견뎌야 해. 율리아를 위해서.

크리스는 깊이 심호흡을 한 뒤 폐 속으로 들어오는 차가운 공기를 느끼며 눈 덮인 유리 위로 손을 뻗어 더듬어갔고 강철 틀이 만져지자 꽉 잡고선 몸을 끌어올렸다. 그런 다음 다시 한 번 오른쪽 위를 더듬었는데 유리도 틀도 없는 허공뿐이었다.

드디어 해냈다!

지붕 꼭대기에 다다른 것이다.

그리고 그의 오른쪽 아래에 평평한 탈의실 지붕이 있었다. 그는 좀 더 옆으로 가서 다리를 오른쪽으로 최대한 뻗었다.

"크리스! 괜찮아?"

그제야 벤저민의 목소리가 또렷이 들렸다.

그는 왼쪽 다리도 들어 옮겼다. 그리고 차가운 공기 중으로 소리쳤다.

"나, 여기 있어!"

"그냥 손을 놔!"

손을 놓으라고? 그러려면 널 믿어야 하는 거잖아?

살아오면서 믿음이란 걸 거의 가져본 적이 없는 그에게는 너무 어려운 일이었다. 가장 가까운 사람들도 믿을 수 없었던 그였다. 심지어 자기 자신조차도.

"어서 서둘러! 이러다가 내 불알 다 얼겠어, 빌어먹을!"

너무나 터무니없이 들렸지만 이상하게도 그 순간 크리스를 설득한 건 바로 벤저민의 그 욕설이었다.

크리스는 손을 놓았다.

진짜 놔버렸던 것이다.

상체가 옆으로 미끄러지며 순간 온몸이 허공에 붕 떴다.

기분이 좋았다!

정말 좋았다! 젠장!

***

눈 깜짝할 사이에 크리스는 눈 덮인 탈의실의 지붕 위로 떨어졌다. 다리가 약간 미끄러지긴 했지만 그래도 직감적으로 안전하다는 걸 알았다.

탈의실 지붕에 떨어지자마자 그는 벤저민을 찾았다. 벤저민은 완전히 눈을 뒤집어쓰고 있었고 눈썹은 마치 얼어버린 것처럼 하얗게 서리가 앉아 있었다.

"어때? 짜릿하지?"

벤저민이 묻자 크리스는 머리에 묻은 눈을 떨어냈다.

"언젠가 내가 꼭 되갚아줄 거야, 나쁜 자식. 이것 말고 좀 더 쉬운 방법도 있었잖아."

"언제부터 우리한테 쉬운 길이 있었어?"

벤저민의 웃음소리를 들으면서 크리스도 수긍할 수밖에 없었다.

벤의 말이 맞아.

"나 좀 도와줘."

벤저민은 환기통의 입구 앞에 서서 창살로 된 뚜껑을 흔들어대고 있었다.

미끄러운 지붕 위에 똑바로 서 있기란 거의 불가능했다. 번번이 돌풍이 불어와 크리스를 흔들었다. 그래서 그는 의지와 상관없이 몸을 숙인 채 걸을 수밖에 없었다.

"이 망할 놈의 뚜껑이 쉽게 안 열리네. 어딘가 걸린 것 같은데 손이 두꺼워서 안으로 넣어볼 수가 없어."

"네 손은 그래도 여자애들만큼이나 가늘잖아! 하물며 나무꾼 손보다 더 투박한 내 손은 오죽하겠나?"

"그래도 넌 캐나다 아이스하키 선수들처럼 근육질이잖아."

징징대는 벤저민 대신 크리스가 뚜껑을 잡았다.

"아이스하키 선수라고? 난 지금까지 스틱 한 번 잡아본 적 없어. 난 스노보드 팬이야."

"난 또. 너희 캐나다인들은 태어날 때부터 스틱을 갖고 태어나는 줄 알았지. 어쨌거나! 잡아봐. 그리고 하나, 둘, 셋 하면 당기는 거야."

크리스는 앞에서 몰아친 바람 때문에 몸이 뒤로 젖혀진 건지 아니면 뚜껑이 열리면서 그 반동 때문이었는지 모르지만 어쨌거나 뒤로 나자빠졌고 발이 미끄러지면서 떨어졌다.

1초, 2초…….

편안하고 차가운 암흑.

얼굴 위로 뭔가가 스멀거렸고 줄줄 흐르더니 축축하고 차가웠다!

젠장!

"크리스?"

멀리서 들리는 목소리. 누군가의 손이 그의 어깨를 쥐고 연거푸 흔들었다.

"크리스?"

크리스는 천천히 의식이 되돌아왔고 자신과 힘겹게 싸우면서 암흑으로부터 억지로 빛의 세계로 돌아왔다. 그리고 눈을 뜨자마자 눈뭉치를 맞았다.

일이 초간 멍한 상태로 벤저민의 얼굴을 쳐다보던 크리스는 지금까지 그에게서 한 번도 보지 못했던 눈빛과 마주쳤다. 그 안에는 그를 혼란스럽게 하는 뭔가가 있었다. 경직된 부동의 어떤 것. 마치 자신을 바라보는 게 벤저민이 아니라 로봇인 것 같은, 그리고 그를 보는 홍채 뒤에 아주 작은 카메라 렌즈가 있는 것 같았다. 그리고 그 카메라로 벤저민이 그의 머릿속으로 파고 들어가 그 속에서 일어나고 있는 일들을 촬영하고 있는 것만 같았다.

그건 아주 짧은 순간이었다. 그리고 그 순간이 지나자 크리스는 자신이 착각을 한 거라고 생각했다.

아니면 혹시 이게 아버지가 말한 그 플래시백은 아닐까? 어

느 날 갑자기 엄습해온다는?

아냐. 그럴 리 없어. 난 아직 한 번도 그런 적이 없었어.

하지만 아버지는 그것에 대해 자주 말했었다. 비록 알코올로 인해 이미 통제력을 완전히 상실했을 때였지만.

"그 위에는 사람의 생각을 바꿔놓는 뭔가가 있단다."

율리아의 천재 동생 로버트도 그 비슷한 말을 한 적이 있었다. 그는 끊임없이 이 계곡이 자연의 법칙을 거스르고 있다고 말했었다. 그리고 로버트는 그저 그런 사람이 아니었다. 그는 지금까지 대학에서 실시한 모든 시험에서 최고의 성적을 낸 인물이었다. 그리고 지난주에 데이비드는 율리아에게 버논 교수가 푼 수식의 허점을 로버트가 밝혀냈다고 얘기해주었다. 버논 교수 역시 그저 그런 사람이 아니었다. 수학과 학과장인 그는 심지어 필즈상 후보에 올랐을 만큼 실력 있는 학자였다.

"야, 왜 그렇게 뚫어지게 쳐다보는 거야?"

벤저민의 목소리가 몽롱한 상태에 있던 크리스를 현실로 돌려놓았다.

크리스는 생각을 정리해보려고 했다. 율리아. 그녀가 저 아래서 그를 기다리고 있었다. 몸을 일으키자 머리가 깨질듯이 아팠다.

"괜찮아?"

"어. 조금 전의 추락 사고 말곤 괜찮은 것 같아."

그러자 벤저민이 놀리듯이 말했다.

"오늘은 충돌의 연속이네. 차를 나무에 들이박질 않나, 머리를 콘크리트에 쩧질 않나. 그런데 말이야, 불행한 일은 세 번 연달아 일어난다는데 아직 한 번이 더 남았으니 어쩌지?"

"뭐? 아직 한 번 더 남았다고?"

"그래. 우린 아직 저 건물 안에 못 들어갔잖아."

"맞아, 그러니까 어서 서둘러야 해."

크리스는 율리아의 갈색 재킷을 떠올리자 맘이 조급해졌다.

"여자애들 모두 얼어 죽기 직전일 거야."

그런데 추락한 게 꼭 재수 없는 일만은 아니었다. 어쨌거나 그 덕분에 환기 통로로 들어가는 뚜껑을 열 수 있었다. 벤저민이 먼저 들어가고 크리스가 그 뒤를 따라갔다. 발끝이 사다리의 난간에 닿자 크리스는 왠지 그 자체만으로도 신기하다는 생각이 들었다.

그는 사다리를 차근차근 내려갔다. 그런데 밑에서 벤저민이 "멈춰!" 하고 소리쳤다.

크리스는 아래를 내려다보았다. 벤저민은 그보다 3미터가량 앞서 내려가고 있었는데 벌써 환기 통로 끝까지 다 내려가 탈의실로 뛰어내린 후였다. 그는 그사이 크리스 쪽으로 카메라를 들이대고 있었다.

"집에 오신 걸 환영합니다. 그리고 생중계에 응해주셔서 대단히 감사합니다."

이게 당신이 말한 이론의 결말이에요, 아버지.

크리스는 마음속으로 냉정하게 말했다.

모든 이가 나름의 비밀을 간직한 채 이 골짜기로 올라왔고 또 계곡은 그 비밀들을 영원히 간직해줄지도 몰랐다. 하지만 한 가지만은 분명했다. 즉 벤저민이 가까이 있는 한 그 이론은 통하지 않았다.

안도감

탈의실로 들어서자 독한 세제 냄새가 진동을 했다. 게다가 수영장과 체육관을 잇는 그 정사각형의 콘크리트 건물에는 창문이 없어서 늘 어두컴컴했다. 빛이 들어오는 곳이라곤 오직 위쪽의 환기 통로 입구뿐이었지만 그곳마저 몇 시간째 눈이 두껍게 쌓여 빛이 제대로 들어오지 않았다. 한참을 더듬은 끝에 겨우 스위치를 찾아 불을 켰을 때 크리스는 형광등이 너무 눈부셔 얼굴을 찡그렸다.

그런데 벤저민이 갑자기 신발과 양말을 벗기 시작했다.

"나 정말 천재지? 언젠가 나라는 사람을 알게 된 걸 감사해하는 날이 있을 거야. 내가 아니었다면 우린 여기 들어오지 못했어."

크리스는 이번만은 벤저민에게 진짜 고마운 마음이 들었다. 오늘 아침까지만 해도 이곳을 떠나고 싶어 안달했던 그였는데 지금은 건물 안에 들어온 것만으로도 마음이 놓였다. 물론 그곳이 기숙사 방만큼이나 따뜻하진 않았지만 그래도 안에 있으니 밖이 얼마나 추운지 제대로 실감이 났다.

밖은 너무너무 춥고 바람도 무지막지하게 불었다.

그런데 율리아는 여전히 밖에서 그를 기다리고 있었다.

가슴속 깊은 곳에서 희망이 사라지고 있었다. 그날에 시작된 악몽을 끝내고 저녁이면 율리아와 함께 호텔 방에 누울 수 있으리라는 희망이.

크리스는 바지를 벗고 있는 벤저민에게 물었다.

"너 지금 뭐 하는 거야? 여자애들 데리고 들어와야지."

"옷 갈아입고 있지 뭐 하긴. 여긴 학생들이 잊어버리고 간 옷들이 많잖아. 그건 적어도 뽀송뽀송할 거고."

크리스가 고개를 저으며 말했다.

"그걸 누가 입었을 줄 알고 함부로 입어?"

"난 폐렴에 걸리느니 차라리 벼룩이 옮는 걸 택하겠어."

벤저민은 망설이지 않고 세탁망에 들어 있던 청바지와 낡은 티셔츠를 꺼내 입은 후 신발을 신고 일어났다.

"흠, 안으로 들어오긴 했는데 다시 밖으로 나갈 수도 있을까? 만약 출입문이 안쪽에서도 잠겨 있으면 어쩌지?"

그 말에 크리스의 얼굴빛이 어두워졌다.

"내가 수영장에서 누굴 본 줄 알아? 그 바보 같은 보안 요원 스티브야! 아니, 귀머거리에 눈뜬 봉사 스티브라고 해야겠지. 내가 그렇게 소리치고 두드렸는데도 전혀 눈치채지 못하더라고! 맹세컨대 이번엔 그놈을 보면 정말 한 방 갈겨줄 거야. 그 녀석 오늘 아침부터 율리아한테 치근덕거려서 내 성질을 건드렸거든."

벤저민은 잠시 생각하더니 입을 뗐다.

"복수는 나중에 해도 돼. 일단 터널을 통해서 본관으로 가자. 그리고 보안 요원들이 사무실에 없으면 직접 열쇠를 찾아보는 거야."

"좋아, 어서 가."

이번에는 크리스가 앞장섰다. 그들은 탈의실과 수영장 사이에 있는 샤워실을 지나갔다. 크리스는 수영장이 따뜻할 거라고 생각했는데 실제로 가보니 난방장치를 모두 꺼버렸는지 제법 서늘했다.

크리스는 위를 올려다보기가 겁났다. 불과 몇 분 전까지만 해도 그 위에서 이 아래를 내려다보고 있었던 자신을 생각하면 피가 머리 위로 솟구치는 것 같았다. 게다가 떨어질 때의 충격으로 여전히 머리가 지끈거렸다.

그 순간 크리스는 타일 바닥에 솔잎이 떨어져 있는 걸 발견했다. 보안 요원은 이곳에 들어오면서 신발조차 벗지 않았던 게 분명했다.

상관없어!

그들은 거의 달리다시피 수영장을 지나쳤다. 그리고 지하실로 가는 계단을 내려간 다음 그곳에서 다시 본관 건물과 이어져 있는 터널로 갔다. 그곳은 전기가 차단되어 있었지만 적어도 비상 조명은 켜져 있었다.

그들은 서로 한 마디도 하지 않았고 크리스는 벤저민처럼 마른 옷을 껴입지 않은 걸 후회했다.

잠시 후 영화 감상실과 컴퓨터실을 지나 마지막 복도로 들어서자 엘리베이터가 나왔다. 벤저민이 위로 향한 화살표 버튼을 누르기 위해 손을 들어 올렸다.

그런데 크리스는 1층까지 긴 복도와 계단을 이용하는 것보다 엘리베이터를 타는 게 훨씬 더 빨리 갈 수 있는 방법이라는 걸 알고 있었는데도 이상하게 꺼려졌다. 그래서 벤저민에게 계단으로 가자고 제안하려던 찰나 갑자기 엘리베이터 문이 열렸다.

크리스가 어리둥절해서 물었다.

"벤저민, 네가 버튼 눌렀어?"

"아니! 크리스, 아무래도 나한테 신비한 능력이 있나 봐."

그들이 엘리베이터에 들어서자 곧 문이 닫혔다.

그러곤 한동안 가만히 있더니 갑자기 덜컹하고 흔들렸다. 크리스는 얼른 1층에 도착하기만을 기다리며 층수를 나타내는 숫자판을 뚫어지게 쳐다보았다. 그런데 이상하게도 숫자가 바뀌질 않았다. 엘리베이터가 계속 지하 2층에 머물러 있었던 것이다. 그러더니 급기야 숫자판의 불마저 꺼져버렸다. 크리스는 불안해지는 마음을 억누르려고 애썼다.

"이거 지금 가고 있는 거야, 안 가고 있는 거야?"

"난 내가 움직이지만 않으면 상관없어. 지금 느낀 건데 진짜 피곤해 죽겠다."

벤저민은 너무 지쳤는지 눈을 감았다.

"어디든 도착하면 나 좀 깨워줘."

크리스는 버럭 화를 냈다.

"여자애들은? 여자애들은 벌써 잊어버렸어?"

"내가 호모라고 소문 나 있는 거 몰라?"

벤저민은 중얼거렸지만 입술조차 거의 움직이지 않았다.

크리스는 그 말을 제대로 알아듣지 못했지만 상관없었다. 왜냐하면 엘리베이터가 갑자기 움직이기 시작했기 때문이다. 그런데 엘리베이터가 아래로 내려가는 듯한 느낌이 들었다. 물론 그럴 리는 없었다. 지하 2층 밑에는 바위와 돌을 제외하곤 아무것도 없기 때문이었다.

또다시 엘리베이터가 덜컹거렸다.

그러더니 드디어 숫자판에 지하 2층이 표시됐다. 그다음은 지하 1층.

그 순간 크리스의 귀에서 윙— 하는 소리가 들렸다.

그는 시선을 바닥에 고정했다. 그런데 닳아빠진 갈색 카펫 위에 커다란 얼룩이 있었다. 그 얼룩을 오래 쳐다보고 있자니 점점 더 기분이 나빠졌다. 뭔가가 그에게 몸을 밑으로 숙이도록 자극하고 있었다. 그 얼룩은 생긴 지 얼마 되지 않았고 아직 축축한 느낌이 들었기 때문이었다.

머리가 깨질 듯이 아파왔고 뒷목도 뻐근했다. 그는 고개를 들어 벤저민을 보았다. 그는 여전히 눈을 감은 채 벽에 머리를 기대고 있었다.

그새 잠든 건가?

벤저민의 머리가 벽에 붙어 있는 거울을 반쯤 가리고 있었다. 그런데 그의 뺨이 있는 위치에 작은 얼룩 같은 게 눈에 띄었다. 크리스는 좀 더 자세히 보려고 몸을 앞으로 숙였다.

지문. 그건 틀림없는 지문 자국이었다.

크리스는 그걸 자세히 들여다보았다. 지문은 희미하거나 불분명하긴커녕 오히려 누군가 빨간 인주를 묻힌 엄지를 거울에 의도적으로 꾹 찍어놓은 것처럼 선명했다.

꼭 피 같아.

갑자기 그런 생각이 들자 그는 바닥에 있는 검은 얼룩을 더욱더 보지 않으려고 애썼다. 초조한 마음으로 생각을 딴 데로 돌리려고 노력했다.

율리아는 지금쯤 밖에서 꽁꽁 얼어버렸을 텐데.

이 망할 놈의 엘리베이터는 왜 이렇게 오래 걸리는 거야?

크리스가 막 발로 벽을 차려고 하는 순간 드디어 숫자가 1로

바뀌면서 엘리베이터가 멈춰 섰다. 그런 다음 아주 잠시 모든 게 정지한 것 같더니 드디어 문이 열렸다. 엘리베이터 앞에는 스티브 메이슨이 다리를 쩍 벌리고 서선 황당한 표정으로 그들을 쳐다보고 있었다.

잠시 후 보안 요원이 물었다.

"아이, 지금 여서 뭐 하는교? 아까 떠난 거 아임니꺼? 내가 차단기까지 열어줏는데."

크리스는 보안 요원을 거칠게 옆으로 밀쳤다.

"당신 도대체 눈이랑 귀가 전부 멀기라도 했어요? 우리 소리 못 들었냐고요? 벌써 몇 시간째 건물 안으로 들어가려고 별짓을 다했단 말예요! 얼른 가서 밖에 있는 여학생들이나 들여보내줘요. 그사이 폐렴에나 안 걸렸으면 다행이겠네."

스티브가 물었다.

"와예? 무슨 일인교? 벨은 안 누르고 뭐 했습니꺼?"

벤저민이 대답했다.

"우리가 안 해본 게 있는 줄 알아요? 벨도 누르고 문도 두드려보고 전화도 해보고. 솔직히 말해봐요. 자고 있었죠, 맞죠?"

"그랬는교. 참 운도 없었네예."

스티브는 미안하다는 듯 웃었다.

"하필 쉬는 시간이라가꼬."

크리스는 분노가 치밀어 올랐다. 그에 비하면 핵폭발은 아무것도 아니었다.

저 입, 저 웃음, 흰 치아. 너무 하얘. 역겨워.

그 순간 크리스는 머릿속이 뱅글뱅글 돌고 손이 부들부들 떨렸다.

안 돼, 크리스!

정신 차려!

다행히 크리스는 분노를 억누르고 차분하게 말했다.

"긴말 필요 없어요. 어서 여학생들이나 들여보내줘요."

스티브는 못마땅한 표정으로 그를 잠시 노려보았다. 하지만 결국 아무 말 없이 보안실이 있는 왼쪽 복도로 앞장서 걸어갔다. 그런데 사무실 안이 비어 있는 걸 보자 그가 혼잣말처럼 중얼거렸다.

"이 바보 멍충이 같은 테드는 어디를 싸돌아댕기노, 일 안 하고? 우리 둘 중에 한 명은 무신 일이 있어도 사무실에 있어야 한다꼬 귀에 못이 배기도록 말했는데."

크리스는 그의 말을 무시하고 로비를 가로질러 현관문 앞으로 갔다. 그리고 셔터가 요란한 소리를 내면서 올라가고 유리문이 자동으로 열리기만을 초조하게 기다렸다. 그런데 문밖에 있어야 할 율리아가 보이질 않았다.

대신 그의 눈에 들어온 건 하얀 벽이었다. 마치 누군가 그의 눈앞에 두껍고 불투명한 흰 커튼을 쳐놓기라도 한 것 같았다.

그런데 한 개가 아니었다.

저기 또 한 개, 두 개, 세 개…… 아니, 셀 수 없이 많았다.

천들이 바람에 휘날려 펄럭이면서 참을 수 없을 만큼 요란한 소리를 냈다. 막을 길 없이 점점 더 다가오는 폭풍의 예고처럼.

그런데 크리스가 작은 얼음 알갱이로부터 눈을 보호하기 위해 실눈을 뜨는 순간 멀리서 율리아가 다가왔다.

그녀는 그를 보자 반갑게 손짓을 했다.

그 순간 그가 느낀 안도감은 아버지가 끝내 숨을 거두었을 때 느꼈던 심정과 같았다.

영화 보기

그들은 스티브를 따라 다시 보안실로 갔다. 크리스는 그의 당당한 태도를 보자 또 화가 치밀었다. 반짝반짝하게 닦은 검은 가죽 구두로 경쾌하면서 자신만만하게 걸어가는 모습과 일정한 리듬에 맞춰 위아래로 흔들어대는 팔, 유니폼 아래로 선명하게 드러난 근육까지 전부 역겹게 느껴졌다. 그런데 그의 유니폼 위로 뭔가가 불룩하게 튀어나와 있었다. 크리스는 그게 무기일 거라고 확신했다.

학교 보안 요원들이 무기를 갖고 있을 줄이야.

아니면 혹시 저 스티브 메이슨이라는 놈만 허가도 받지 않고 무기를 소지한 게 아닐까?

보안실은 일반 사무실과는 사뭇 달랐다. 보안실 문을 열자마자 크리스의 눈에 들어온 건 수많은 모니터 속 장면들이었다. 사방에 달린 모니터들이 빈 복도와 계단 그리고 세미나실 등을 비추고 있었다. 모든 게 꼭 유령 건물의 흑백 콜라주 같은 느낌을 자아냈다.

정면에는 평면 TV가 걸려 있었는데 온몸이 꽁꽁 얼어붙은 CNN 여기자가 바람에 맞서 마이크에다 소리를 질러대고 있었다. TV 스피커가 무음으로 설정되어 있어서 실제로 소리가 들리진 않았지만 화면만 봐도 바깥 상황을 훤히 알 수 있었다. 어느 고속도로는 눈에 완전히 매몰되어 꼬리를 물고 서 있는 차들의 지붕만 겨우 보일락 말락 했다. 그다음 화면에는 공항이 나왔는데 격납고 지붕이 쌓인 눈의 무게를 이기지 못하고 무너졌다는 소식이었다. 격납고 주변으로 파란 사이렌을 켠 구급차들이 보였다.

벤저민은 감탄을 쏟아냈다.

"와, 여긴 우주항공국보다 더 감시가 삼엄한데요. 대체 감시 카메라가 몇 개나 되죠?"

"잘 모르겠습더."

스티브는 무뚝뚝하게 대답하더니 의자에 앉아 자기 앞에 놓인 키보드를 두들겼다.

"어쨌거나 마 확실한 거는 암것도 우리 눈을 피해갈 수는 없다는 겁니더. 지금 그쪽 여학생들이 뭐 하고 있는가 함 볼랍니까? 이리 와보이소."

그들 앞쪽에 있는 모니터에 새 화면이 나타났다. 로즈와 데비 그리고 율리아가 엘리베이터에서 나오는 게 보였다. 율리아는 213호 기숙사 앞으로 가서 열쇠로 문을 열었다. 그런데 그 순간 옆으로 얼굴을 살짝 돌렸다. 어깨까지 오는 갈색 머리카락이 그녀의 지친 얼굴을 감싸고 있었다. 율리아는 아주 짧은 순간이긴 했지만 카메라 쪽을 응시했다. 마치 누가 자신을 지켜보고 있다는 걸 알기라도 하는 것처럼.

그 순간 스티브의 입가에 크리스가 특히 분개하는 징그러운 웃음이 번졌다. 그러더니 역겨운 사투리로 말했다.

"참 상냥한 아가씨라예, 저 아가씨랑 사귀는 거 맞지예?"

정말 역겨운 자식이야!

크리스는 날이 개는 대로 그의 얼굴에 주먹을 갈겨주고 싶었다.

다음 순간 여학생들은 기숙사 안으로 사라져버렸고 화면에는 다시 빈 복도만 나왔다.

그동안 스티브는 휴대전화를 꺼내 버튼을 누르기 시작했다. 하지만 상대방은 전화를 받지 않는 모양이었다. 그는 귀에 휴대전화를 갖다 댄 채 크리스에게 말했다.

"근데 와 돌아왔습니꺼?"

크리스는 젖은 옷 때문에 한기가 느껴졌다. 그래서 얼른 뜨거운 물에 샤워를 하고 마른 옷으로 갈아입고 싶은 생각뿐이었다. 하지만 그는 계곡을 떠나기로 계획했었고 아직 그 계획을 포기한 건 아니었다. 그래서 그는 사고에 대해선 언급하지 않기로 했다.

공격이 최선의 방어야!

"완전 고물차더라고요, 학교에서 빌려준 밴 말이에요. 아예 굴러가질 않더라니까요."

크리스는 주머니에서 차 열쇠를 꺼내 흔들어 보이곤 보안 요원의 책상 위로 툭 던졌다.

스티브는 혼잣말로 투덜대더니 휴대전화를 책상 위로 집어 던져버렸다.

"개자슥! 도대체 사무실도 안 지키고 어디 간 기고?"

그러더니 다시 크리스에게 물었다.

"뭔 일 있었습니꺼?"

"차가 가다가 그냥 서버렸어요. 덕분에 여기까지 걸어온 거예요. 세상에, 이 날씨에! 한번 생각해보세요. 얼어 죽지 않은 게 행운이라니까요. 어쨌거나 다른 차로 빌려주세요, 가능한 한 빨리요. 한시가 급하니까."

그러자 스티브가 눈썹을 치켜세웠다. 그러곤 빈정거리듯이 물었다.

"다른 차라꼬예? 다른 차가 어디 있는데예?"

"그야, 우리도 모르죠. 그건 당신들이 고민해야 할 문제잖아요. 차가 고물이라 안 가는 게 내 잘못인가요? 난 이삼 주 전에 밴을 예약했다고요, 게다가 돈도 다 지불했고요."

"이 학교에 댕기는 부자 학생들은 전부 똑같은갑네예. 학생들은 돈이면 뭐든 다 살 수 있다고 생각하지예? 그라믄 부자 아빠한테 전화해갓고 이 폭풍부터 좀 잠재워주라고 하이소. 그라믄 차도 어찌될 낍니더."

그때 벤저민이 끼어들었다.

"저기요……."

그가 무슨 말을 하려는 찰나 벨 소리가 울렸다. 스티브는 휴대전화를 들고 통화 버튼을 눌렀다.

"여보세요?"

크리스는 상대방의 흥분된 목소리를 들었다.

스티브는 자기 앞에 놓여 있는 리모컨을 집어 벤저민에게 건넸다.

"지역 방송 좀 틀어보이소."

벤저민은 채널을 돌려 밴쿠버 지역 방송을 찾았다. 처음에는 화면이 흐려 뭐가 뭔지 분간이 가질 않았다. 그러다가 잠시 후 도로 한복판에 전복된 차가 보였고 그로 인해 도로에 진입 금지 조치가 내려졌다는 자막이 지나갔다. 전복된 차는 눈에 완전히 파묻혀 있었지만 차 색깔이 원래 밝은색 계통이었다는 것 정도는 알아볼 수 있었다. 두꺼운 모자를 쓰고 검은색 패딩 코트를 입은 여기자가 눈보라 속에서 털로 감싼 커다란 마이크를 들고 현장 상황에 대해 설명하고 있었다. 여기자 뒤로 깜빡거리는 사이렌을 켠 구급차와 경찰차들이 보였다. 바람 소리가 너무 커서 여기자의 말이 뚝뚝 끊겼다.

"667번 필즈…… 폐쇄……."

벤저민이 소리쳤다.

"저건 우리 학교 도로잖아! 이 길을 폐쇄한다니, 미친 거 아니야?"

"그러니까 내가 위험하다 안 했습니꺼? 더 일찍 떠났으모 됐을 낀데."

크리스가 울컥해서 따지려는 순간 스티브가 고개를 절레절레 저으며 선수를 쳤다.

"아무래도 이번 주말에는 학교에 마 있어야 될 거 같네예."

스티브가 말을 하는 동안 마치 그의 말을 증명이라도 하듯이 바람이 윙윙 소리를 내며 세차게 불었다. 그러곤 뚝 하고 뭔가 부러지는 소리가 났다. 누가 먼저랄 것도 없이 우르르 보안실 밖으로 뛰어나간 그들은 호숫가 산책로에 서 있던 거대한 가문비나무가 허리가 꺾인 채 부러져 있는 걸 보았다.

"랜드로버 정도면 충분히 견뎌낼 수 있어요."

크리스는 이대로 포기하고 싶지 않았다.

"아직도 그렇게 상황 파악이 안 됩니꺼?"

스티브는 코웃음을 치고는 TV를 가리키며 말했다.

"저 길을 폐쇄한다 안 합니꺼? 학생들은 여기 꼼짝없이 간힌 기라예."

***

밖에는 여전히 태풍이 불고 있었다. 처음에는 모두 창밖을 주시하며 태풍이 휘몰아칠 때마다 깜짝 놀라곤 했지만 시간 이 지나자 무시무시한 바람 소리나 벽을 향해 몰아치는 태풍 에 서서히 적응하기 시작했다.

벤저민이 여전히 창가에 서서 드라마틱한 바깥 상황을 촬영하는 동안 크리스는 짜증스럽게 리모컨 버튼을 이것저것 눌러댔다. 화면이 수시로 깜빡거리며 몇 초간 먹통이 됐고 겨우 화면이 나오는 채널을 찾았다 싶으면 여지없이 난장판이 된 도로 상황을 보도하는 뉴스가 나왔다. 그리고 화면 아래 자막에 나오는 새로운 사고와 사상자 수가 계속 증가했다.

"벌써 사망자만 스무 명이 넘는대."

로즈는 컵을 올려놓은 접시를 탁자 위에 내려놓고는 난방기 옆으로 가 두 손을 쬐었다.

"아직도 추워."

"뭐 먹을 거 없어?"

"우리 냉장고는 텅 비었어. 주말에 여기 있을 거라고 누가 상상이나 했겠어?"

"그럼 구내식당이라도 털어야겠네. 아니면 슈퍼마켓이나."

"쉿! 조용히들 해봐!"

벤저민과 로즈의 대화에 크리스가 끼어들었다. 그는 몸을

155

앞으로 기울었다.

TV에 또다시 사고 장면이 나왔다. 화면이 몇 번이고 반복되었다. 그런데도 크리스는 여기자가 하는 말을 잘 알아들을 수가 없었다. 하지만 율리아의 말을 듣자 크리스는 자신이 잘못 들은 게 아니라는 걸 확신할 수 있었다.

"지금 우리 얘기를 하고 있는 것 같아!"

벤저민이 창가에서 떨어져 TV 앞으로 와서 앉았다.

"소리 좀 크게 해봐, 크리스."

"알았으니까 옆으로 좀 비켜봐."

여기자가 마이크에 대고 소리를 질렀다.

"경찰은…… 667번 도로가 정리될 때까지 당분간 봉쇄키로…… 사고 차량은 스노우타이어가 없는 상태로 그레이스 대학에서 필즈 방향으로 가던 길에 전복된 것으로 보입니다. 경찰은 생존자들을……."

"맙소사!"

크리스는 고개를 저었다. 벤저민은 뉴스 보도에 푹 빠져 연신 촬영을 하고 있었다.

"너희들도 들었지? 그런데 대체 누구 차지? 교수들 중 한 명이었으면 좋겠다. 그럼 다음 주에 그 수업은 결강될 테니까!"

"벤저민, 내 평생에 너처럼 동정심이라곤 없는 냉혈한은 처음 봐! 운전자가 죽기라도 했으면 어쩔 거야?"

로즈는 율리아 옆으로 가서 앉았다.

"그런 말은 없었어, 로즈! 그냥 차가 전복됐다는 것뿐이잖아. 사망자가 있다는 말은 전혀 안 했어."

그때 크리스가 버럭 화를 냈다.

"제발 TV 앞에서 좀 비켜! 너 때문에 제대로 볼 수가 없잖아!"

그는 벤저민을 피해 화면에 시선을 고정하고 있었다. 뭔가 석연치 않은 느낌이 들었지만 왜 그런지는 알 수가 없었다.

로즈가 한숨을 내쉬었다.

"우리한테 저런 일이 생기지 않은 게 얼마나 다행인지 모르겠어. 네가 시기적절하게 행동을 했기 때문이야, 크리스."

크리스는 자신이 실제로 차를 통제하지 못했었다는 느낌만 없었더라면 그 말을 진심으로 고맙게 여겼을 터였다.

또다시 화면이 깜빡거리더니 결국 완전히 꺼져버렸다. 침묵이 흘렀다. 들리는 소리라고는 발정 난 고양이가 우는 것 같은 바람 소리와 욕실에서 혼잣말로 중얼거리는 데비의 목소리뿐이었다.

"쟤는 저 안에서 언제부터 저러고 있는 거야?"

벤저민이 묻자 로즈가 대답했다.

"30분이 넘었어. 나 진짜 걱정돼."

"로즈, 네가 한번 들여다보는 게 좋겠어."

크리스는 그렇게 말하곤 율리아를 바라보았다. 그녀는 담요로 몸을 돌돌 감싸고 무릎을 껴안은 채 의자에 앉아 있었다. 두 손으로 뜨거운 찻잔을 꼭 거머쥐고 있었다.

"문을 안에서 잠가버렸어."

율리아는 지친 듯이 말하곤 차를 한 모금 마신 다음 찻잔을 탁자 위에 놓았다.

"데비는 늘 문을 잠가. 하지만 우리가 욕실에 있을 땐 노크도 없이 그냥 들어오지."

크리스는 어깨를 으쓱했다. 사실은 데비가 눈에 보이지 않아서 더 좋았다. 하지만 아까 스티브가 여학생들을 건물 안으로 들여보냈을 때 데비의 흐리고 초점 없는 눈빛이 신경 쓰였다. 그녀는 몸이 얼어서 혼자선 걸을 수조차 없는 상태였다.

로즈는 짜증스럽게 고개를 저으며 자리에서 일어나 욕실로 가서 문을 두드리기를 벌써 스무 번째 반복하고 있었다.

"데비! 데비, 너 진짜 괜찮은 거니?"

안에서 작게 웅얼거리는 소리가 들렸다.

"그만하고 제발 나와! 네 이마에 난 상처 좀 보게."

대답이 없었다.

"데비, 내가 준 약으로 상처는 소독했어?"

"괜찮아."

데비의 목소리가 들렸다. 작게 흐느끼는 듯한 목소리였다. 그러더니 다시 물 트는 소리가 들렸다.

"데비, 우는 거야?"

로즈가 걱정스럽게 묻자 벤저민이 대신 대답했다.

"개가 우는 건 뭐 새삼스러운 일도 아니잖아."

로즈는 고개를 젓고는 소리를 낮췄다.

"아까 이상한 말을 지껄였단 말이야."

"그것도 새로울 건 없어."

"하지만 이번엔 달라. 계속 숫자를 세면서 무슨 목록이 어쩌고 했단 말이야. 얼마나 무서웠는데. 진짜야. 아무래도 데비가 정상이 아닌 것 같아. 의사한테 진료를 받게 해야 해."

"내가 스티브한테 한번 더 갔다 올게. 필즈에 있는 병원에 연락해두라고. 그리고 도로가 뚫리는 대로 데비를 병원에 데리고 가야겠어. 아니면 의사를 여기로 부르거나."

율리아의 말을 들은 크리스가 창밖에 쌓인 눈을 가리켰다.

"지금 이 날씨에? 말도 안 돼."

그 순간 마치 그 말을 증명이라도 하듯이 창문이 떨어져나갈 것처럼 덜컹거렸다. 기숙사는 세미나실이나 로비와는 달리 한 번도 보수된 적이 없었다. 평소에도 창문 틈 사이로 웃풍이 심했던 탓에 크리스는 제발 창문들이 이번 폭풍을 잘 견뎌내주기만을 바랄 뿐이었다.

로즈가 작게 물었다.

"대체 이 태풍은 언제 끝난대?"

그때 벤저민이 소리쳤다.

"야, 모두들 여기 이렇게 앉아서 우울한 분위기나 연출하고 있을 거야? 긴장 좀 풀어. 운명이 우릴 여기로 데리고 왔으니까 이 상황을 즐기자고. 학교 안에 오직 우리밖에 없잖아. 나한테 이 폭풍을 싹 잊게 해줄 좋은 묘안이 있어."

로즈가 물었다.

"그게 뭔데?"

"영화 보기."

크리스가 말했다.

"방금 TV가 수시로 꺼지는 거 못 봤어?"

"아니, 지하실에 있는 영화 감상실에서 제대로 보자고. 나한테 필름은 많아. 판타지, 스릴러, 공상 과학. 아니면 사이코 영화나 하드코어 같은 건 어때? 배경은 겨울이 좋아, 여름이 좋아? 괴물이나 사이코패스가 나오는 건 어때? 아니면 〈에덴 호수〉나 〈피 흘리는 눈의 언덕〉은? 둘 다 죽여주는데."

로즈가 한숨을 내쉬었다.

"눈이 저렇게 계속 내린다면 네가 갖고 있는 거 전부 다 볼 수도 있겠다."

"그럼 더 좋지!"

벤저민은 벌써 문가로 달려갔다. 친구들을 향하고 있는 비디오카메라에서도 그의 쾌활함이 느껴졌다.

"자, 이것이 본격적인 공포가 시작되기 전의 표정들입니다. 그럼 잠시 후에 지하 영화 감상실에서 만나."

그때 율리아가 물었다.

"데비는 어쩌지?"

"내가 수면제를 먹여서 재워볼게. 데비는 지금도 머릿속이 어지러울 텐데 공포 영화 같은 건 필요 없을 거야."

그렇게 말하곤 로즈는 또다시 욕실 문을 두드렸다.

"데비, 우린 영화 감상실에 가서 영화 볼 거야."

그러자 뭐라고 중얼거리는 소리가 들렸다.

"더 크게 말해, 데비. 뭐라고 하는지 안 들려."

물을 틀었다가 잠그는 소리가 났다.

"데비?"

"너희들 마음대로 해. 난……."

나머지 말은 알아들을 수가 없었다. 갑자기 벽과 바닥이 흔들렸다. 그런 다음 귀가 먹먹해질 정도로 큰 굉음이 났다. 또 지금까지와는 비교도 안 될 만큼 천둥이 강하게 쳤다. 마치 화물 기차가 전속력으로 건물 바로 앞을 내달리는 것 같았다.

로즈는 창문으로 달려가 밖을 내다보았다. 그리고 다시 뒤돌아섰을 땐 얼굴이 시체처럼 창백했다.

"저기 아래 호수……."

말을 하다 멈칫하자 율리아가 채근했다.

"호수가 뭐?"

"나무가 하나도 없어."

어른거리는 글자

제34번 목록. 양아버지의 잔소리.

1. 식탁에 앉을 땐 화장하지 마!

2. 손 씻어!

3. 몸 긁적대지 좀 마!

데비는 다른 이들이 모두 기숙사에서 나가고 조용해진 걸 알아챘다. 차라리 모두가 학교에 남아 있게 되어 더 잘됐다고 생각했다. 밴쿠버에 사는 할머니 집에서 하릴없이 빈둥거리는 것보단 훨씬 나았다.

그런데 왜 이렇게 피곤하지?

그리고 여전히 추웠다. 데비는 수도꼭지를 쥐고 뜨거운 물을 틀어 손가락을 갖다 댔다.

그런데도 여전히 손이 차가웠다.

데비는 유전자 이론을 믿었다. 그리고 DNA 연구가 맞는다면(물론 맞을 거라고 확신하지만) 할머니가 뭐라고 말했건 적어도 그녀가 미래에 어떻게 될 것인지 몇 가지는 예견할 수 있었다. 즉 그녀는 할머니나 엄마처럼 아이를 일찍 낳을 것이다. 그리고 다른 사람보다 흰머리가 늦게 날 것이다.

음…… 할머니가 또 뭐라고 했더라?

그래, 창백한 피부 탓에 피부암을 조심해야 한다고 했지. 서른아홉 살에 피부암에 걸려 돌아가신 조지프 삼촌처럼 되지 않으려면.

데비는 수도꼭지를 잠그고 또다시 거울을 들여다보았다. 이마에 난 상처가 더 심해진 것 같았다. 그녀는 크리스를 고소할 것이다. 그가 차를 너무 빨리 몰았기 때문에 하마터면 죽을 수도 있었다. 그러니까 그는 위자료를 물어주는 정도로 그치는 데 감사해야 한다. 그렇지 않았다면 크리스는 정말 심각한 상황에 처할 수도 있었다. 왜냐하면 크리스는 가난하니까!

이마에 상처를 입은 것도 모두 크리스의 책임이었다.

만약 모두가 생각하는 것보다 상처가 더 심각하다면 어떡하지? 단순한 상처나 가벼운 뇌진탕이 아니라면?

어쩌면 사고의 후유증으로 외상성 동맥류에 걸릴지도 모른다. 데비는 그 용어를 〈그레이 아나토미〉 시즌 6에서 듣자마자 양아버지의 교과서를 뒤져보았다.

외상성 동맥류란 외상에 의해 동맥벽이 손상되어 생기는데 지금 그녀의 이마에 난 상처처럼 처음에는 별것 아닌 것처럼 보이는 상처가 수 시간 내로 걷잡을 수 없이 커질 수도 있었다. 데비는 자기 머릿속의 상처가 점점 커져 결국 펑 하고 터지는 장면을 상상해보았다.

오, 하느님!

두통도 참을 수 없을 만큼 심해졌다.

그래, 외상성 동맥류가 틀림없어.

그런 생각을 하자 그녀는 온몸이 덜덜 떨렸다. 아무래도 로즈가 말한 대로 약을 먹고 좀 자야 할 것 같았다.

하지만 자리에 누우면 또 음흉한 핏줄기가 벌레처럼 뇌 속을 흐르는 상상에 빠져들 것 같았다.

생각하지 마, 데비. 다른 생각 하자.

그런데 뭐에 대해 생각하지? 아까 로비에서 본 것에 대해? 창문에 있던 그 얼굴? 소리도 없이 전해져온 말들?

아냐, 생각하지 마! 그건 특히 더!

왜냐하면 그건 그녀가 당장 어디론가 피신해야 한다는 걸 의미하기 때문이었다. 하지만 데비는 지금 움직일 상황이 아니었다.

목록!

아직 제34번 목록을 완성하지 못했다.

양아버지가 또 어떤 말을 했더라?

4. 뭐든 늘 적당히!

5. 신경증 환자처럼 굴지 마!

6. 제발 정신 좀 차려!

***

데비는 카티의 큰 목욕 타월을 두르고선 트렁크를 열어 비상약이 든 주머니를 찾았다. 그런데 그 순간 벨 소리가 울렸고 데비는 소스라치게 놀랐다. 그리고 휴대전화 벨 소리를 아침 기상나팔 소리로 설정해놓은 걸 처음으로 후회했다.

벨 소리가 빨리 그쳤으면.

그런데 망할 놈의 전화는 대체 어디 있는 거야?

핸드백 안에? 트렁크에 달린 작은 주머니? 아님 트렁크 안?

아침 기상나팔 소리가 끝없이 데비의 귓속으로 파고들었다. 그러더니 갑자기 뚝 끊겨버렸다.

데비는 옷 속을 파헤쳐봤지만 휴대전화는 없었다.

화장품 가방 안에 있는 건가?

지퍼를 열었다. 탐폰이 욕실 바닥으로 굴러떨어져 장 밑으로 들어가버렸다.

또다시 나팔 소리가 나더니 점점 더 커졌다.

핸드백 안인가?

데비는 핸드백을 열어 내용물을 모두 바닥에 쏟아부었다.

휴대전화가 로봇처럼 저 혼자 앞으로 밀려나갔다. 아니, 벌레처럼. 일정한 간격으로 불을 깜빡이는 능력을 가진 미지의 벌레라도 되는 듯.

마침내 데비는 휴대전화를 집었다. 벌레가 그녀의 손 안에서 바르르 떨고 있었다. 메뉴 버튼을 누르자 화면이 나타났다.

문자메시지였다.

조심해. 안 그러면 다음 차례는 너야!

데비는 눈앞에서 어른거리는 글자들을 멍하니 쳐다보았다. 뭐라 형언할 수 없는 공포심이 엄습해왔다.

달아나야 해! 멀리!

여기 있을 순 없어, 안 그래?

제34번 목록. 양아버지의 잔소리.

7. 문제가 생길 때마다 회피하면 안 돼, 데보라!

데비의 뇌가 초고속으로 돌아가기 시작했다.

무슨 수를 써야 해. 뭐든 해야만 해!

데비는 문을 열고 달아났다.

문제가 생길 때마다 늘 그랬던 것처럼.

구덩이

1층 로비에는 아무도 없었다. 피리 소리를 내며 부는 바람은 잦아들긴커녕 한층 더 심해졌지만 이상하게도 학교 안에는 정적이 감돌았다.

늘 사람들로 북적이던 건물이 갑자기 텅 비면 이런 현상이 생기기도 하는 건가?

크리스는 보안실로 갔다. 문은 잠겨 있지 않고 활짝 열려 있었다. 하지만 그 안에는 스티브도 테드도 보이지 않았다. 크리스가 본 건 빈 책상뿐이었다. 그리고 일렬로 늘어선 깜빡거리는 감시 카메라 화면들. 그 화면은 계속해서 텅 빈 복도와 교실들을 비추고 있었다.

그중 한 화면에서만 움직임이 포착되었다. 크리스는 로즈가 로비에 있는 벽난로에 장작개비 두어 개를 던져 넣는 걸 보았다. 빨간 불빛에 비친 그녀는 평소보다 더 아름다워 보였다.

민머리에 이렇게 빨리 익숙해질 줄은 몰랐어.

시간이 더 지나면 아무도 그녀가 민머리라는 사실에 신경 쓰지 않게 될 것이다.

그는 빈 보안실에서 나와 로즈가 있는 곳으로 갔다.

로즈는 명랑한 척 밝은 목소리로 말했다.

"보안 요원 중 한 명이 고맙게도 불을 피워놨나봐. 기숙사보다 로비에 있는 게 더 낫겠어. 여긴 최소한 따뜻하기라도 하니까."

하지만 크리스는 대답 대신 질문을 했다.

"율리아는 어디 갔어?"

로즈는 턱짓으로 출입문을 가리켰다. 율리아는 유리문 앞에 바싹 붙어 서서 태풍 때문에 엉망이 되어버린 캠퍼스를 바라보고 있었다. 그녀에게로 다가간 크리스는 호숫가에 쓰러져 있는 나무들을 보자 휘익- 하고 휘파람을 불었다. 쓰러진 나무들은 검은 화살처럼 하나같이 태풍의 근원지인 고스트 쪽을 가리키고 있었다.

"태풍의 위력은 정말 대단한 것 같아. 호숫가에 있던 튼튼한 나무들을 성냥개비마냥 두 동강 내버리다니."

크리스의 중얼거림을 들은 율리아가 고개를 저었다.

"이런 건 생전 처음 봐."

크리스는 율리아의 등 뒤로 바싹 다가가 양팔로 껴안고선 그녀의 머리에 얼굴을 기댔다.

"걱정 마, 이 학교가 여기 세워진 게 일이 년도 아닌데. 그렇게 쉽게 날아가진 않아."

율리아가 속삭이듯 말했다.

"이 큰 건물에 우리밖에 없다는 게 좀 무섭지 않아?"

그는 입술을 율리아의 머리카락에 파묻었다.

"음."

그러고선 중얼거리듯이 말했다.

"난 진짜 너랑 단둘이 있었으면 좋겠어."

"로버트는 잘 도착했을까?"

율리아는 돌아서더니 그를 살짝 밀어냈다.

크리스는 한숨이 나오려는 걸 억지로 참았다. 안 그래도 언제쯤 로버트 얘기를 꺼내려나 기다리던 참이었다.

로버트와 율리아 사이의 유별난 우애가 크리스의 눈엔 정상적으로 보이진 않았다. 그녀가 끊임없이 로버트를 앞세우는 한 크리스는 그녀 곁으로 더 가까이 다가갈 수가 없었다.

"무소식이 희소식이란 말도 있잖아."

"그렇지만 사고 난 그 차, 그게 데이비드가 몰았던 차일 수도 있잖아."

그러자 크리스의 목소리에 약간의 짜증이 섞였다.

"걔네는 훨씬 더 일찍 갔어. 게다가 데이비드, 그 운 좋은 놈은 랜드로버를 받았다고. 랜드로버는 사륜구동인 것 말고도 산악 지역을 다니기에 여러 가지 장점이 많아. 그러니까 아무 문제 없었을걸."

그리고 갑자기 쓸쓸하게 웃었다.

"미스터 퍼펙트니까 퍼펙트한 차를 받은 것도 당연하지, 안 그래?"

그래도 율리아는 그의 말이 미덥지 못한 모양이었다.

"데이비드가 탄 차는 어두운색 계통이었어. 내가 똑똑히 기억해. 그런데 사고 난 차는 밝은색이었다고. 얼핏 보기에 링컨이었던 것 같아. 그러니까 걱정할 필요 없어. 알겠어?"

그 순간 크리스는 불현듯 어떤 기억이 떠올랐다.

그러고 보니까 오늘 아침 주차장에서 밝은색 링컨을 본 것 같은데…… 포르스터 교수의 차 아니었나?

"사고 난 차가 누구 건지 알겠어."

크리스는 방금 떠오른 기억에 대해 말해주었다.

"그게 사실이면 어쩌지? 정말 안됐다."

그렇게 말하면서도 율리아의 표정은 아까보다 한결 편안해졌다. 그녀가 크리스를 향해 웃어 보이자 그는 잠깐 동안 느꼈던 짜증과 화가 싹 사라졌다.

그때 어디선가 벤저민이 불쑥 나타났다.

"영화 보자더니, 어떻게 된 거야?"

율리아가 말했다.

"알았어, 갈게."

크리스는 한숨을 쉬곤 율리아의 손을 잡았다. 문틈으로 들어온 바람 때문에 잠시 벽난로의 불길이 솟아올랐다. 그는 로비를 가로질러 걸어가는 동안 생각했다.

이 망할 놈의 태풍은 내 계획을 우연히 망쳐놓은 게 아니야. 그래, 분명 의도적이야.

***

본관 건물의 지하 1층은 복도와 모퉁이 그리고 수많은 문들로 이루어진 미로 같았다. 평소에 그곳은 실험실이나 컴퓨터실 또는 신관과 이어져 있는 터널로 가는 학생들로 북새통을 이루었다.

보안실에서 감시 카메라 모니터의 개수를 알게 된 크리스는 이제 자신도 모르게 감시 카메라를 찾아 두리번거리게 되었다. 그리고 모서리나 문 위에 버젓이 있는 감시 카메라가 전에는 한 번도 눈에 띄지 않았다는 사실에 깜짝 놀랐다. 매순간 누군가로부터 감시당하고 있다는 느낌은 정말 불쾌하기 짝이 없었다.

지하 조명은 어두운 편이었다. 게다가 환기를 위해 틀어놓은 공기 정화기에서 건조한 바람까지 나와서 지하는 한마디로 땅굴 같았다. 그래도 최소한 위협적인 태풍 소리는 들리지 않았다.

벤저민은 다른 학생 몇몇과 함께 그레이스의 월간 영화 프로그램을 책임지고 있었기 때문에 영화 감상실 열쇠를 갖고 있었다. 게다가 그는 엄청난 양의 DVD를 소장하고 있었다.

벤저민이 주머니에서 열쇠를 찾아 문을 연 후에도 전등 스위치를 찾느라 한참을 헤매자 로즈가 짜증스러운 목소리로 말했다.

"빨리 좀 해, 벤. 내 손바닥조차도 안 보인단 말이야."

그 말이 끝나기가 무섭게 눈부신 형광등이 공간을 환하게 밝혔다.

그곳은 그레이스 대학의 자랑거리 중 하나였다. 크리스는 지금까지 그렇게 편안한 의자를 본 적이 없었다. 게다가 스크린도 어마어마하게 컸다.

벤저민은 기분 좋게 계단 위로 뛰어 올라갔다.

"너희들을 위해 진짜 쇼킹한 영화를 준비했어."

그러곤 영사실로 사라졌다. 그레이스는 영화에 관한 온갖 장비들이 다 갖춰져 있다고 벤저민이 설명해주었다. 즉 영사기로 디지털 영화는 물론 아날로그 방식의 필름도 볼 수 있고 게다가 DVD를 위한 프로젝터와 컴퓨터를 통한 프레젠테이션도 가능하다는 것이었다.

크리스는 가운뎃줄로 가서 앉았다. 발끝에 빈 맥주 캔이 걸려 데구르르 굴러갔다.

그는 추워서 두 팔로 몸을 감싸고 있는 율리아를 자기 쪽으로 바싹 끌어당겼다.

"아, 여기 너무 춥다. 밖에서 얼어 죽을 뻔하다가 이제 겨우 좀 회복됐는데."

"내 스웨터 벗어줄까?"

율리아는 사양하지 않고 고개를 끄덕였다. 크리스는 입고 있던 스웨터를 벗어 그녀에게 주었다.

한동안 그들은 말없이 앉아 있었다. 마침내 율리아와 크리스 뒤쪽에 자리를 잡은 로즈가 소리쳤다.

"벤저민, 영화 안 틀고 뭐해? 우린 준비 다 됐어!"

"우리가 밖에서 추위에 떨고 있는 동안 보안 요원들이 뭘 하고 있었는지 알아냈어!"

그는 계단 꼭대기에 서서 빈 DVD 케이스를 흔들어댔다.

"여기서 영화를 보고 있었던 거야."

크리스가 물었다.

"무슨 영환데?"

"아마도 포르노겠지. 돌비 스테레오까지 틀어놓고 아주 생생하게 즐겼을 거야."

그는 케이스를 돌려 앞면을 보더니 갑자기 소리쳤다.

"잠깐만 기다려!"

그러고는 다시 영사실로 사라졌다.

로즈가 끙 하고 신음 소리를 냈다.

"맙소사, 쟤 지금 우리한테 개인 촬영한 비디오나 추잡한 포르노 같은 거 보여주려는 거 아냐?"

불이 꺼졌다. 크리스는 율리아의 샤워 젤과 샴푸 냄새를 맡았다. 영화 감상실이 아무리 추워도 상관없이 따뜻했다. 그는 팔로 율리아의 어깨를 감쌌고 율리아는 그의 어깨에 머리를 기댔다.

잠시 지지직거리더니 스크린 위로 밝은 빛이 쏟아졌다. 처음엔 웅웅거리는 목소리가 들리더니 DVD가 중간 지점에서 멈췄었는지 첫 번째 장면이 바로 나왔다.

높은 담벼락.

드넓은 잔디.

영화는 흑백이었고 화면이 자꾸 끊겼다가 다시 나타나곤 했다. 아주 오래된 게 틀림없었다.

크리스가 어깨 너머로 소리쳤다.

"저건 뭐야? 재미없어. 꺼버려, 벤. 우린 더 괜찮은 거 보고 싶다고."

하지만 영화는 계속되었고 크리스는 한 무리의 청년들이 어깨에 배낭을 메고 즐거운 표정으로 손짓하는 모습을 보았다.

율리아가 혼란스러운 표정으로 크리스에게 물었다.

"저게 대체 무슨 영화지?"

"어쨌거나 포르노 같진 않아."

그 역시 황당한 표정으로 화면을 뚫어지게 쳐다보았다. 왠지 어디선가 본 듯한 장면이었다. 3개월 전 어느 주말이 떠올랐다.

"이봐."

누군가의 목소리가 들렸다.

"이제 모두들 제대로 서봐. 폴, 넌 좀 더 뒤로 가. 너 때문에 딴 애들 얼굴이 하나도 안 보이잖아."

웃음소리. 긴 머리를 한 청년이 무리들 뒤로 돌아가더니 금발의 여학생 뒤로 가선 엄지를 치켜세워 보였다.

또다시 목소리가 들렸다.

"그래, 좋아! 자, 이제 스마일! 우리가 다시 돌아왔을 때도 다시 웃을 수 있을지 모르니까 지금 많이 웃어둬."

다시 장면이 바뀌었다.

뒤편에 건물이 보였다.

가운데 건물 양옆으로 날개처럼 두 건물이 길게 이어져 있었다. 첫눈에 보기엔 호텔 같았다. 하지만 그건 착각이었다. 그 건물은 호텔이 아니라……

양쪽 건물들 역시 그레이스의 건물들과 아주 비슷했다. 수많은 발코니와 채광창, 창문들. 그레이스 대학과 다른 건 가운데 건물뿐이었다. 전면이 유리인 지금과 달리 가운데 건물은 계곡에서 흔히 볼 수 있는 짙은 재색 돌로 되어 있었다. 거대한 돌로 된 출입문이 반원 모양의 작은 광장 위로 우뚝 올라와 있었고 그 가운데는 우람한 단풍나무가 서 있었다.

저건 그레이스 대학이야. 예전의 그레이스가 분명해.

크리스는 생각했다.

카메라가 옆으로 움직였다.

본관 건물 뒤 시설들은 그땐 아직 존재하지 않았던 것 같았고 대신 필즈로 가는 도로 양옆으로 집들이 나란히 서 있었는데 과거의 군부대를 연상시켰다. 그리고 현재 주차장이 있는 곳에는 젊은 남학생이 서 있었고 여학생이 그의 입가에 마이크를 갖다 대고 있었다.

"좋아, 마크."

또다시 목소리가 들렸다. 카메라를 들고 있는 이의 목소리가 틀림없었다.

"지금부터 너희들의 계획을 정확히 말해봐."

마크라는 이름의 남자는 웃으며 옆으로 돌아서서 등 뒤에 있는 산을 가리켰다. 고스트였다.

"이건 일종의 탐험이야. 우리가 찾는 건……."

"대체 뭘 찾는 건데?"

"그건 말하기가 좀 어려워. 하지만…… 뭐랄까, 우리 자신을 찾기 위한 여행이랄까?"

그는 웃으며 여자의 어깨를 팔로 감쌌다.

영화 감상실 안은 너무 조용해서 바늘이 떨어지는 소리조차 들릴 정도였다. 크리스는 차라리 친구들의 반응이 달랐더라면 더 좋았을 거라고 생각했다. 이런 상황에서는 누구든

'야, 저건 우리 학교를 찍은 비디오잖아!'라고 외치는 게 자연스러웠기 때문이었다.

아니면…… '세상에! 저거 혹시 실종된 학생들이 찍은 거 아니야?'라거나.

그런데 율리아는 대신 이렇게 말했다.

"벤저민, 넌 다 알고 있었구나?"

그녀의 목소리에는 공포가 서려 있었다.

"뭘 말이야?"

"사실대로 말해. 넌 저 필름에 대해 알고 있었던 거지?"

"아냐, 나도 전혀 몰랐어."

벤저민의 목소리에는 호기심과 함께 그에게서 자주 볼 수 없었던 묘한 감정이 배어 있었다. 즉 그 역시 혼란스러워하고 있었던 것이다. 그래서 크리스는 벤저민이 그 필름을 남몰래 보관해두진 않았을 거라고 확신했다.

이제 화면은 거울처럼 맑은 호수와 시꺼먼 나무들 그리고 고스트 쪽으로 옮겨갔다. 필름이 아주 오래됐는데도 불구하고 주변 환경이 지금과 너무 똑같다는 사실에 크리스는 깜짝 놀랐다.

그리고 또다시 카메라는 등을 보인 채 어디론가 가고 있는 학생들을 비추었다. 학생들은 뒤돌아보지 않았다.

다시 장면이 바뀌었다.

숲속의 한 줄기 불빛. 주위는 손전등의 밝은 빛줄기를 제외하곤 칠흑처럼 어두웠다. 비가 퍼붓고 있었고 누군가의 웃음소리가 들렸다. 화면에 두 사람이 나타나더니 카메라를 향해 손짓을 했다.

그 필름은 전문가의 솜씨는 아니었다. 크리스는 엄마가 그에게 보여주었던 어린 시절의 모습이 담긴 8미리짜리 비디오가 생각났다. 아마추어 비디오의 원형이라고나 할까?

"야, 그거 생중계야?"

누군가의 목소리가 들렸고 곧 화면에 목소리의 주인공이 나타났다. 어깨까지 내려오는 긴 머리. 머리카락 몇 가닥이 젖은 이마에 달라붙어 있었다.

또 두 명의 인물이 카메라에 대고 웃어 보였다. 그들 중 한 명이 카메라를 향해 삽을 들어 보였다.

"오늘의 주제는 바로 이거야. 깨달음의 길을 가지 않는 자가 갈 곳은 오직 무덤뿐이라는 것. 우하하."

웃음소리가 들렸고 잠시 후 신음 소리와 함께 쓱싹거리는 소리가 나더니 둔탁한 뭔가가 땅에 떨어지는 소리가 났다.

"빌, 넌 왜 우리랑 같이 안 가는 거야?"

"그야 난 내 인생에서 하고 싶지 않은 일이 뭔지 분명히 알고 있기 때문이지."

"그래? 그게 대체 뭔데?"

"산에 올라가는 거! 그리고 너희들처럼 고되게 사는 것!"

"넌 엄청난 재미를 놓치는 거야."

"그리고 특히 넌 우리의 아름다움을 얻기 위한 투쟁에서 제외되는 거야."

"아, 그래? 난 너희들이 깨달음을 얻으려고 등반하는 줄 알았는데."

"니체가 뭐라고 했는지 너도 알잖아. '인생의 절정은 여자를 통해 풍요로워지나니.'"

또다시 웃음소리가 들렸다.

그리고 또 신음 소리가 들렸다.

카메라가 옆으로 돌아가더니 새로운 얼굴이 나타났다.

"넌 여기서 뭐 하는 거야?"

"나? 난 뭐 그저 제대로 된 무덤에는 십자가가 있어야 될 것 같아서."

크리스는 율리아가 작은 소리로 훌쩍이고 있는 걸 눈치챘지만 그는 꼼짝도 할 수가 없었다.

이번에는 웃음소리가 앞쪽에서 들려왔다.

"야, 너희들 방금 뭐 마셨어?"

그 목소리의 주인공은 틀림없이 카메라를 들고 있는 사람이었다.

긴 머리를 한 청년이 화면에 나왔다. 그는 한 손에 삽을 들고 있다가 땅에 꽂곤 거기에 기댄 채 웃으며 말했다.

"레모네이드랑 맥주 섞은 거. 아, 어쩌면 보드카가 조금 흘러 들어간 것 같기도 해. 정확히 분석해보진 않아서 모르겠지만."

뒤편에서 또다시 웃음소리가 들렸다.

"그런데 여기서 정확히 뭘 하는 거지?"

"뭘 하려는 것 같아? 빌, 카메라 좀 이리로 비춰봐."

화면이 왼쪽으로 움직이더니 네모반듯한 구덩이와 그 옆에 쌓인 흙을 비추었다.

구덩이는 깊고 컴컴했다…….

크리스는 그제야 깨달았다.

그들이 보고 있는 건 바로 누군가를 위해 파놓은 무덤 구덩이였다.

열쇠의 주인

율리아는 온몸을 바들바들 떨었다. 그러더니 급기야 우는 목소리를 냈다.

"저거 끄라고 해. 크리스, 제발 그만하라고 해줘!"

크리스는 등을 돌려 영사실 쪽으로 소리쳤다.

"야, 벤저민! 저거 당장 꺼!"

하지만 아무 대답이 없었다.

그때 갑자기 스피커가 먹통이 되더니 스크린이 깜깜해졌다. 영사실에서 나는 모터 소리밖에 들리지 않았다.

그들은 한동안 아무 말 없이 어둠 속에 앉아 있었다. 그러다가 갑자기 천장 등에 불이 들어왔다. 크리스는 눈이 부셨고 마치 자신이 흑백영화 속에 있는 것처럼 눈앞에서 흰색과 검은

색의 퍼즐 조각들이 뱅글뱅글 돌았다. 그리고 등줄기가 서늘해졌다. 그건 정확히 뭐라 명명할 수 없는 공포감이었다.

그 이유는 꼭 율리아가 미동도 없이 굳은 것처럼 앉아 있었기 때문만은 아니었다. 조금 전의 그 필름에서 아버지의 이야기를 통해 이미 알고 있었던 것들을 보았기 때문이었다. 그러나 아버지의 말은 그가 방금 본 장면들에 비하면 추상적일 뿐이었다. 그 학생들은 정말 젊었고 생동감 넘쳤고 희망에 차 있었으며 명랑했다. 하지만 그 속에는 또 한 가지가 있었다. 그건 바로 교만함이었다.

그럼 빈 무덤은 뭐지?

그는 답을 알 수 없었지만 어쨌거나 왠지 섬뜩했다.

크리스가 율리아 쪽으로 몸을 숙이려는 순간 그녀가 자리에서 일어나더니 소리쳤다.

"이게 대체 무슨 짓이야, 벤! 왜 저걸 이제야 보여주는 거지? 왜 그동안 우리한테 숨긴 거야?"

크리스는 고개를 저었다. 벤저민은 이 일과 아무 상관이 없었다. 크리스는 벤저민에 대해 잘 알고 있었다. 두 손을 공중으로 든 채 서 있는 벤저민의 모습은 그 역시 놀라고 혼란스러워하고 있다는 걸 말해주고 있었다.

"내가? 아냐. 난 정말 무죄야. 내 수집품들 중에도 물론 오래된 필름들이 있긴 하지만 그건 모두 평범한 거라고."

로즈가 고개를 저었다.

"저 필름을 꽂아놓은 사람이 네가 아니라면, 대체 누가 그런 거지?"

"왜 그렇게 화를 내는 거야, 율리아? 어쨌거나 대단하지 않아? 저거야말로 우리가 그토록 찾아 헤매던 거잖아. 진실, 그 당시 이야기에 대한 증거 말이야. 이제 그게 바로 우리 눈앞에 있어. 물론 컬러 화면은 아니지만, 그래서 더 리얼하잖아."

율리아는 여전히 떨고 있었다. 크리스가 그녀의 손을 찾아 더듬었지만 그녀는 바로 빼버렸다. 어쨌거나 이제는 울음을 그친 상태였다. 대신 마치 금방 눈보라 속에서 나온 것처럼 목소리가 차디찼다.

"하지만 저건 원본 필름이야, 맞지?"

벤저민이 대답했다.

"그건 백 퍼센트 확실해. 조작한 건 절대 아니야. 내 추측엔 8미리짜리 아마추어 비디오테이프인 것 같아."

"그런데 저 필름이 왜 갑자기 튀어나온 거지? 대체 무슨 의미일까? 왜……."

율리아는 말을 하다 말고 멈췄다.

크리스는 눈짓으로 벤저민에게 주의를 주려고 했다.

무슨 말이 됐건 하지 마, 벤저민!

하지만 그런 순간에 입을 다물고 있을 벤저민이 아니었다.

"나도 모르겠어. 하지만 내 생각엔 말이야……."

"뭐?"

"누군가 저 필름을 본 게 몇 시간이 안 됐다는 거야. 내가 켰을 때 프로젝터가 따뜻했거든."

그의 말 뒤에 이어진 정적은 한순간에 불과했다.

율리아가 벌떡 일어났다.

"난 여기서 나갈 거야! 지금 당장!"

고스트 산 정상에서도 그녀가 지금처럼 혼란스러워 보인 적은 없었다. 율리아는 넘어질 듯 휘청거리면서 급히 문 쪽으로 뛰쳐나갔다.

"율리아, 기다려."

크리스도 일어나서 뒤따라갔지만 율리아는 이미 문에 다다라 문고리를 잡고 격렬하게 흔들고 있었다.

하지만 소용없었다. 잠시 후 크리스도 그 이유를 알게 됐다.

"대체 무슨……."

그는 한걸음에 그녀 곁으로 달려갔다. 그리고 문고리를 돌렸다.

헛수고였다.

다시 한 번 시도했지만 마찬가지였다.

결과는 뻔했지만 그는 계속해서 문고리를 잡고 흔들었고 심지어 문을 발로 찼다.

오른발이 둔탁한 소리와 함께 문에 닿았다.

쿵!

왜 이런 일이 하필 오늘 일어나는 거야?

쿵!

왜 하필 지금이지? 왜 오늘이냔 말이야?

왜 자꾸만 과거 때문에 방해를 받는 거지? 왜 자꾸 과거에 집착하게 되는 거냐고! 이건 영영 끝나지 않는 걸까?

크리스는 다시 한 번 발로 문을 찼다. 아픈 줄도 몰랐다. 아니, 오히려 그간의 절망, 분노를 표출하고 나니 속이 시원했다.

그날은 하루 종일 일이 빗나갔었다. 그는 자제력을 잃었다. 매일 재수 없는 일을 견뎌내는 데도 한계가 있었다. 따라서 그 한도를 넘어서는 건 가까이 하지 말아야 한다고 그는 늘 생각해왔다. 과열된 전자 제품의 코드를 뽑듯이 그냥 차단해버리는 게 최선이라고.

그 실종된 여덟 명의 학생은 잘못된 생각에 빠졌었고 결국 그 대가로 목숨까지 잃었다. 그래서? 그건 그들 잘못이 아니었던가? 어쨌거나 크리스는 반복적으로 그 문제에 대면하는 게 싫었다. 벌써 30여 년 전의 일이었다. 그는 그 모든 일을 잊어버리고 싶었다.

그럼 여긴 왜 왔어, 크리스?

율리아의 목소리가 들리자 비로소 크리스는 현실로 돌아왔다. 그리고 율리아가 얼굴에 대고 소리를 지르자 점점 공포에 휩싸였다.

"누가 우릴 이 안에 가뒀어!"

크리스가 당황해서 소리쳤다.

"그럴 리가 없어! 벤저민, 당장 문 열어!"

벤저민이 항의하듯이 말했다.

"난 안 잠갔어! 이 안에서 일어나는 일이 전부 내 책임은 아니잖아."

"아, 그래?"

크리스는 율리아를 진정시키기 위해 그녀의 손을 잡았다. 이번에는 가만히 있었다.

"그럼 누가 그랬는데? 너 말곤 영화 감상실 열쇠를 갖고 있는 사람은 아무도 없잖아, 안 그래?"

"그야 나도 모르지!"

벤저민이 크리스 곁으로 다가와 문을 흔들어보았지만 역시 소용이 없었다.

"진짜 잠겼네."

크리스가 고개를 저었다.

"그럼 내가 거짓말이라도 하는 줄 알았어? 잠겼댔잖아."

크리스는 마치 증명이라도 해 보이려는 듯 문고리를 잡고 격렬하게 흔들었다.

벤저민은 주머니에서 열쇠 꾸러미를 꺼내 열쇠를 구멍에 꽂으려고 했다. 하지만 첫 번째 시도는 실패했다. 두 번째로 시도했을 때는 구멍에 들어가긴 했는데 돌아가질 않았다. 계속 열쇠를 좌우로 돌려보고 흔들어도 보았지만 아무 소용이 없었다. 열쇠는 요지부동이었다.

"제길! 꼼짝도 안 해."

"난 여기서 나가야만 해."

율리아가 크리스의 손을 꼭 잡고선 작게 말했다.

"벤저민이 문을 잠근 게 아니라면 대체 누가 그랬을까? 누가 저 비디오를 꽂아놓은 거지? 빈 무덤이 의미하는 건 뭘까? 대체 지금 우리한테 무슨 일이 일어나고 있는 거지, 크리스?"

"나도 모르겠어."

그건 그가 제일 싫어하는 말이었다.

율리아가 절망적인 목소리로 물었다.

"우리가 이 영화 감상실에 있다는 사실을 아는 사람 없어? 데비 말고 또 알 만한 사람 없을까?"

그 순간 크리스는 번뜩 생각이 났다.

감시 카메라.

누군가 우릴 지켜보고 있잖아, 가는 곳마다 눈이 있었어. 그런데 누구지?

그가 자신 없는 목소리로 말했다.

"틀림없이 그럴 만한 이유가 있을 거야."

"그럴 만한 이유라고?"

뒤에서 로즈가 다가왔다. 크리스는 너무 당황한 나머지 그녀의 존재를 까맣게 잊고 있었다.

"누가 우릴 여기 가뒀을까? 저 비디오를 왜 본 거지?"

율리아가 힘없이 대답했다.

"그런 걸 물어보면 뭐하겠어? 이미 벌어진 일인 걸. 이건 결코 우연이 아니야. 우리가 고스트에서 발견했던 사진을 생각해봐. 그리고 크레바스 안에 있던 시체, 등반을 끝내자마자 흔적도 없이 사라져버린 자칭 폴 포스터도. 그리고 태풍까지. 이 모든 일들을 우린 그냥 속수무책으로 당하고만 있었어."

그들은 서로를 바라보았다. 율리아의 목소리가 허공에 울렸다.

"너 설마 네 동생이 주장하던 말을 믿는 건 아니겠지?"

크리스는 말을 내뱉자마자 후회했다. 하지만 주워 담기엔 이미 너무 늦었다.

"이곳이 불길하다던 그 말…… 그러니까 그 말을 설마 진지하게 받아들이는 건 아니지?"

"로버트 얘긴 꺼내지 마."

그래, 이렇게 나올 줄 알았어.

크리스는 생각했다.

"로버트가 착각할 수도 있잖아. 세상에 어떤 사람이 우릴 주말에 이 산꼭대기에 붙들어둘 수 있겠어? 더군다나 마음대로 태풍을 일으킬 수 있는 사람은 세상에 없어."

그런데 이런 말을 왜 하는 거지? 내가 이런 말을 한다는 것 자체가 웃기고 오히려 나도 불안해하고 있다는 걸 드러내는 거 아닐까?

사실 크리스도 누구보다 무섭고 두려웠다.

아니야, 그만해. 패닉에 빠지면 안 돼.

그는 율리아를 쳐다보았다. 그녀의 눈이 커져 있었다. 그녀는 그 역시 불안해하고 있다는 걸 눈치챈 것 같았다.

크리스는 크게 심호흡을 하곤 그 자리에 쭈그리고 앉았다. 그런 다음 망설이듯 잠시 문을 쳐다보았다. 그 문은 그다지 견고해 보이지 않아서 어쩌면 나갈 수도 있을 것 같았다.

그래, 저건 그냥 단순한 문이야.

"벤, 혹시 문 부숴본 적 있어?"

"아니, 하지만 꼭 한번 해보고는 싶었어."

그들은 동시에 뒤로 몇 발자국 물러섰다.

벤저민이 외쳤다.

"셋까지 세면 돌진하는 거야. 하나, 둘……."

그 순간 두 사람은 한쪽 어깨를 앞으로 내민 채 문을 향해 돌진했다.

크리스는 격한 충격을 예상했고 심지어 어깨뼈가 부러질 수도 있다고 생각했다. 하지만 그런 일은 일어나지 않았다.

그랬다. 처음엔 허공으로 붕 뜨는 것 같다가 누군가의 손에 의해 멈추었다.

그는 멍한 상태로 눈을 깜빡거리다가 마침내 정신을 차리고 눈앞에 있는 사람을 쳐다보았다.

그가 심한 사투리로 놀리듯이 말했다.

"아, 비숍 군, 어딜 그래 급하게 가능교?"

***

"지금 여서 뭣들 하능교? 말 좀 해보이소!"

스티브는 크리스를 위아래로 훑어보았다. 크리스는 스티브가 또 이죽거리고 있는 것처럼 보였고 껌을 질경질경 씹고 있어서 더 역겹게 느껴졌다. 그는 크리스가 대답할 때까지 기다리지 않고 대신 손가락으로 등 뒤를 가리켰다. 거기에는 머리는 산발인 데다가 혼란스러운 표정을 짓고 있는 데비가 서 있었다.

"안 그래도 태풍 때메 학교에 문제가 생길까봐 신경 쓰여서 죽겠습더. 학생들 꽁무니 따라댕기면서 보모 노릇할 시간이 없단 말입더."

그가 고개로 데비 쪽을 가리켰다.

"저 여학생이 계속 학생들을 찾아댕깄다 아임니꺼. 그란데 저 학생 말입더……."

스티브는 검지로 관자놀이를 톡톡 쳤다.

"……완전히 맛이 갔습더! 지보고 자기를 구해달라 안캅니꺼. 누가 쫓아온다나 어쨌다나 카믄서."

그가 말을 하는 동안 데비는 시체처럼 창백하고 무표정한 얼굴로 그 옆에 꼼짝없이 서 있었나.

"맙소사! 우리 돼지 아가씨가 왜 저렇게 된 거지? 데비, 지금 네 모습은 마치……."

190

로즈가 나무라는 듯한 눈빛으로 쳐다보자 벤저민은 얼른 말을 멈추곤 스티브에게 물었다.

"혹시 우리가 영화 감상실 안에 있는 동안 문을 잠근 게 당신인가요?"

"문을 잠갔다고예? 뭣 때문에예? 그랄 이유라도 있슴니꺼?"

그가 손가락을 허리춤에 올리곤 말했다.

"어찌됐든 간에 이 미친 학생이 지한테 그라데예, 저 학생이……."

그가 크리스를 가리키며 말했다.

"……완전 새 밴으로 나무를 들이받았다꼬요. 우짤라꼬 그랬능교? 피해 보상해줄 돈은 있능가 모르겠네."

크리스가 대답했다.

"그건 당신이 상관할 바 아니에요."

"학생이 우리 예쁜 아가씨를 위험에 빠뜨릴지도 모르는데 지보고 모른 척하라꼬요?"

스티브는 가지런한 하얀 치아를 드러내며 율리아를 향해 웃었다.

"율리아 양, 혹시 보디가드 같은 거 필요하믄 언제든지 말만 하이소. 지가 쏜살같이 달려가께예."

율리아는 대답 대신 이렇게 물었다.

"같이 일하던 동료는 어디 갔어요?"

"지가 그걸 알믄 얼마나 좋겠슴니꺼? 땅으로 꺼졌는지 하늘로 솟았는지. 아, 머 어차피 있어봐야 별 도움도 안 되지만서도. 이런 일 하기엔 너무 늙었다 아임니꺼. 이 꼭대기에는 저런 학생들을 예의 주시할 사람들이 필요한데 말임니더."

그는 주저하지 않고 크리스를 가리켰다.

"우리가 저 문밖에 서서 오들오들 떨고 있을 동안 당신들은 뭘 하고 있었는지 알고 싶은데요."

"내가 여서 뭘 했든 간에 학생하고는 상관없는 일임니더."

보안 요원이 또다시 이죽거리며 약 올리듯이 쳐다보자 크리스는 도저히 참을 수가 없었다. 그에게는 크리스를 공격적으로 만드는 뭔가가 있었다. 그는 매사에 너무 자신만만했고 게다가 크리스의 속을 훤히 들여다보고 있는 것처럼 행동했다. 마치 크리스를 도발하기 위해, 그가 자제력을 잃게 만들려면 어떤 실을 당겨야 하는지 정확히 알고 있는 것처럼 말이다.

데비가 아니었더라면 크리스는 정말 자제력을 잃을 뻔했다. 하필 데비가 그를 구해주었다.

그녀는 흐리멍덩했던 눈을 돌연 번뜩이더니 이렇게 말했다.

"누군가 날 죽이려고 해, 크리스."

크리스는 황당한 표정으로 데비를 빤히 쳐다보았다.

"정말이야."

몇 분 전까시만 해도 데비의 말이라면 결코 믿지 않았을 크리스였지만 이제는 그녀의 표정이 너무나 진지해 보여서 등줄기가 서늘해질 정도였다.

하지만 보안 요원은 데비에게 눈길조차 주지 않았다.

"확실히 미쳤네, 지 말이 맞지예? 의사한테 보내야 합니더. 도로가 뚫리는 대로 지가 전화해가지고 이 아가씨를 데려가라고 해야겠습더."

그는 가려고 몸을 돌렸다.

"이제 마 기숙사로 돌아가서 얌전히 있으소. 또 내한테 숨바꼭질 놀이 시키지 말고. 나는 할 일이 많습니더. 아, 태풍이 벌써 다 끝났다고 생각하믄 큰 오산임니더."

잠시 후 그는 엘리베이터가 있는 방향으로 서둘러 가버렸다.

그의 발소리가 복도를 울리는 동안 데비의 목소리가 들렸다.

"나 오늘 진짜 죽어야 하는 거야, 로즈?"

그러자 로즈가 눈을 부릅떴다.

"아무도 안 죽어! 데비, 넌 오늘 충격을 받은 것뿐이야! 그건 그렇고 왜 내가 말한 대로 안 했어? 내가 방에 데려다줄게, 침대에 좀 누워 있어."

로즈의 제안에 데비는 더욱 흥분해서 소리를 질러댔다.

"싫어, 난 방에 안 갈 거야, 싫다고!"

"왜 싫다는 거야?"

로즈는 서서히 인내심을 잃어갔다.

하지만 데비는 로즈의 질문에 대답하는 대신 율리아에게 소리를 질렀다.

"이건 모두 네 탓이야. 네 탓!"

뺨을 타고 흐르는 눈물

데비는 기숙사에 들어가지 않겠다고 계속 고집을 부렸다. 그 모습이 크리스의 눈에는 마치 그날 아침 브랜던 교수의 차에 올라타지 않으려고 버티던 이케 같았다. 그녀 역시 까만 불도그처럼 두 다리에 힘을 준 채 버티고 서 있었고 로즈가 아무리 달래고 설득해도 소용이 없었다.

"너 혼자 있으라는 게 아니잖아, 데비. 우리도 다 함께 있을 거야. 너한테 무슨 일이 생긴다고 이러는 거니?"

"싫어, 난 저 안에 들어가지 않을 거야. 그 사람이 저기서 날 기다리고 있던 말이야. 옷장 뒤에서. 그 남자가 그랬어, 내가 다음 차례라고."

크리스는 면박을 주고 싶었지만 꾹 참았다. 아직도 영화 감상실에서 본 장면을 생각하며 괴로워하고 있는 율리아 때문에 그러면 안 될 것 같았다. 게다가 어쨌거나 그는 데비를 이상한 지경으로 만들어놓은 원인 제공자였다.

크리스는 한숨을 내쉬었다.

"좋아, 내가 네 방에 가서 옷장 뒤에 그 저승사자가 있는지 살펴보고 올게. 알았지?"

로즈가 고개를 끄덕이자 크리스는 기숙사 안으로 들어갔다. 데비의 방문은 활짝 열려 있었다. 공기가 몹시 탁했고 데비에게서 나는 역한 체취와 섞여 고약한 냄새가 코를 찔렀다. 책상 위에는 바나나 껍질이 놓여 있었고 침대 밑에는 감자 칩 봉지가 삐죽 나와 있었으며 바닥에는 먹다 남은 음료가 담긴 컵이 널브러져 있었다. 방 안 전체에 음식과 땀 그리고 역한 향수 냄새가 가득했다.

크리스는 데비의 방에 처음으로 들어가보았다. 특별히 그녀 방에 들어갈 이유가 없었다. 데비는 그가 상대하기를 극히 꺼리는 사람들 중 한 명이었다. 그는 특히 데비의 히스테리를 싫어했다. 그리고 또 바로 지금처럼 아무 때나 훌쩍거리며 우는 것도 싫었다. 그녀의 울음소리는 왠지 자연스럽지가 않고 사이렌 소리처럼 거슬렸다. 데비의 그런 행동이 그를 자꾸 불안하게 만들었다. 크리스는 데비에게 아무래도 뇌에 이상이 있거나 알람 시스템이 고장 난 게 틀림없다고 말해주고 싶었지만 참았다.

"여긴 아무것도 없어. 네 방에서 나는 악취 때문에 속이 메스꺼운 거 말곤 다 괜찮아. 근데 방 청소 좀 하고 살 수 없어?"

크리스는 열린 뚜껑 사이로 속옷들이 튀어나와 있는 트렁크 위에 올라섰다. 그 순간 의자 위에 걸려 있던 살굿빛 브래지어가 바닥으로 떨어졌다.

크리스는 창문을 열려다가 갑자기 동작을 멈추었다.

무의미한 짓이야!

아수라장이 된 바깥 상황은 아까보다 훨씬 더 심각해 보였다. 캠퍼스와 주차장은 눈에 덮여 거의 분간이 되질 않았고 미러 호 역시 흰 장막 뒤로 사라져버렸다.

크리스는 뒤돌아 사람들을 보고 말했다.

"빌어먹을! 저게 언젠가 그치기는 할까?"

데비는 나뭇가지에 삐죽이 난 버섯처럼 문틀에 딱 붙어 선 채 굳은 표정으로 그를 응시하고 있었다. 그걸 보고 있자니 크리스는 다시금 화가 치밀었다.

그가 바라는 건 오직 율리아를 데리고 자기 방으로 가선 문을 걸어 잠그는 것뿐이었다.

데비 뒤에 서 있던 로즈와 율리아가 데비를 지나쳐 방으로 들어오자, 크리스는 심호흡을 한 뒤 애써 부드럽게 말했다.

"좋아, 데비. 이제 괜찮은 거 너도 봤지? 여기에 네가 두려워할 건 아무것도 없어."

하지만 그 말은 그의 기대처럼 데비를 안심시키지 못했다.

대신 데비는 그에게로 가까이 다가가더니 그를 향해 검지를 쳐들었다. 어두운색의 눈동자는 소름 끼칠 정도로 경직된 채 분노로 이글거렸다.

"크리스토퍼 비숍!"

데비는 손가락으로 크리스의 가슴을 꾹꾹 찔렀다.

"넌 내 말이 우습니?"

그러곤 횡설수설하기 시작했다.

"다들 똑같아. 너희는 내가 혼자 망상에 빠져 있다고 생각하고 있어, 그렇지? 내가 히스테리 발작을 일으키고 있다고 말이야. 하지만……."

그녀는 너무 흥분해서 두 팔을 파르르 떨었다.

"나한텐 증거가 있어! 증거!"

그러더니 크리스를 옆으로 밀쳐내곤 책상으로 가서 휴대전화를 집었다.

"여길 봐, 이 메시지를 보라고!"

크리스가 그녀의 보라색 삼성 휴대전화를 잡아챘다. 하지만 그의 눈에 들어온 건 모두 데비가 다른 사람에게 보낸 메시지뿐이었다. 그는 수신자 리스트를 보자 숨이 멎을 것만 같았다.

그녀는 진정한 스토커였던 것이다!

심리학 박사인 힐 교수에게 수업이 너무 좋았다는 내용으로 보낸 메시지만 해도 열 통이 넘었다. 또 불문학과 교수인 피터 포르스터와 철학 교수인 브랜던에게도 비슷한 내용의 메시지를 수차례 보냈다.

잠시 후 크리스의 반응을 본 데비는 어깨를 으쓱했다.

"여긴 아무것도 없어."

크리스는 그렇게 말하곤 율리아에게 휴대전화를 건네주었다. 그녀 역시 어깨를 으쓱해 보였다.

"솔직히 말해서…… 데비, 난 네가 무슨 말을 하는지 모르겠어."

"어디 나도 좀 보여줘."

벤저민이 율리아의 손에 있는 휴대전화를 집으려고 하자 율리아는 손을 빼버렸다.

"이건 사적인 거야!"

"나도 그래서 읽어보려는 거야."

잠시 동안 데비는 멍하니 서서 다른 사람들을 바라보았다. 그러더니 입을 벌려 소리를 지르기 시작했다. 그건 크리스가 들어본 소리 중 가장 끔찍한 소리였다. 영화에서 갑자기 숲속이나 동굴 속에서 괴물이 튀어나올 때나 들어봄 직한 비명 소리였다.

데비의 비명은 그치질 않았다. 정말 미치광이가 따로 없었다. 그녀의 히스테리는 벤저민이 카메라 렌즈 덮개를 열자 더욱 심해졌다.

"입에 마이크라도 대줄까?"

벤저민은 데비의 대답을 기다리지도 않고 조그만 집게 마이크를 데비의 티셔츠에 꽂았다. 그러자 넓은 목덜미 부분이 아래로 처지면서 젖가슴이 반쯤 드러났다.

그 순간 크리스는 데비가 속옷을 안 입고 있었다는 걸 알아챘다.

데비는 마치 투명인간이 목을 조르기라도 하는 것처럼 자기 목을 감쌌다. 복도 여기저기에 배치되어 있는 소화전처럼 시뻘게진 얼굴로 주먹을 불끈 쥔 채 계속 소리를 질렀다.

"날 혼자 두지 마! 날 혼자 두면 안 돼! 그 남자가 다음 차례는 나라고 했단 말이야!"

율리아가 크리스의 손을 잡자 크리스도 그녀의 손을 꼭 쥐었다.

그사이 데비는 흰자만 보일 정도로 눈알이 완전히 뒤집혔다. 금세라도 거품을 물고 발작을 일으키거나 기절할 것만 같았다. 크리스는 후자 쪽이 더 가능성이 크다고 생각했지만 우려하던 일은 일어나지 않았다.

그 드라마에 종지부를 찍은 건 로즈였다. 로즈는 여전히 목을 감싸고 있던 데비의 팔을 아래로 끌어내렸다. 크리스는 로즈가 데비의 뺨을 갈길 거라고 예상했다. 솔직히 이 상황을 끝낼 방법은 그것밖에 없어 보였기 때문이었다. 하지만 로즈는 뺨을 때리는 대신 조용한 목소리로 말했다.

"널 절대로 혼자 두지 않겠다고 약속할게, 데비."

그러더니 벤저민 쪽으로 고개를 돌려 명령조로 말했다.

"카메라 당장 꺼!"

하지만 그는 쉽게 포기하려고 하지 않았다.

"쟤는 내가 지금 여기서 뭘 하는지도 모른단 말이야, 그러니까……."

그러나 벤저민이 말을 채 끝내기도 전에 로즈가 그의 뺨을 후려쳤다. 그런 다음 카메라를 빼앗아 공중에 쳐들곤 말했다.

"지금 당장 이 물건 들고 방에서 나가지 않으면 바닥에 던져 버릴 거야. 진심이야."

그러자 벤저민이 항복의 뜻으로 두 손을 들어 보였다.

"알았어, 알았다고!"

그들은 잠시 동안 서로를 마주 보고 서 있었다. 로즈가 고개를 들었다. 균형 잡힌 얼굴이 뻣뻣하게 긴장되어 있었고 눈에선 불꽃이 튀었다. 아름다운 그녀에게는 복수의 천사 같은 면이 있었다.

결국 그녀가 벤저민에게 카메라를 건네며 말했다.

"당장 나가!"

"로즈, 진정하고 최소한 이 상황을 끝까지 들을 수 있게라도 해줘, 약속할게……."

"꺼져!"

벤저민은 문 쪽으로 갔다. 하지만 데비가 속삭이는 소리를 듣자 문가에서 멈춰 섰다.

"그 사람이 다음 차례는 나란 메시지를 보냈어. 정말이야."

그러더니 데비는 사악한 표정으로 웃으며 말했다.

"하지만 나보다 율리아가 먼저야!"

말도 안 돼! 터무니없는 소리!

크리스는 큰 소리로 웃어주고 싶었다. 그런데 그 순간 그는 율리아의 뺨에 눈물이 흐르는 걸 보고야 말았다.

공포 영화

크리스는 율리아를 끌어안았다.

"이리 와. 저런 정신 나간 소리 더는 들을 거 없어. 내 방으로 가자."

율리아는 그를 꼭 껴안은 채 가만히 있었다. 그녀가 절망에 빠져 있다고 느낀 크리스는 다시 한 번 힘주어 말했다.

"더 들을 거 없다니깐."

이대로 조용히 내 방으로 가서 문을 닫고 그녀를 위로해줘야지. 내일이면 오늘 일어난 불행한 일들은 말끔히 잊힐 거야.

하지만 그 계획을 뒤엎은 건 율리아였다. 그녀는 갑자기 그의 품에서 벗어나더니 손등으로 눈물을 닦곤 세차게 고개를 저었다. 크리스는 그녀의 갑작스러운 행동에 깜짝 놀랐다.

아니, 정말 놀랐던 걸까?

율리아가 그의 시선을 피하며 말했다.

"이 방에 데비와 로즈 둘만 놔둘 순 없어."

데비는 육중한 몸으로 침대에 털썩 주저앉더니 무릎을 세워 끌어안았다. 그러곤 뭔가를 기다리는 것처럼 고개를 문 쪽으로 향한 채 잔뜩 겁에 질린 표정을 지었다.

게다가 입으론 연신 뭔가를 중얼거렸다.

"날 혼자 두면 안 돼."

끝없이 반복되는 만트라.

그녀의 중얼거림도 태풍처럼 멈출 것 같지 않았다.

"알았어. 혼자 두지 않을게."

로즈는 그렇게 말하면서 율리아에게 눈짓을 보냈다.

"좀 자고 안정을 취하면 망상도 멈추겠지."

율리아는 서랍이 약간 열려 있는 탁자 쪽으로 가서 서랍을 열었다. 그 안엔 약봉지가 가득했다. 약봉지 몇 개를 꺼내 그 위에 적힌 이름들을 읽어보더니 율리아가 외쳤다.

"맙소사! 무슨 약을 이렇게 많이 먹어, 데비?"

로즈가 말했다.

"혹시 그 안에 진정제나 수면제 같은 것도 있는지 한번 찾아봐."

"내가 봐줄게."

율리아는 약봉지를 크리스에게 건네주었다. 약봉지에 적힌 글자를 읽어본 크리스는 잇새로 휘파람을 불며 감탄을 표했다.

"솔직히 말해 이걸 보니 지금 상황이 전혀 놀랍지 않네. 이건 그냥 평범한 약들이 아니야. 전부 항정신성 의약품들이라고. 항우울제, 불안증…… 잠깐만! 이럴 수가, 이건 말도 안 돼!"

그는 약봉지 하나를 공중에 들어 보였다.

"할돌(정식 명칭은 할로페리돌. 조현병 치료제—옮긴이주)이야."

데비가 중얼거렸다.

"사람들은 모두 내가 미쳤다고 생각하지. 하지만 난 미치지 않았어. 그 사람만 날 그렇게 생각해."

로즈가 조용한 목소리로 물었다.

"좋아, 데비. 근데 그 사람이 누구야?"

"우리 양아버지."

데비는 놀라는 표정을 짓더니 다시 불안한 눈빛으로 방 안을 두리번거렸다.

"그리고 그런 박사도."

로즈는 부드럽게 데비의 머리를 쓰다듬어주고는 율리아에게 말했다.

"율리아, 물 한 잔만……."

"하지만 난 이해가 안 돼. 왜 하필 나야?"

데비는 두 눈을 질끈 감았다.

"한 번에 몇 알씩 복용하는 건지 설명서 한번 읽어봐."

크리스가 설명서를 대충 읽어보곤 대답했다.

"두 알이래."

그런데 율리아가 주방으로 가려고 하는 순간 데비가 또다시 징징거리는 목소리로 말했다.

"너도 그 메시지 읽었잖아, 로즈. 내 휴대전화에 찍힌 메시지 말이야. 거기 내가 다음 차례라고 나와 있었지, 맞지?"

그러자 로즈가 데비의 어깨를 힘주어 잡고선 말했다.

"데비, 제발 정신 좀 차려! 아무도 너한테 해코지 안 해. 그리고 널 혼자 두지도 않아."

크리스가 서랍을 가리켰다.

"아무래도 저것들 때문인 것 같지 않아? 저 정도면 마약처럼 얼마든지 환각도 일으킬 수 있잖아."

하지만 로즈는 고개를 저었다.

"아니. 저 약들은 데비가 이미 오래전부터 복용해왔던 거야. 거기 봐, 약봉지가 꽤 비어 있잖아. 내 생각엔 쇼크 때문인 것 같아."

크리스는 로즈를 물끄러미 쳐다보다가 침을 꿀꺽 삼켰다.

"부상이 보기보다 심각하면 어쩌지?"

"그럴 리 없을 거야! 저건 단순한 상처일 뿐이야, 꿰맬 필요조차 없는 아주 작은 상처라고."

그러더니 로즈는 크리스 쪽으로 몸을 숙여 작은 목소리로 물었다.

"그런데 율리아는 아까 그 영상을 보고 왜 그렇게 놀랐던

걸까? 물론 그 무덤은 좀 끔찍하긴 했지만 따지고 보면 별것
도 아니었잖아, 안 그래?"

"나도 모르겠어. 하지만 어쨌거나 그 사람들, 우리가 고스
트 산에서 발견했던 사진에서 본 사람들과 똑같았어."

그 순간 부엌에서 돌아온 율리아가 문가에 서서 물었다.

"무슨 얘기들 하는 거야?"

"아무것도 아니야!"

로즈는 고개를 젓곤 다시 데비에게로 관심을 돌렸다.

"데비가 약을 잘 먹는지 지켜봐야 할 것 같아."

율리아는 데비에게 물을 건넸고 로즈는 데비의 손에 약을
쥐여주었다.

"내가 식당에 가서 먹을 것 좀 없나 살펴보고 올게."

"나 혼자 두지 마."

"맙소사! 넌 혼자가 아니야. 율리아와 크리스도 있잖아."

로즈가 자리에서 일어났다.

데비는 환각에 빠진 듯 멍한 표정으로 바지를 벗었다. 크리
스는 데비가 티셔츠까지 벗을까봐 걱정이 되었다.

하지만 데비는 그대로 침대에 눕더니 눈을 감았다. 그리고
불과 몇 분 만에 진짜 잠이 든 것처럼 보였다.

율리아는 데비의 바지를 집어 들고 주머니를 살피며 걱정스
러운 표정을 지었다.

"혹시 주머니 안에서 데비를 저토록 흥분시킨 단서를 찾을

수 있을까 해서 말이야."

립글로스와 작은 소독약 스프레이, 구겨진 종이쪽지와 사용한 휴지 한 뭉치가 차례로 나왔다. 크리스는 조바심이 나서 율리아의 손을 덥썩 잡았다.

"그만 가자. 그래봤자 소용없어. 여기서 얼른 나가자."

그러자 율리아가 망설이듯 말했다.

"그래도, 데비한테 약속했는데."

크리스는 한숨을 내쉬었다.

"우리가 어디 멀리 가는 것도 아니잖아. 네 방에 가 있으면 안 돼? 꼭 데비의 침실에 같이 있을 필요는 없잖아."

***

크리스는 거실에 있는 소파에 몸을 던지듯 앉았다. 그리고 깊이 한숨을 내쉬었다. 마침내 율리아와 단둘만의 시간을 갖게 되었건만 무슨 말을 해야 할지 도무지 생각나질 않았다.

"더럽게도 재수가 없는 날이야!"

"정말 그래."

율리아는 데비의 물건들을 작은 탁자 위에 올려놓고 크리스의 곁으로 갔다.

"내가 바랐던 건 그냥 너와 함께 있는 거였는데."

"나도 정말 기대 많이 했었어."

율리아는 그에게 웃어 보이려고 애썼다. 그런데 잠시 머릿속이 뱅글뱅글 돌며 현기증이 났다.

"이리 와."

율리아는 크리스 옆에 앉았다.

이제는 서로 터놓고 얘기해야만 했다. 계곡에 대해 그가 알고 있는 사실들을 율리아에게 말해줘야만 했다. 하지만 너무 힘든 하루를 겪은 탓인지 크리스는 모든 걸 잊고 오직 율리아의 곁을 느끼고 싶었다.

그가 두 손으로 율리아의 갸름한 얼굴을 감싸자 그녀가 그의 오른손 손바닥에 입을 맞추었다. 아니, 입을 맞추었다기보다는 그냥 입술을 갖다 댔다. 그녀의 숨소리가 들렸다.

"네 손이 왜 이렇게 뜨거워?"

크리스는 그 이유를 알고 있었다. 그녀가 가까이에 있을 때마다 그는 온몸이 뜨거워지곤 했다.

"너무 추위에 떨어서 내 손이 뜨겁게 느껴지는 걸 거야."

그녀가 중얼거렸다.

"아쉬워."

"뭐가?"

"모르겠어, 그냥. 아마도 우리의 여행이 수포로 돌아가서 그런 거겠지? 난 정말 기대 많이 했었거든. 그리고……."

"그리고 뭐?"

"아니야."

"다음에 꼭 다시 가자."

그는 그녀의 얼굴을 자기 쪽으로 끌어당겨 입술에 가볍게 키스를 했다. 조심스럽게. 그 순간이 언제든지 깨질 것처럼 아슬아슬하게 느껴졌기 때문이었다. 그는 그녀가 자길 믿어줬으면 했다. 그 간절함이 너무 커서 그는 숨을 쉴 수가 없었다. 그는 두려웠다.

율리아가 하던 말을 이었다.

"그거 정말 이상했어. 끔찍하기도 했고. 그렇지?"

"그래."

"다시는 그 얘기 하지 말자."

크리스는 그녀가 무슨 말을 하는지 잘 알고 있었다. 하지만 어쩌면 그게 핵심일지도 몰랐다. 두 사람이 서로 이야기하는 것. 그렇다면 그가 먼저 시작해야 했다.

"크리스, 할 수만 있다면 네게 비밀을 털어놓고 싶어."

그럼 어서 말해.

크리스는 그렇게 말하고 싶었지만 그녀의 눈빛에 담겨 있는 어떤 것 때문에 차마 말할 수가 없었다. 그건 두려움이었다.

다른 한편으론 그녀가 첫 걸음을 뗀 거나 마찬가지였다.

비밀.

그녀는 지금까지 단 한 번도 그에게 이 단어를 쓴 적이 없었다. 그 사실만으로도 기적이나 다름없었다. 가끔은 두 가지 사실을 잇기 위해 한마디 말이면 충분할 때가 있다. 서로 경쟁

하는 게 아니니까. 즉 누가 먼저 탁자 위에 카드를 놓느냐가 아니라 누가 더 모험을 하는가에 달려 있는 것이다.

그의 경우 포기해야 할 거라곤 기껏해야 지금까지 고수해온 신비주의 콘셉트 정도였다. 하지만 율리아는…… 그의 손바닥 위에 얼굴을 올려놓고 있는 지금의 모습을 보면 그를 더없이 믿고 있는 게 틀림없었다. 그는 그녀의 두려움과 절망감을 느낄 수 있었다. 그녀를 그토록 당황하게 만든 게 무엇인지 알 수만 있다면! 어떻게 하면 그녀가 모든 걸 털어놓도록 만들 수 있을까? 그녀가 그렇게 하지 못하도록 방해하는 게 뭘까?

"나한테 말을 안 해주면 널 도와줄 수가 없어, 율리아."

"아무도 날 도와줄 수 없어."

그는 한숨을 쉬었다.

"내가 혹시 네게 상처가 되는 행동이라도 했어? 그래서 날 못 믿는 거야?"

"아니야."

율리아의 목소리가 갑자기 부드럽고 상냥해졌다.

"그런 문제가 아니야."

"그럼 대체 뭐야?"

"내게 시간을 줘, 크리스. 시간이 더 필요해."

"그땐 어쩌면 너무 늦을지도 몰라."

그는 그녀의 어깨에 자신의 얼굴을 파묻었다. 뭘 어찌해야 좋을지 알 수가 없었다.

그녀는 상체를 그에게 바싹 밀착시키며 팔로 그의 허리를 감쌌다. 크리스는 심장이 터질 듯이 뛰었고 살갗이 근질거렸으며 온몸이 요동을 쳤다.

"율리아, 언제 무슨 일이 있어도 난……."

"응?"

"젠장. 널 사랑해! 내가 아직까지 이 계곡을 떠나지 않고 있는 이유는 너 때문인 것 같아. 사실 우리 아버지가……."

그녀는 말하는 데 방해가 될까봐 미동조차 하지 않았다.

그 모습을 보자 크리스는 아랫입술을 깨물었다.

"우리 아버지는…… 이젠 너도 알아야 해. 우리 아버지는 돌아가셨어."

율리아는 무슨 말을 하려다 말았다. 그녀의 시선이 그의 시선을 찾고 있었다. 그 속에는 의문이 들어 있었다. 그는 그녀의 망설임을 느꼈다.

지금은 아무 말도 하지 말자, 크리스. 가만히 입 다물고 그녀를 봐. 저 녹색 눈을 들여다보면서 그녀에게 믿어도 된다고 말하는 거야.

과거에 일어났던 일들은 지나갔다. 하지만 그는 아무것도 바꿀 수 없었다. 마음속에서 뭔가가 그녀에게 모두 털어놓으라고 강요하고 있었다. 그토록 오랫동안 적당한 순간을 기다렸지만 그런 순간은 오지 않았고 어쩌면 앞으로도 오지 않을지 몰랐다. 그러니 지금이면 어떠랴.

그는 침을 삼켰다.

"예전에 여자 친구가 있었어."

율리아는 쿨하게 웃으려고 했지만 웃음소리는 애처롭게 들렸다.

"하, 정말?"

"그런 뜻은 아니야. 난 다만……."

"뭐?"

"난 그 당시 완전히 막 살았었어. 그리고……."

"무슨 일 있었어? 그녀를 두고 다른 여자를 만난 거야?"

"그보다 훨씬 더 나쁜 짓을 했어."

이번에는 그녀가 침을 넘겼다. 그는 그녀가 더는 듣고 싶어 하지 않는다고 느꼈다.

그는 망설였다. 그러다가 조금 떨어져서 그녀의 어깨를 잡았다.

"너무 심하게 때려서 결국엔 병원에 실려 가도록 만들었어."

그 말을 듣자 율리아는 가슴이 오그라드는 것 같았다.

"왜 그랬는데?"

"왜 그랬느냐고? 난…… 그냥 질투가 났어. 자랑스러워할 일은 아니지. 난 취했었고……."

율리아가 무슨 말을 하려고 하자 크리스가 가로막았다.

"그건 변명이 되지 않는다는 거 나도 알아. 하지만 너도 알아야만 해. 난 우리 사이에 다른 뭔가가 있는 게 싫어. 그건 공평하지 않아."

그러자 갑자기 그녀의 목소리가 커졌다.

"크리스, 난 그런 거 알고 싶지 않아. 과거 같은 건 나한테 아무 의미 없어. 네 과거든, 내 과거든, 그레이스에 들어온 그 누구의 과거도 모두 다."

그런데도 그는 멈출 수가 없었다. 그는 그녀의 어깨를 껴안은 채 계속 말을 이었다.

"율리아, 우리 아버지는 술주정뱅이였어. 그리고 결국엔 술 때문에 죽음에까지 이르렀지, 일부러 말이야."

율리아의 시선이 그를 놓치지 않았다. 그는 여전히 그녀의 어깨를 거머쥐고 있었다.

그가 무슨 말을 하려는지 잘 알아듣지 못한 걸까, 아니면 그런 이야기가 전혀 놀랍지 않은 걸까? 그녀는 오른손을 들어 손가락으로 부드럽게 그의 얼굴을 쓰다듬으며 무슨 말을 하려고 했다. 하지만 그가 고개를 가로저었다.

바로 그 순간이었다. 크리스는 느꼈다. 그녀의 얼굴이 너무나 가깝게 느껴졌다. 건물 안을 꽉 채우고 있는 무거운 정적. 휘파람 소리를 내며 부는 바람.

그녀는 그를 정면으로 보고 있었다. 그는 계속 말을 이어갔다. 마치 그녀의 녹색 눈이 그로부터 진실을 끌어내고 있는 것만 같았다. 또는 그 반대일지라도 그는 계속 말할 수밖에 없었다. 그녀가 얼마나 감당해낼 수 있는지 시험해봐야 했다.

"우리 아버지는 이곳을 알고 계셨어."

뭔가가 달라졌다. 그녀의 얼굴이 굳었고 시선은 내면을 향했다.

"철학과 교수였고 이곳에서 강의를 하셨지."

"그레이스 대학에서?"

그는 고개를 저었다.

"아니, 1970년대에. 그 당시엔 솔로몬 대학이라고 불렸잖아. 사라진 학생들 중에는 우리 아버지도 포함되어 있어."

그 순간 모든 것이 달라졌다. 율리아는 그에게서 떨어졌다. 아니, 그를 밀어냈다.

실수였다.

크리스는 깨달았지만 이미 늦었다.

"그걸 나한테 왜 이제야 말해?"

"하지만 너도 그 일에 대해 뭔가를 알고 있잖아, 안 그래? 네가 매번 추모지에 찾아가는 것도 그 때문인 거 다 알아. 아까 그 비디오를 보고 그토록 흥분했던 것도 그렇고. 도대체 그 중에 어떤 이름이 널 붙드는 거야?"

그는 율리아를 추궁해선 안 된다는 걸 알았다. 느껴선 안 될 변화를 느꼈지만 멈출 수는 없었다.

"네가 무슨 소릴 하는 건지 모르겠어."

"아니, 넌 분명히 알고 있어!"

크리스의 손이 율리아의 머리를 잡았다.

"넌 알고 있다고."

"아니야!"

그녀는 거짓말을 했다. 그녀의 눈이 그렇게 말하고 있었다. 그녀가 그의 손아귀에서 빠져나오기 위해 목에 힘을 주었다.

"그만해, 율리아!"

"뭘 그만하라는 거야?"

"젠장, 너 대체 왜 그래? 내 말은…… 맙소사, 도대체 나한테 왜 거짓말을 하는 거야? 왜 나한테? 지금까지 한 번도 여자한테 이런 얘기 한 적 없었어, 율리아. 사랑한다는 말 한 적 없었다고."

"난 너한테 그런 말 해달라고 매달린 적 없어."

율리아는 자리에서 일어나려고 했지만 그가 손을 붙잡았다.

그녀는 차가운 눈빛으로 그를 쏘아보며 말했다.

"난 한 번도 요구한 적 없었어. 우린 그냥 사귀는 사이일 뿐이잖아. 서로 즐긴 거지, 그 이상은 아니야."

그건 율리아의 진심이 아니었다. 크리스는 알고 있었다. 그 말을 한 건 율리아가 아니라는 걸. 그냥 그에게 상처를 주려고 했던 말이었다. 하지만 그는…… 그랬다, 너무너무 화가 났다. 율리아의 마음을 알면서도 화가 났다. 사실 화는 그 속에 항상 있었다. 한 번도 진정으로 사라진 적이 없었다. 그 안에 잠복해 있으면서 언제든지 튀어나올 준비가 되어 있었다.

그가 화를 억누르려고 안간힘을 썼다.

"난 바보가 아니야. 뭔가가 널 이 계곡으로 오게 만들었잖아, 바로 나처럼."

"날 그만 놔줘, 크리스. 아프단 말이야!"

그녀의 목소리에 울음이 배어 있었다.

그리고 눈에 눈물이 고였다.

그때의 제시카처럼.

그걸 보자 그는 더 미칠 것 같았다.

"날 놔줘, 크리스!"

입안이 바싹 타들어가는 것 같았다.

그녀의 얼굴은 완전히 달라져 있었다. 그렇게 경직되고 차가운 모습은 처음이었다.

크리스는 심장이 오그라드는 것 같았다. 마음이 아팠다. 심장이 너무나 둔탁하고 무겁게 뛰고 있었고 뭔가가 심장을 짓누르고 있어서 갈비뼈가 부러질 것만 같았다.

그가 모든 걸 망쳐버렸다. 자신의 진실을 드러내는 대가로 그녀의 진실을 요구했기 때문에.

그는 바보였다! 정말 그랬다!

그는 모든 걸 다시 바로잡고 싶었다.

"율리아……."

그는 더 이상 말을 잇지 못했다. 바로 그 순간 아주 가까이서 신음 소리가 들렸기 때문이었다. 처음엔 바람이 내는 소리라고 생각했지만 아니었다. 그건 고통받고 있는 누군가의 신음 소리였다.

율리아가 고개를 돌렸다. 얼굴이 시체처럼 창백했다.

또다시 신음 소리가 들렸고 크리스는 머리털이 곤두섰다. 그는 자리에서 일어나 복도로 난 문 쪽으로 걸어갔다.

"넌 여기 있어, 율리아!"

"아니, 나도 무슨 일인지 알아야겠어."

"바로 문밖에서 들려온 소리야. 기숙사 문 바로 앞에서."

또다시 두 사람은 귀를 기울였다. 그 소리는 평범한 날에 들어도 오싹할 정도였는데 더군다나 지금처럼 캠퍼스 전체가 텅비어버린 상황에서 들으니 무서운 게 당연했다.

크리스가 중얼거렸다.

"벤저민의 공포 영화는 볼 필요도 없겠다. 지금 이 상황이 공포 영화나 다름없잖아."

지하의 울부짖음

동물.

그건 동물의 울음소리에 더 가까웠다. 하지만 그 소리가 의미하는 게 정확히 뭘까? 외침일까? 두려움? 경고? 아니면 단순히 고통을 호소하는 신음?

그건 중요하지 않았다.

이유야 뭐건 크리스는 그 소리를 못 들은 척 무시할 수 없었다. 그건 꼭 율리아가 "저게 무슨 소리지?"라고 물었기 때문만은 아니었다.

크리스는 벌떡 일어나 문 쪽으로 갔다. 태풍이 몰아치는 요란 속에서 신음 소리가 들렸다는 사실만으로도 거의 기적이었다. 그 순간 그는 확신했다. 이 건물 안에서 그의 힘으로 통제할 수 없는 어떤 일이 벌어지고 있다는 것을.

그게 뭘까?

크리스는 잠깐 동안 망설였다.

"빨리 벤과 로즈를 찾아야 해."

"데비는?"

크리스는 사실 데비의 존재는 안중에도 없었다. 최근 몇 시간 동안 일어난 일만으로도 크리스는 데비에게 너무 많은 시간을 할애했다고 생각했다.

"데비는 아까 잠들었잖아. 그러니까 아마 이 모든 난리가 끝난 후에야 깨어날 거야. 그리고 아무것도 기억 못 할걸. 아니 그랬음 좋겠다. 안 그러면 또 누가 자길 죽이려고 한다는 말도 안 되는 망상으로 우릴 괴롭힐 테니까."

"하지만 혼자 두지 않겠다고 데비에게 약속했잖아."

또다시 태풍을 뚫고 비명 소리가 들려왔다.

하지만 저게 그저 바람 소리라면?

아니, 그럴 리가 없어.

그건 분명 생물체가 내는 소리였다.

동물이나 사람 같은.

그게 뭐건 간에 저런 소리를 내는 걸 보면 끔찍한 일이 일어난 게 틀림없었다. 그 경우 크리스가 바라는 건 오직 한 가지뿐, 즉 율리아를 안전하게 지켜주는 것이었다.

"당장 나가봐야겠어."

크리스가 문을 벌컥 열었다.

"하지만……."

"내가 나간 뒤에 문을 잠가. 그리고 벤이나 로즈 외엔 아무한테도 문 열어주면 안 돼, 약속할 수 있지?"

율리아는 고개를 끄덕였다.

"알았어."

"맹세할 수 있어?"

그녀는 다시 고개를 끄덕였다.

"금방 돌아올게."

크리스는 몸을 숙여 율리아에게 키스하고는 기숙사에서 나왔다.

복도로 나오니 신음 소리가 더 선명하게 들렸다. 크리스는 온몸이 얼어붙는 것만 같았다. 그는 율리아가 문을 닫고 자물쇠를 돌릴 때까지 기다렸다. 그런 다음 길고 어두컴컴한 복도를 쳐다보았다. 유리문들이 차례로 이어져 있었고 그 사이엔 계단이 있었다.

그런데 등 뒤에서 문이 닫히는 순간 소리도 뚝 멈췄다.

그는 촉각을 곤두세우고 좌우를 두리번거렸다.

이럴 때 눈과 귀가 사면에 달렸다면 얼마나 좋을까?

그는 늘 등 뒤에 위험이 도사리고 있는 느낌을 받곤 했다.

정신 똑바로 차려. 돌아버리면 안 돼.

어쩌면 그냥 지나갈지도 몰라.

잠시 생각에 빠졌던 그는 우선 벤저민을 찾아보기로 했다. 그는 틀림없이 자기 방으로 돌아갔을 것이었다. 크리스는 왼쪽으로 돌아 유리문을 열고 계단으로 향했다. 그리고 한꺼번에 두 계단씩 건너뛰어 2층에 있는 자신의 기숙사 쪽으로 갔다. 계단을 내려간 뒤 복도를 따라 걸어가는 동안 그의 머릿속에는 비디오에서 본 장면들이 되살아나고 있었다.

그게 우리였을 수도 있어.

문득 그런 생각이 들었다.

아냐!

거기엔 다른 뭔가가 있었다.

우린 구체적인 계획이 있었어! 그들은 단순히 3천 미터 정상에 올라가고자 했을 뿐이야. 하지만 우리는 그들의 흔적을 발견하기 위해 그곳에 올라갔지.

율리아도 그랬고 크리스도 마찬가지였다. 그는 아버지에게 정말 잘못이 있었는지 알고 싶었다. 그리고 비디오를 보고 난 지금 그는 그럴 리가 없다고 더욱 확신했다.

하지만 비디오에 찍힌 학생들의 눈빛 속엔 자신들이 반드시 살아 돌아올 거라는 확신이 있었다. 그들은 죽음을 두려워하거나 산에서 영영 돌아오지 못할 거라는 걱정 같은 건 전혀 하지 않았던 게 틀림없었다.

그러기엔 그들의 눈빛은 너무 자신만만해 보였다.

크리스는 엘리베이터 옆을 지나가다가 갑자기 멈춰 섰다. 신음 소리가 다시 들려왔다. 이번에는 사방에서 들려오는 것 같았다.

오른쪽일까? 왼쪽일까? 위층? 아래층?

마치 돌비 서라운드 시스템이 갖춰진 영화 감상실에 있을 때와 비슷하게 들렸다. 하지만 어쩌면 모든 게 그의 착각일지도 몰랐다. 그날은 그냥 하루 종일 재수가 없었고 너무 많은 일들이 일어났다. 신경이 너무 예민해져서 이제는 데비뿐만 아니라 자신의 이성도 서서히 낮은 수준으로 떨어지고 있는 것 같았다.

게다가 불까지 나가버렸다. 몇 달 전 대학 측은 에너지 절약을 위해 부속 건물 복도에 동작 감지 센서를 달았었다. 그래서 가다가도 멈춰서기만 하면 불이 꺼져버렸다. 그는 벽을 더듬어 스위치를 찾았다. 3미터쯤 떨어진 곳에 빨간 불빛이 반짝이는 게 보였다. 그런데 스위치를 누르기도 전에 형광등이 켜졌고 그 앞에 벤저민이 비디오카메라를 들고 서 있었다.

"네 생각엔 이게 바람 소리인 것 같아? 난 아닌 것 같은데."

"내 생각에도. 이 소리는 건물 안에서 들려오고 있거든."

"꼭 동물 소리처럼 들려. 늑대나 그런 거 있잖아."

"이 계곡에 늑대라고?"

크리스는 고개를 저었다.

"그거야말로 진짜 뉴스감이겠다."

한동안 그들은 결정을 내리지 못한 채 멀뚱히 서 있었다. 불이 또 꺼졌다. 신음 소리도 잠잠해졌다. 크리스는 몸을 앞으로 숙여 스위치를 눌렀다. 복도가 밝아졌고 신음 소리도 다시 시작되었다.

"내 의견을 말하자면 이 소리는 엘리베이터 안에서 나는 것 같아. 제일 아래층에서."

벤저민의 말에 크리스는 호흡을 멈추고 방향을 잡아보려고 애썼다.

그 말이 옳았다. 좌우로는 바람 소리가 들려왔다. 하지만 저 아래, 엘리베이터 안에서 다른 소리가 나오고 있었다. 크리스는 버튼을 누른 뒤 가만히 엘리베이터가 움직이는 소리를 들었다. 지하 2층, 지하 1층, 1층. 그리고 드디어 엘리베이터가 도착하고 문이 열렸다. 그런데 벤저민이 엘리베이터 안으로 한 발을 들여놓으려는 순간 불이 꺼졌다. 그 순간 크리스는 벤저민을 뒤로 잡아당겼다. 무엇 때문에 그런 행동을 했는지 자신도 알 수 없었다. 직감이었을까? 아니면 불신?

어쨌거나 엘리베이터 문이 열리고 불이 꺼지는 아주 짧은 순간 그는 불길한 느낌이 들었던 것이다.

벤저민이 투덜거렸다.

"빌어먹을! 저 센서 때문에 멀쩡한 사람도 미쳐버릴 것 같아. 조금만 꾸물대면 곧바로 깜깜한 암흑 속에 서 있어야 한다니."

크리스는 금세 스위치를 찾아 눌렀다. 다시 복도가 환해지자 벤저민은 신음하듯이 숨을 들이마셨다.

"오, 하느님!"

그러더니 들고 있던 카메라를 내렸다. 얼굴에 핏기가 사라졌다.

"오, 하느님!"

분명 엘리베이터가 있어야 할 그곳엔 시꺼먼 구멍이 입을 떡하니 벌리고 있었고 엘리베이터는 그들 머리에서 1미터쯤 위에 매달려 있었던 것이다. 엘리베이터를 지탱하는 줄이 팽팽하게 당겨져 있었고 마치 금세라도 끊어져서 추락할 듯이 위험한 소리가 났다.

저 밑에선 여전히 신음 소리가 들리고 있었지만 그건 이제 뒷전이었다. 크리스가 벤저민을 붙잡지 않았더라면 벤저민은 엘리베이터 아래로 추락했을 게 뻔했기 때문이었다.

"카메라 좀 켜봐."

"뭐?"

"네 카메라 말이야! 너 왜 그래, 갑자기? 평소엔 손에서 카메라를 놓는 일이 없잖아. ……난 그저 이 소리를 녹음하고 싶은 것뿐이야. 안 그러면 나중에 내가 모두 착각한 거라는 생각이 들까봐."

"알았어…… 난 그냥……."

그는 난처한 표정으로 크리스를 쳐다보았다.

"고마워, 친구. 네가 내 목숨을 살렸어."

"됐어."

크리스는 대수롭지 않다는 듯 손을 내저었다.

"별일 아닌데, 뭐. 카메라나 이리 줘."

크리스는 벤저민이 렌즈 뚜껑을 여는 동안 그의 손가락이 떨리는 걸 눈치채고는 휙 돌아섰다.

"좋아. 계단으로 내려가보자."

그들은 이따금씩 끊어졌다가 다시 커지곤 하는 소리를 따라갔다. 그런데 지하 1층을 지나 컴퓨터실과 스포츠센터로 통하는 터널이 있는 지하 2층으로 내려가던 도중 갑자기 벤저민이 발걸음을 멈추고 속삭였다.

"잠깐만. 소리가 점점 작아지고 있어."

크리스는 손을 들어 이마를 닦았다. 차가운 공기 속에서도 이마에 땀이 흥건했다.

"정말 그러네."

크리스는 서너 계단쯤 위로 올라가 숨을 멈추고선 유심히 소리를 들어보았다. 벤저민도 그의 뒤를 따라갔다. 그러더니 말없이 손가락으로 지하1층으로 들어가는 문을 가리켰다. 크리스가 고개를 끄덕였다.

틀림없었다. 울음소리는 그곳에서 나오고 있었다.

두 사람은 잠시 망설이다가 서로의 얼굴을 마주 보곤 약속이나 한 듯 고개를 들어 육중한 문을 올려다보았다.

크리스는 지금까지 지하 1층에 한 번도 가본 적이 없었다. 그의 기억이 맞는다면 여기엔 소중한 고증 자료들이 보관되어 있었다. 그레이스 대학은 매우 귀중한 원본이나 초판본 등을 소장하고 있었고, 그것들을 특수하게 지어진 공간 내에서 오직 연구 목적을 위해서만 그리고 직원과 동행했을 때 볼 수 있도록 허용하고 있었다. 그런 이유로 지하 1층으로 들어가는 출입문은 철저한 통제하에 관리되고 있는 듯했다.

어쨌거나 그 문 옆에는 빨간 불빛이 들어오는 작은 상자가 있었고 LED 전광판에는 '인식 카드를 삽입하시오'라는 문구가 쓰여 있었다.

"이제 어쩌지?"

난처한 상황에 처하자 벤저민이 어깨를 으쓱했다.

"그러게. 내 신용카드를 넣어봤자 소용없겠지?"

크리스는 시험 삼아 문을 잡고 흔들어보고 문고리를 잡아당겨보기도 했다.

그런데 놀랍게도 문이 소리 없이 열렸고 움직임이 감지되자 불이 켜졌다. 여기에도 센서가 장착되어 있었던 것이다.

둘은 황당한 얼굴로 서로를 바라보았다. 문 안쪽에는 그레이스 대학 건물의 다른 복도들과 비슷한 폭의 긴 복도가 시작되고 있었다. 그런데 청소부들이 그 공간은 관리하지 않는지 먼지가 많았고 공기가 너무 탁했다. 바닥에는 오래된 리놀륨이 깔려 있었다. 예전에는 다른 색깔이었을 게 분명했지만 이제는 칙칙하고 얼룩진 갈색으로 변해 있었다.

두 사람은 여전히 결정을 내리지 못한 채 문가에 서 있었다.

사방이 조용했다.

너무 조용했다. 섬뜩하리만큼. 바람 소리는 그 아래까지 뚫고 들어오지 못했다.

벤저민이 불안한 듯 고개를 돌려 말했다.

"다른 데서 나는 소리였는데 우리가 착각한 게 아닐까? 아무래도 그냥 여학생들이 있는 위층으로……."

그 순간 울음소리가 그의 말을 중단시켰다.

벤저민이 속삭이듯 말했다.

"맙소사. 대체 뭐지? 지하에서 들으니까 더 섬뜩하게 들리잖아. 야, 내 팔에 소름이 쫙 돋았어. 이거 영영 없어지지 않으면 어쩌지? 여기서 살아 나가더라도 징그럽게 평생 이런 팔로 돌아다녀야 한다면…… 차라리 죽는 게 더 낫겠어……."

그러고는 한동안 조용히 입을 다물고 있다가 다시 혼잣말처럼 중얼거렸다.

"저건 지옥문을 지키는 머리 세 개 달린 개가 내는 소리 같다. 게다가 이 바닥에 끈적끈적한 건 또 뭐지? 혹시 그 괴물이 입에서 뚝뚝 흘리는 침 아닐까?"

크리스는 처음에는 벤저민이 자기한테 말을 걸고 있다고 생각했다. 하지만 곧 그는 카메라로 촬영을 하면서 재킷에 달아 둔 마이크에 대고 이야기하고 있다는 걸 알아챘다.

"난폭하고 희귀한 괴물 케르베로스가 짖고 있다. 세 개의 주둥이가 제각각 지옥으로 떨어져야 하는 이들을 향해 있는……."

크리스는 벤저민의 말에 깜짝 놀랐다.

"야, 너 지금 무슨 말도 안 되는 소릴 지껄이는 거야?"

"단테의 『신곡』에 나오는 거잖아. 몰라?"

"그건 알지, 하지만 그 문구는 처음 들어봐."

"흠, 네 교양 수준이 어느 정도인지 알 만하네. 다음 학기엔 신화 강의를 들어봐야……."

그 순간 신음 소리가 끔찍한 비명으로 변했다. 크리스는 입이 마르고 위가 오그라드는 것 같았다. 무서움보다 더 강도가 센 건 패닉일 테지만 크리스가 느낀 건 다른 것이었다. 어떤 단어로도 표현할 수 없는 것. 숨이 멎고 머리가 곤두설 때의…… 섬뜩함…….

크리스는 한 번도 자신이 겁쟁이라고 생각해본 적이 없었다. 물론 그는 문제가 생기면 피하는 편이었다. 하지만 그건 생존 본능이 너무 강해서일 뿐이었다. 그런데 지금은 달아나고 싶은 충동이 들지 않았다.

마치 그 섬뜩함은 자체의 규칙을 갖고 있어서 함께 따라갈 수밖에 없는 그런 것 같았다. 비명 소리는 소용돌이처럼 그를 그 속으로 빨아들였다.

이건 현실이 아니야. 네 머릿속에 있는 거야, 크리스, 너도 알잖아. 뇌란 혼자만의 법칙을 따르는 기관이야.

그런 생각을 하자 다시 이성이 현실에 대한 통제권을 넘겨

받는 듯했다.

그만해!

정신 차려! 미치면 안 돼!

벤저민이 마치 원격 장치에 의해 조종당하기라도 하는 것처럼 앞으로 걸어 나가는 동안 크리스는 숨을 죽이고 기다렸다. 벤저민은 카메라를 마치 방패라도 되는 것처럼 몸 앞에 대고 있었다.

그런데 바로 다음 순간 크리스는 등 뒤에서 서늘한 기운을 느꼈다. 뭔가가 그의 등을 스치고 지나간 것 같아 뒤를 홱 돌아보았지만 거기엔 아무도 없었다.

진짜 아무도 없는 건가?

그때 엘리베이터가 움직이는 소리가 들리더니 어디선가 멈춰 섰다.

정적이 흘렀다.

그리고 또다시 들려오는 울부짖음.

벤저민이 말했다.

"내 생각에 이 소리는 아래에서 나는 것 같아."

"아까 아래층에 있을 땐 위층에서 나는 것 같았잖아."

"맞아, 그랬지."

드디어 복도 끝에 다다랐다. 그러자 또 하나의 문이 나왔고 문 위에는 그레이스 학생들에게 아주 익숙한 경고문이 붙어 있었다. 그들이 그런 경고문을 처음 본 건 보트하우스에서 열린 악몽 같은 환영 파티 때였다.

'폐쇄 구역. 관계자 외 출입 금지.'

그런데 경고문을 읽어보려고 앞으로 다가가다가 크리스는 바닥에 있는 뭔가에 미끄러져 그만 넘어지고 말았다. 일어서려고 손으로 바닥을 짚은 그 순간 뭔가 축축한 게 느껴졌다.

"젠장!"

"크리스, 괜찮아?"

그가 일어나서 청바지에 손을 닦자 아까보다 더 끈적거리는 느낌이 났다.

하지만 그 순간에 그런 건 전혀 중요하지 않았다. 그는 뭔가에 홀린 사람처럼 계속 앞으로 나아갔다.

저 문 뒤에 뭔가가 있어.

문 반대편에서 뭔가를 긁거나 파는 듯한 소리가 스걱스걱— 하고 들려왔다. 그 소리는 결코 환청이 아니었다.

환청이 아닌 게 확실한 거야?

그때 벤저민이 속삭이듯 말했다.

"크리스, 난 네가 저 문 뒤에 늑대 인간이 있는 것 같다고 주장해도 믿을 수 있을 것 같아."

"안심해. 저건 늑대 인간 소리가 아니니까."

"무슨 근거로 그렇게 확신하는 거야? 난 뭐라고 해도 다 믿을 것 같은데."

"왜냐하면 오늘은 보름이 아니거든."

크리스는 이를 악문 채 문고리를 잡아당겼다. 그런데 문이 생각보다 너무 쉽게 열렸다. 그 순간 그는 검은 그림자 같은 걸 감지했지만 금세 어둠과 뒤섞여버렸다.

"뭐 이래? 여긴 문들이 죄다 열려 있네."

벤저민은 태연한 척 말하려고 했지만 목소리가 떨렸다.

그의 말이 옳았다.

이곳으로 들어오는 첫 번째 문. 그들은 인식 카드가 필요 없었다. 그리고 또 두 번째 문까지.

크리스가 관심을 돌려보려고 했다.

"손전등이라도 갖고 올걸 그랬어."

그렇게 말하자마자 가는 빛줄기가 주위를 밝혔다.

벤저민이 말했다.

"외출할 땐 항상 우산을 챙기는 사람들이 있는 것처럼 여기 그레이스에서도 생각보다 더 자주 필요한 게 있더라고."

"쯧쯧, 넌 정말 물건이야."

크리스는 고개를 가로젓고는 뒤숭숭한 마음으로 주위를 두리번거렸다.

"우리 정말……."

"죽은 자가 그 옆으로 몰래 지나가려고 하면 이빨로 달아나는 자의 살을 깊숙이 물어 다시 고통 속으로 끌어오나니……."

"또 단테야?"

"아니, 호메로스! 설마 『오디세이』도 모르는 건 아니……."

벤저민은 말을 하다 말고 멈추었다. 희미한 손전등 불빛이 누구도 예상치 못했던 걸 비추었기 때문이었다. 그들이 있는 곳은 단순한 지하실이 아니었다. 그곳에는 아래로 내려가는 쇠로 된 나선형 계단이 있었다.

울부짖는 소리는 좀 잦아들었지만 대신 이번에는 쿵쿵하는 둔탁한 소리가 위로 올라오고 있었다. 금속을 두드리는 것 같은 소리가.

마치 뭔가가 그들을 피해 달아나고 있는 것처럼.

아니면 그들에게 길을 안내하고 있거나.

율리아.

크리스는 갑자기 그녀의 모습이 떠올랐다. 그녀는 기숙사에 데비와 단둘이 있었다. 그리고 로즈는 아무도 없는 식당에서 먹을 걸 찾고 있을 것이었다.

돌아가, 율리아에게로. 금방 돌아오겠다고 약속했잖아. 그녀를 지켜줘야 해.

하지만 그런 생각을 하면서도 그의 발은 벌써 첫 번째 계단을 딛고 있었다. 그 아래에 뭐가 있건 한 가지는 분명했다. 검은 그림자는 어딘가로 사라진 게 아니라 저 아래에 있을 거라는 것.

또다시 울부짖음이 시작되었다.

이번에는 도움을 요청하는 소리처럼 들렸다.

샤워 커튼 너머

계단은 끝없이 이어지고 있었다. 이쯤 내려왔으면 벌써 지하 2층에 도착했을 터인데도 계단은 여전히 아래로 향하고 있었다. 크리스는 머리가 어지러웠다.

그 계단은 화재 시에 쓰이는 사다리 구실을 하는 비상용 계단과 비슷했는데 다만 차이점이라면 두 사람이 나란히 걸어갈 수 있을 정도로 폭이 넓다는 것이었다.

크리스는 인정하기는 싫었지만 그 사실이 다행이다 싶었다.

야, 너 그러다가 벤의 손까지 잡겠다. 정신 차려, 크리스!

하지만 생각처럼 쉽지 않았다. 조금 전에 들려온 울부짖음 때문이었는지 아니면 자신이 땅속으로 최소 10미터 이상은 내려와 있고 사방이 거대한 암석으로 막혀 있다는 사실 때문인지 어쨌거나 그는 온몸을 바들바들 떨고 있었다.

마침내 벤저민의 희미한 손전등 불빛을 통해 계단 끝이 보였다. 그런데 그 앞에서 또다시 긴 복도가 시작되고 있었다.

대체 오늘 이 건물 안에서만 몇 미터나 걸은 거야? 계단은 또 어떻고. 게다가 이 빌어먹을 지하 벙커 안에 문은 또 왜 이렇게 많아!

"혹시 전등 스위치 같은 거 없나 좀 찾아봐, 벤."

벤저민 손전등으로 벽을 비추었고 잠시 후 벽에 달린 형광등에 불이 들어왔다. 그런데 그 빛이 너무 밝아서 크리스는 잠시 눈을 감았다가 다시 떴다. 그런 다음 좌우의 회색 문에 붙어 있는 팻말을 보려고 몇 발자국 앞으로 걸어갔다.

기계실 I -난방실

기계실 II -통신실

겨우 비밀이 이거였어? 이 깊은 땅속에 꽁꽁 숨겨둔 게 고작 기계실이었던 건가.

그런데 4미터 내지 5미터쯤 앞에 엘리베이터 문이 보였다.

엘리베이터가 이 밑까지 왔던가?

엘리베이터 안에 지하 3층으로 가는 버튼은 없었다. 크리스는 확신했다. 그런데 비상벨 옆에 열쇠 구멍이 하나 있긴 했다. 아무래도 열쇠를 가진 관계자들만 이곳까지 곧바로 내려올 수 있도록 되어 있는 모양이었다.

크리스는 계속 가려다가 문득 벤저민이 역겨운 표정으로

그를 보고 있는 걸 알아차렸다.

"야, 너 대체 꼴이 그게 뭐냐?"

자신의 청바지를 내려다본 크리스는 바지에 묻은 진갈색 얼룩을 알아보았다.

"아까 미끄러지면서 묻은 거야."

"뭐를 밟았는데?"

"나도 몰라."

크리스는 다시 손을 바지에 닦았다. 여전히 손바닥이 끈적거렸다.

"뭐든 그게 중요해? 어서 가기나 해!"

그는 가만히 귀를 기울여보았지만 그사이 모든 소음들이 사라지고 말았다. 정말 방금 전까지 환청이라도 들은 것 같았다. 게다가 그곳엔 그림자 같은 것도 없었다. 대신 아주 미세한 틈까지 살살이 비추는 밝은 형광등 불빛만 있을 뿐이었다.

그곳에는 문이 여러 개 있었지만 모두 잠겨 있었다. 그런데 크리스는 이상하게도 그 사실에 마음이 놓였다.

복도를 따라가다보니 유리문 앞에 '보안실'이라는 팻말이 눈에 들어왔다. 보안실의 유리문 안에는 스포츠센터 탈의실에 있는 것과 같은 옷장들이 보였다. 아마도 보안 요원들이 그곳에서 옷을 갈아입는 모양이었다.

크리스가 먼저 안으로 들어가고 벤저민이 그 뒤를 따라갔다. 안을 둘러보자 보안 요원들의 이름이 붙어 있는 옷장이 모두 열두 개가 있었다. 그곳은 군대 내무반처럼 정리 정돈이 철저히 되어 있었고 먼지 한 톨 없이 깨끗했다.

"아까 여기 숨어 있었나봐. 야, 여기 네 친구 스티브의 옷장도 있다. 이 안에 뭐가 들어 있는지 엄청 궁금한데!"

하지만 크리스는 아무 대답도 하지 않았다.

그는 갑자기 손을 씻고 싶은 생각이 간절해졌다. 계속 바지에 문질러봤지만 얼룩은 닦이질 않았고 냄새만 더 불쾌하게 느껴졌다.

왼쪽에 있는 문을 열어보자 세면대가 나열되어 있었다. 그는 떨리는 손으로 수도꼭지를 틀어 따뜻한 물로 손을 씻은 후 얼굴을 씻으려고 했다. 그런데……

젠장! 이게 뭐지? 왜 물이 빨간 거야? 이건 꼭……

피? 그럼 손에 묻은 게 피였어?

그는 겁에 질려 벽에 붙어 있던 물비누를 잔뜩 짠 다음 손을 씻고 또 씻었다. 물이 다시 원래 색으로 돌아온 후에도 그는 계속 손을 비벼댔다.

온몸이 땀으로 흠뻑 젖었고 심장이 너무 격렬하게 뛰어 속이 울렁거릴 지경이었다. 고개를 들어 거울 속에 비친 얼굴을 마주 보았다. 등 뒤에서 가볍게 흔들리고 있는 샤워 커튼처럼 얼굴이 하얗게 질려 있었다.

그런데 그게 다가 아니었다.

거울 속에는 크리스 말고 또 다른 뭔가가 있었다. 샤워 커튼 아래로 삐죽이 나와 있는 검은 물체가.

그 순간 샤워 부스에 들어간 벤저민이 소리를 질렀다.

"빌어먹을! 이건 또 뭐야?"

크리스가 본 건 검은 신발 한 짝과 짙은 회색 양말 그리고 맨발바닥이었다. 샤워 부스 안으로 연결되어 있는 핏자국도 보였다.

이젠 피비린내도 확실하게 났다.

비릿하면서 쇳가루 같기도 한 냄새와 땀 냄새가 뒤섞인 불쾌한 냄새. 그건 오랫동안 옷을 갈아입지 않은 사람에게서 풍기는 악취였다.

"대체 여기서 무슨 일이 벌어졌던 거지?"

크리스는 거울을 통해 샤워 커튼을 노려보고 있는 벤저민을 보았다.

그리고 천천히 등을 돌렸다. 시체까지의 거리는 채 세 발자국도 되지 않았다.

아마도 그 상황에서는 달아나는 게 최선이었으리라. 하지만 샤워 커튼만 열어젖히면 무슨 일이 일어났는지 단번에 알 수 있다는 걸 뻔히 알면서 달아날 순 없었다.

벤저민이 물었다.

"이게 뭐지?"

뭐야, 눈이 멀었어? 설마 쟤 눈엔 저게 안 보이는 건 아니겠지? 아님 냄새를 못 맡는 건가? 영화에도 이런 장면이 수시로

나오잖아, 그런데 모를 리가 있어?

크리스의 머릿속에 수많은 생각들이 스쳤다.

그는 아무 대답도 하지 않고 그냥 걸어갔다. 타일 바닥은 젖어 있었고 미끄러웠다. 그는 벗겨진 신발 한 짝을 피해 살짝 우회한 뒤 깊이 심호흡을 하고 손을 뻗어 커튼을 열어젖혔다.

역시 그의 예상이 적중했다. 하지만 그렇다고 위안이 되는 건 아니었다. 그리고 목을 조르는 듯한 역겨움도 전혀 줄어들지 않았다. 오히려 그 반대였다.

남자는 샤워 부스 바닥에 누워 있었다. 백발이 섞인 머리가 피에 엉겨 붙어 마치 초강력 스프레이를 뿌려놓은 것처럼 위로 솟아 있었다.

죽은 사람은 테드 베이커였다.

"오, 젠장! 빌어먹을!"

크리스는 벤저민이 그렇게 당황해하는 모습을 처음 보았다. 벤저민이 다시 일어섰을 때 그가 늘 자신에게 가장 중요한 감각기관이라고 말하던 파란 눈은 완전히 색을 잃어버렸다. 그의 눈에는 크리스가 이해할 수 없는 오묘한 감정이 서려 있었다. 두려움, 경악 그리고 차가운 호기심과 같은 복잡한 감정이 뒤섞여 있었다.

"빌어먹을! 제기랄!"

벤저민은 쉴 새 없이 욕지거리를 내뱉었다.

"이제 우리 어쩌지?"

'못 본 척하자'라고 크리스는 대답하고 싶었다. 어차피 뭘 하기엔 이미 늦었으니까. 그럼에도 그는 테드의 시신을 자세히 보기 위해 몸을 앞으로 숙였다.

시선을 머리 쪽으로 옮긴 크리스는 시신의 오른쪽 관자놀이에서 큰 총구멍을 발견했다. 구멍은 마치 컴퍼스를 대고 그린 듯이 정확히 원 모양을 하고 있었다.

그의 아버지는 거듭거듭 말했었다. 그림을 눈여겨봐야 한다고. 상징 그리고 인간의 행동 속에 깊이 숨어 있는 의미를. 누군가를 이해하기 위해서는 그의 사연을 알아야 한다고.

한 방의 총상.

아무런 감정 없이.

그냥 그렇게.

삶이 끝났다.

크리스는 지금까지 자신이 그 일을 정확히 파악하고 있다고 착각하고 있었다. 그는 아버지가 그에게 설명했던 것들을 좇아 대학에 들어왔고 이 계곡에서 일어나는 어떤 일에도 영향을 받지 않으리라 자신했었다. 계곡이 사람들을 붙들어놓는다는 소문이나 또는 언젠가 로버트가 '그레이스 병'이라고 불렀던 그것에도. 계곡에 있는 모든 게 병들어 있으며 이곳에 있는 사람들 모두 서서히 변하게 될 거라는 사실에도 크리스는 자신만은 예외가 될 수 있다고 믿어왔던 것이다.

크리스는 갑자기 속이 메스꺼워져서 가까스로 세면대에 상체를 숙이고 토악질을 했다. 하지만 실제로 게워낸 거라곤 쓰디쓴 위액뿐이었다. 아침 식사 후 하루 종일 아무것도 먹거나 마시질 못했으니 당연한 일이었다. 위산이 너무 강해서 식도가 탈 것 같았고 그 쓰고 신 맛에 목구멍이 오그라드는 것 같았다. 하지만 아무것도 나오지 않는데도 구역질은 멈추질 않았다. 그는 결국 바닥에 주저앉아 차가운 타일 벽에 등을 기댔다. 그런 다음 벽에 달려 있는 핸드 페이퍼를 찢어 입을 닦았다.

한참이 지나 속이 더 이상 울렁거리지 않고 어지럼증도 사라지자 그는 다시 일어나서 손과 얼굴을 씻었다.

그는 이제 무엇이 자신을 이 산꼭대기에 붙들어두고 있는지 정확히 알았다. 그건 더 이상 계곡 자체가 아니었다. 율리아, 오직 율리아뿐이었다.

그는 주위를 두리번거렸다.

장면은 조금도 변하지 않았다. 테드는 여전히 샤워 부스에 누워서 죽은 눈으로 그를 보고 있었다.

크리스의 머릿속에는 오직 한 가지 생각만 떠올랐다.

율리아! 한시라도 빨리 율리아에게 돌아가야 해!

"벤저민, 우리 빨리 위층으로 가……."

하지만 그는 끝까지 말을 잇지 못했다. 갑자기 벤저민이 사라져버렸기 때문이었다. 크리스는 탈의실을 지나 복도로 나갔다. 그런데 복도 끝에서 벤저민을 발견하자마자 귀에 익은 소리, 작게 낑낑대는 소리가 들렸다.

이케!

벤저민은 검은 불도그를 두 팔로 안은 채 바닥에 앉아 있다가 크리스가 그 옆으로 다가가자 위를 올려다보았다.

벤저민이 숨을 헐떡이며 말했다.

"이케야! 이케가 우릴 이 아래로 인도한 거였어."

벤저민은 한 손으로 이케의 검은 털을 쓰다듬고 있었다.

"이케가 다쳤어, 크리스! 도와줘야 해."

하지만 크리스는 움직이지 않았다.

그는 아침의 일을 회상하고 있었다. 그는 분명 철학 교수인 브랜던이 차에 개를 밀어 넣고 출발하는 걸 두 눈으로 똑똑히 봤었다.

틀림없이 이케와 브랜던 교수가 떠나는 걸 봤어.

저 개가 여기 있을 리 없는데.

"크리스!"

벤저민의 목소리가 날카로워졌다.

"내 말 듣고 있는 거야? 이케를 도와줘야 한다고!"

그는 개의 옆구리를 가리켰고 그제야 크리스는 말뜻을 알아차렸다. 이케는 영리한 개였다. 적어도 로버트는 항상 그렇게 주장했었다. 하지만 테드를 죽인 살인자로부터 달아날 만큼 영리하진 못했던 모양이었다. 왜냐하면 이케의 왼쪽 다리에 깊은 상처가 나 있었고 피가 흐르고 있었기 때문이다.

살인자

벤저민의 목소리가 날카롭고 신경질적으로 변했다.

"당장 어떤 조치를 취하지 않으면 죽을지도 몰라. 벌써 피를 꽤 많이 흘렸어."

"그냥 개일 뿐이잖아."

실제로 크리스는 개의 운명 따위엔 전혀 관심이 없었다. 아무래도 벤저민은 진짜 문제가 무엇인지 전혀 이해하지 못한 게 틀림없었다.

샤워 부스 안에 보안 요원이 죽어 있는 걸 보지 못했을 리가 없는데.

누군가가 테드를 살해했던 것이다. 잔인하게 총으로 쏴 죽여버렸다. 그건 다시 말해 살인자가 이 건물 안을 돌아다니고 있음을 의미했다.

그 순간 그는 또 다른 보안 요원 스티브가 떠올랐다. 크리스는 수영장에 있던 그를 보았다. 그가 그곳에서 무엇을 했는지는 신만이 알 일이었다. 게다가 그는 율리아에게 계속 치근덕거리지 않았던가. 생각만 해도 불쾌한 놈. 크리스는 그를 보는 순간 그가 나쁜 놈이라는 걸 한눈에 알아보았다.

크리스가 그런 생각을 하고 있는데 갑자기 벤저민이 항의하듯이 말했다.

"그냥 개가 아니라 이케라고!"

"벤, 지금 무슨 일이 일어나고 있는지 모르겠어? 미친 살인자가 여길 돌아다니고 있다고. 그런데 여학생들은 아무것도 모른 채 무방비 상태로 있어. 지금 당장 율리아한테 가야 해!"

"율리아! 율리아!"

벤저민이 벌떡 일어났다.

"넌 오로지 율리아밖에 모르지? 너랑 율리아밖에, 어? 나머지 사람들은 어찌 되건 전혀 상관없구나. 이케건 로즈건 데비건. 그리고 나도. 고스트에서도 그랬잖아. 넌 모두를 버리고 혼자 떠났어."

"그땐 너도 같이 갔잖아."

"그래, 그랬지! 무서웠으니까. 그래, 인정해. 난 얼어 죽을까봐 진짜 겁을 먹었어. 하지만 지금은 달라. 그 산 위에서 배웠던 게 있어. 한 생명을 구하기 위해선 카티처럼 죽을힘을 다해야 한다는 것. 비록 사람이 아닌 개라 할지라도. 이케는 우릴 여기까지 인도했잖아. 이케가 아니었더라면 우린 살인자에 대해 알지도 못했을 거야. 여기서 무슨 일이 일어나고 있었는지 예감조차 못 했을 거라고."

그때 이케가 또 신음 소리를 냈다. 크리스는 빛을 잃어버린 흐릿한 이케의 눈을 보고는 개가 힘겹게 숨을 쉬며 사력을 다하고 있다는 걸 알아챘다.

말만 하는 것과 직접 체험을 하는 건 전혀 다른 문제다. 테드는 죽었고 율리아는 기숙사에 있었다. 크리스는 율리아가 문을 잠그는 소리를 들었다. 그리고 그녀는 그곳에서 나가지 않겠다고 맹세했다. 크리스는 율리아가 이케의 죽음을 원하지 않으리란 걸 잘 알았다. 로버트 때문에라도.

"좋아. 위층으로 데리고 가자."

벤저민이 상체를 숙여 개의 몸 아래로 손을 넣었다. 순식간에 그의 재킷이 피로 물들어버렸지만 신경 쓰지 않았다.

"넌 머리를 들어, 크리스."

크리스도 몸을 숙여 이케의 목을 받쳤다.

벤저민이 말했다.

"자, 어서 가자!"

두 사람은 천천히 이케를 들어 올렸다. 개는 생각보다 훨씬 더 무거웠다. 채 열 걸음도 못 가서 벤저민이 말했다.

"잠깐만. 더는 못 가겠어."

두 사람은 조심스럽게 개를 바닥에 내려놓았다. 이케는 눈을 감았고 호흡이 약해졌다. 3층. 개를 들고 3층이나 올라가야 했다.

아냐. 엘리베이터가 있잖아.

엘리베이터를 타려면……

그때 크리스의 머릿속에 어떤 생각이 번뜩 스쳤다.

"일단 개 다리에 뭐라도 감고 있어. 난 어디 좀 다녀올게."

크리스는 말이 끝나기가 무섭게 돌아서서 보안실이 있던 곳으로 되돌아갔다.

세면실은 하나도 변한 게 없었다. 크리스는 죽은 남자를 보지 않으려고 눈을 가늘게 뜬 채 샤워 커튼을 열어젖혔다. 그런 다음 숨을 깊이 들이마시곤 남자 위로 상체를 숙여 제복을 뒤지기 시작했다.

크리스는 오늘 아침 테드 베이커가 열쇠 꾸러미를 들고 있었던 걸 똑똑히 기억해냈다. 그러니까 만약 살인자가 열쇠 꾸러미를 가져가지 않았다면 아직 그의 주머니 어딘가에 남아 있을 게 분명했다.

언젠가 브랜던 교수가 수업 시간에 말하길, 철학이란 진실을 향한 사랑이라고 한 적이 있었다. 반대로 크리스의 아버지는 늘 철학이란 인간 사유의 최고 형태라고 말했었다. 다시 말해 학문 중에서 페라리 급쯤 된다고나 할까. 그리고 또 아버지는 어떤 점을 향해 집중할 수 있는 사람만이 삶이나 죽음, 진실 같은 본질적인 개념의 표면을 관통할 수 있다고 했었다.

집중. 중요한 건 바로 그거였다.

그러니까 정신 똑바로 차리고 집중해! 끝내 이루지 못했다고 해서 아버지의 깨달음이 틀린 건 아니잖아.

남자는 벽에 등을 기대고 앉아 있었고 머리는 가슴 쪽으로 기울어져 있었다. 크리스는 재킷 주머니를 더듬어보았다. 하지만 지갑 외에는 아무것도 만져지지 않았다. 그런데 이 지하엔 보안 요원들의 휴게실이 있었다. 따라서 엘리베이터 열쇠를 갖고 있을 게 틀림없었다.

없어.

크리스는 아예 무릎을 꿇고 앉아 재킷 아래까지 더듬어보았다. 권총 주머니가 비어 있었다. 이번에는 허리춤을 더듬었다. 드디어 뭔가 딱딱한 게 느껴졌다.

이 남자는 여기서 얼마 동안이나 이러고 있었을까?

아마 두세 시간쯤 되었을 거라고 추측했다. 몸에 온기가 거의 남아 있지 않았기 때문이다.

좋아, 정신 똑바로 차려. 크리스! 넌 할 수 있어!

바지 주머니를 뒤지려면 재킷 앞섶을 열어젖혀야 했다.

아래쪽 단추를 여는 동안 손가락이 덜덜 떨렸다. 드디어 열쇠 꾸러미가 보였다.

또다시 구역질이 나려고 하자 그는 잠시 눈을 감았다. 그런 다음 주머니에 손을 넣어 얼른 열쇠를 끄집어냈다.

모두 네 개의 열쇠가 달려 있었는데 그중 한 개가 엘리베이터 열쇠처럼 보였다. 열쇠 꾸러미를 들고 막 일어서려는 순간 뭔가가 그의 눈에 들어왔다.

그는 재킷 주머니에서 지갑을 꺼내 열어보았다. 한 장의 신용카드가 들어 있었고 '테드 베이커'라는 이름이 쓰여 있었다. 그리고 캐나다 여권도 있었다. 여권엔 '1959년 3월 4일생. 출생지: 캐나다의 필즈'라고 적혀 있었다.

테드 베이커는 필즈 출신이었다. 사실 그레이스에서 근무하고 있는 보안 요원들 대부분이 필즈 출신이었다. 스티브 메이슨만 빼곤.

미국 남부 출신인 그가 이 캐나다 오지에는 왜 온 걸까?

크리스는 지갑을 다시 주머니에 넣었다.

휴대전화는 어디 있지?

스티브는 테드에게 전화를 했었다, 그것도 여러 번이나.

스티브가 그렇게 주장했을 뿐이야.

우릴 속인 것일 수도 있잖아, 안 그래?

벨트에 고정되어 있는 가죽 지갑 안에 휴대전화가 들어 있었다. 크리스는 휴대전화를 끄집어내려다가 갑자기 멈칫했다.

누가 물어보면 어쩌지?

언젠가는 경찰이 시체를 발견할 테고 그러면 크리스에게도 이 순간 무얼 했었는지 물어볼 것이다. 그가 제대로 대답할 때까지 묻고 또 물을 테고 그러다……

지문을 발견하겠지.

내가 테드의 주머니를 뒤진 사실까지 굳이 알려야 할 필요는 없잖아, 안 그래?

그래, 조심하는 게 좋겠어.

그는 벌떡 일어나선 핸드 페이퍼를 뽑아 지갑과 여권을 깨끗이 닦았다. 그런 다음 가죽 지갑에서 휴대전화를 꺼내 최근 통화 기록을 뒤져보았다.

수차례의 통화 기록과 시간은 모두 최근 것들이었다. 발신자의 이름은 없었고 모두 번호뿐이었다. 같은 번호가 수차례 찍혀 있었다.

이게 스티브의 번호일까?

알 길이 없었다.

서서히 땀이 나기 시작했다. 이 지하에 내려온 후로 누군가가 등 뒤에서 나타날 것만 같은 느낌이 점점 더 강해지고 있었다. 범행 사실을 알고 있는 목격자들을 모조리 처치하려는 그 누군가가.

크리스, 너 여기서 뭘 하는 거야?

집중해. 지금 경찰은 너를 도와주거나 보호해줄 수 없어. 여긴 오지야. 이 꼭대기는 무법 지역이라고. 지금 이곳을 지배하는 건 폭풍뿐이야.

그는 휴대전화를 닦아 도로 가죽 지갑 안에 넣었다.

심장이 터질 듯이 뛰었다.

그는 자리에서 벌떡 일어났다. 어디선가 바람이 불어와 샤워 커튼이 흔들렸고 크리스는 테드 베이커의 검은 신발들을 보았다. 그처럼 반짝반짝하게 윤이 나는 깨끗한 신발은 본 적이 없었다.

그러자 문득 어떤 생각이 떠올랐다. 그는 오직 한 가지 생각만 하면서 샤워 커튼을 홱 잡아채 빼냈다.

여기서 나가야 해! 빨리!

벤저민이 있는 곳에 도착하자마자 크리스는 그에게 샤워 커튼을 던져주었다.

"야, 너 어디 있다가 이제 온 거야?"

벤저민은 불같이 화를 냈지만 크리스는 질문에 답하는 대신 거의 명령하듯이 말했다.

"이케를 그 위에 눕혀. 그러면 옮기기 좀 더 편할 거야."

벤저민은 샤워 커튼을 바닥에 펼친 후 개를 높이 들었다. 그들이 이케를 조심스럽게 커튼 위에 내려놓자 이케의 입에서 고통스러운 신음 소리가 새어나왔다.

저 눈을 도저히 쳐다볼 수가 없어. 도와달라고 애원하는 저 애절한 눈빛.

이젠 크리스도 벤저민의 말이 옳았다는 걸 인정하게 됐다. 이케를 배신할 수 없다는 그 말을.

아까는 왜 이 눈빛을 보지 못했던 걸까? 개가 죽건 말건 전혀 개의치 않다니, 나는 도대체 어떤 사람이지?

그들은 아픈 개를 한 발짝씩 조심스럽게 옮기다가 얼마 못 가서 내려놓기를 반복해야만 했다. 그때마다 벤저민은 이케의 머리를 쓰다듬으면서 중얼거렸다.

"포기하면 안 돼, 친구. 우리에겐 아직 네가 필요해."

그들은 겨우겨우 엘리베이터 앞에 도달했다. 그런데 엘리베이터 문 옆에는 버튼 대신 열쇠 구멍이 붙어 있었다.

크리스가 열쇠 꾸러미를 꺼내자 벤저민이 물었다.

"그 열쇠는 어디서 났어?"

크리스는 대답하지 않았다.

작은 열쇠는 크리스의 예상대로 열쇠 구멍에 딱 맞았다.

머리 위에 있던 엘리베이터가 움직이는 소리가 들리더니 잠시 후 띵— 하는 소리와 함께 지하 3층에 도착했다.

문이 열리는 순간 크리스는 숨을 멈추었다.

혹시 저 안에 살인자가 있으면 어쩌지? 우리가 여기 있는 걸 알아차렸다면? 그래서 우리 뒤를 쫓아온 거라면?

벤저민 역시 같은 생각을 하고 있는 모양이었다. 그 역시 엘리베이터 문이 열리는 순간 한 발짝 뒤로 물러섰기 때문이었다. 하지만 다행히 엘리베이터 안에는 아무도 없었다.

"좋아, 빨리 가자!"

갑자기 크리스는 마음이 급해졌다. 그사이 간과하고 있었던 사실이 문득 생각났기 때문이었다. 만약 진짜 스티브가 수상하다면 당장 율리아에게 그 사실을 알려야 했다. 율리아는 그 남자를 신뢰하고 있지 않은가. 더군다나 그는 보안 요원이니까. 그러면 얼마든지 기숙사 안으로 들여보낼 수도 있었다.

그런 생각을 하자 갑자기 공포심이 몰려왔다. 태풍이 잦아들고 경찰에게 이 모든 사실을 알릴 때까지 어떻게든 율리아가 기숙사에서 나오지 않도록 해야 했다.

로즈…… 그리고 데비도. 하지만 크리스에게 두 사람의 이름은 그저 형식적일 뿐이었다.

문이 닫혔다.

엘리베이터가 삐걱거리고 흔들리면서 위로 올라가기 시작했다.

"여자애들한테는 살인자에 대해 한 마디도 하지 마."

크리스의 말에 벤저민이 발밑에 누워 있는 개를 보며 중얼거렸다.

"안됐어……."

"내 말 알아들었어? 안 그러면……."

"안 그러면, 뭐?"

"아무것도 아니야."

크리스는 입을 다물었다. 하마터면 '널 죽여버릴 거야'라고 말할 뻔했던 것이다.

텅 빈 보안실

위층까지 도달하는 데 한참이 걸린 것 같았다. 이케는 거의 움직이지 않았지만 다행히 피는 멎은 듯했다. 벤저민이 스카프로 상처 위쪽을 꽁꽁 동여맨 덕분이었다. 그는 개 옆에 웅크리고 앉아 끝없이 머리를 쓰다듬고 있었다.

"살 수 있을까? 개는 맥이 어디에 흐르는지 혹시 알아?"

벤저민이 묻자 크리스는 모르겠다는 표정으로 어깨를 으쓱해 보였다.

마침내 숫자판에 3층이 표시되더니 엘리베이터가 멈춰 섰다. 문이 열리기까지는 또 한참이 걸렸다.

엘리베이터에서 나오자마자 몰아치는 성난 태풍에 크리스는 잠시 멈칫했다. 그동안 밖에 태풍이 불고 있다는 사실을 까

252

맣게 잊고 있었던 것이다. 심지어 날씨가 잠잠해졌을 거라는 착각까지 하고 있었다. 어쩌면 실제로 잠잠해졌는데 지하가 너무 조용해서 약간의 소음도 크게 들리는 걸 수도 있었다. 웅웅거리는 바람 소리, 나뭇가지들이 서로 부대끼며 나는 소리, 창문이 덜컹거리는 소리. 하지만 가장 끔찍한 건 이 건물이 더는 그들을 보호해주지 못한다는 사실이었다.

이곳 어딘가에 테드를 총으로 쏜 사람이 돌아다니고 있었다. 마치 들쥐를 처치하듯이 한 방에.

대체 왜? 이유가 뭐였을까?

테드 베이커는 지극히 평범한 필즈 출신 남자였고 크리스의 눈에는 초라하고 불쌍해 보이기까지 했던 인간이었다. 그래서 그 사건이 더욱 끔찍하게 느껴지는 걸지도 몰랐다. 살인자는 지금 이 건물 안에 있었다. 자기 자신을 통제할 수 없었던 누군가.

크리스는 이제 건물 안에, 아니 누군지도 모르는 사람의 위협을 받느니 차라리 저 밖에서 헤매는 게 더 낫지 않을까 하는 생각이 들었다.

그는 기숙사와 복도를 구분해놓고 있는 유리문 안으로 들어섰다. 213호실의 문이 닫혀 있는 걸 확인하자 크리스는 마음이 놓였다.

똑똑.

아무 대답이 없었다.

문고리를 돌려보자 잠겨 있었다. 그는 윙윙거리는 바람 소리에 맞서 주먹으로 문을 쾅쾅 두드리기 시작했다.

제길! 바람 소리가 너무 시끄러워서 문 두드리는 소리를 못 듣는 게 분명해!

크리스는 소리를 질렀다.

"문 열어, 율리아! 나야, 크리스! 어서 문 열어!"

마침내 문고리가 돌아가더니 율리아가 나타났다.

"아, 다행이다. 여기 있었구나!"

율리아는 껴안으려는 크리스를 피했다. 얼굴은 새하얗게 질려 있었다.

"대체 이렇게 오랫동안 어디 갔었던 거야? 무서워서 미치는 줄 알았어! 너한테 무슨 일이라도 생긴 줄 알고."

"그게……."

율리아는 그의 어깨 너머를 힐끗 쳐다보더니 표정이 굳어버렸다.

"어떻게 된 거야? 이케가 왜 저래?"

그도 고개를 돌려 뒤를 보았다. 벤저민이 혼자 복도에서 유리문까지 이케를 들고 왔던 것이다.

"다쳤어."

율리아는 크리스를 지나쳐 벤저민이 개를 방 안에 옮기도록 도와주었다. 율리아는 자기 방을 가리켰다.

"내 침대 앞 카펫 위에 눕혀줘. 그런데 대체 무슨 일이 있었던 거야?"

"지하실에서 이케를 발견했어."

벤저민은 무슨 말을 덧붙이려다가 크리스의 시선을 의식하곤 입을 꽉 다물었다.

율리아가 고개를 들어 벤저민을 쳐다보았다.

"붕대 같은 거 없나 좀 찾아봐. 데이비드의 방 아니면 보건실에 있을 거야. 상처를 제대로 감아줘야 해. 스티브한테는 알렸어?"

그러자 크리스가 말했다.

"아무리 찾아도 안 보여."

"그럼 또 한 사람은?"

크리스도 벤저민도 그 질문에 대답하지 않았지만 율리아는 별로 신경 쓰지 않았다. 그녀가 이불을 덮어주자 이케가 작게 낑낑거렸다. 율리아는 왼손으로 이케의 머리를 쓰다듬었다.

크리스는 이케가 어떻게 여기 있게 된 건지 이해할 수가 없었다.

분명히 브랜던 교수와 함께 떠났었는데. 아닌가?

하지만 내 눈으로 똑똑히 봤어.

그 순간 등줄기가 서늘해졌다.

브랜던 교수는 진짜 떠났을까?

크리스는 갑자기 자신이 없어졌다.

이케가 눈을 깜빡거리더니 이내 다시 감았다.

크리스가 물었다.

"로즈는?"

"아직 아래층에 있어."

"좋아, 벤. 넌 붕대를 찾아봐. 난 로즈를 찾으러 갈게. 나중에 여기서 만나. 어서 서둘러!"

그러자 율리아가 크리스를 의심스러운 눈초리로 쳐다봤다.

"너 아무래도 좀 이상해!"

크리스는 율리아의 시선을 피하기 위해 데비의 방 쪽을 보며 물었다.

"데비는 어때?"

율리아는 어깨를 으쓱해 보였다.

"모르겠어. 조용해. 약효가 듣나봐. 지금까진 아무 소리도 못 들었으니까. 보지도 못했고."

"그편이 차라리 낫네!"

강풍이 발코니를 강타하자 요란한 소리가 났다.

몇 시나 됐을까?

크리스는 시간 감각을 완전히 잃어버렸다. 사실 시간은 그다지 중요하지 않았다. 그 순간 일과를 결정하는 건 오직 태풍뿐이니까. 아니, 태풍은 일과뿐만이 아니라 그레이스의 모든 걸 결정했다. 바깥을 지배하는 어둠은 성난 짐승 같았다. 할리우드라도 이렇게 무시무시한 분위기는 결코 연출하지 못할 것 같았다. 이곳에는 달아날 탈출구가 없으니까. 저 바깥은 환상이 아니라 생생한 현실이니까.

"우리가 나가자마자 다시 문을 잠가. 그리고 우리 둘 외엔 절대로 문 열어주면 안 돼."

크리스는 돌아서서 말했다.

"손전등을 나한테 줘, 벤."

율리아가 물었다.

"손전등은 왜?"

"폭풍이 너무 심하잖아. 너도 알다시피 여긴 전기가 수시로 나가니까."

"너희들 나한테 뭐 숨기는 거 있지!"

그건 질문이 아니라 확신이었다.

크리스는 고개를 저었다.

"아무 일 없어, 율리아."

맙소사.

크리스는 율리아에게 거짓말을 하는 게 죽기보다 싫었다.

원래 이번 주말엔 진실을 밝히는 시간을 보내려 했는데.

이번 계획은 완전 실패야, 크리스.

***

벤저민은 구급상자를 가지러 가기 위해 데이비드의 방이 있는 아래층 계단을 뛰어 내려갔다. 크리스는 그의 뒷모습을 물끄러미 바라보았다.

벤저민은 몇 분 내로 돌아올 것이다.

그래야지!

그래야 최소한 그들 중 한 사람이라도 율리아 곁에 있게 되니까.

크리스는 로비가 있는 아래층으로 내려갔다. 그런데 그는 복도를 달려가는 동안 계속 뒤를 돌아보고 있는 자신을 발견했다.

바깥에 바람 소리가 저렇게 요란한데 설사 누가 날 따라오더라도 그 소리가 들릴 리 없잖아, 안 그래?

크리스, 정신 차려. 이 학교는 어마어마하게 커! 살인자가 네가 어디 있는지 어떻게 알겠어?

하지만 그는 이미 답을 알고 있었다.

그는 널 볼 수 있어! 너의 일거수일투족을 모두 다. 그것도 가만히 자리에 앉아서 말이야.

스티브 메이슨이야, 그렇지?

그런데 왜? 그가 왜 테드를 죽였지?

물론 추측할 수 있는 이유는 수천 가지가 넘었다.

로비에 거의 가까워지자 크리스는 갑자기 마지막 유리문 앞에서 벽에 몸을 바싹 붙이고선 보안실 쪽을 기웃거렸다. 문은 여전히 열려 있었다. 그리고 그의 느낌이 맞는다면 그 안엔 아무도 없었다. 하지만 물론 그가 착각한 것일 수도 있었다.

사실을 확인해보려면 좀 더 가까이 가는 수밖에 없었다. 그는 유리문을 잡고 자기 쪽으로 당겼다. 몸이 오싹했지만 결코 차가운 기온 때문은 아닌 게 분명했다.

이젠 확실히 보였다. 역시 보안실 안에는 아무도 없었다. 스티브는 보이지 않았다.

크리스는 그 사실에 마음을 놓아야 할지 아니면 오히려 더 불안해해야 할지 알 수가 없었다.

몇 발자국을 더 옮겨 보안실 안으로 들어간 크리스는 모니터들을 둘러보았다. 복도는 모두 텅 비어 있었다. 어떤 움직임도 포착되지 않았다.

두 가지 가능성이 있었다. 스티브가 살인을 저지른 후 멀리 달아났을 수도 있다. 하지만 첫 번째 가능성은 폭설 때문에라도 그다지 가능성이 없었다.

두 번째 가능성은 스티브가 무죄이고……

크리스는 그 생각을 끝내기도 전에 등 뒤에서 한 줄기 바람이 스치는 걸 느꼈고 동시에 어깨를 잡는 누군가의 손길을 느꼈다.

예민해질 대로 예민해진 크리스는 본능적으로 행동했다. 생각할 겨를도 없이 뒤로 홱 돌아서선 있는 힘을 다해 상대에게 주먹을 날렸던 것이다.

"야, 너 미쳤어?"

로즈가 손으로 턱을 쥔 채 고통스러운 표정으로 바닥에 쓰러져 있었다.

크리스는 그녀 앞에 무릎을 꿇고 앉았다.

"미안, 진짜 미안해. 넌 줄 모르고. 그런데 왜 살금살금 들어오고 그래? 먼저 인기척을 냈으면 좋았잖아."

로즈는 다행히 심하게 다치진 않은 모양이었는지 벌떡 일어났다. 하지만 로즈는 그만큼 더 화를 냈다.

"살금살금 들어오다니! 난 평소처럼 걸었어. 네가 미친 사람처럼 주먹부터 날릴 줄 누가 생각이나 했겠어?"

그녀는 이맛살을 찌푸리며 두리번거렸다.

"그런데 보안 요원은?"

"아까 영화 감상실에서 본 이후로 보이질 않아."

로즈는 어깨를 으쓱했다.

"건물이 워낙 크니까. 게다가 아까 자긴 우리들의 보모가 아니라고 분명히 말했잖아."

"맞아, 하지만 대신 여기 보안실에 앉아서 모니터를 주시해야 하는 거잖아. 뭐, 어쨌든 상관없어. 어서 위층 기숙사에나 가봐. 지금 당장!"

로즈는 그를 의심스러운 눈초리로 쳐다보았다.

"데비한테 무슨 일이라도 있어? 벌써 깬 거야?"

그는 고개를 저었다.

"아니야. 네가 데비한테 준 약이 효과가 있었나봐. 죽은 듯이 조용히 자고 있어."

"그럼 왜 그러는 거야? 다 같이 먹으려고 지금 칠리 요리를 하던 중이었다고. 아직 15분은 더 있어야 해."

"요리는 그냥 놔두고 당장 위층으로 올라가!"

로즈는 고개를 저으며 그를 빤히 쳐다보았다.

"좋아, 그럼 지금 당장 무슨 일이 있었는지 말해! 넌 그래야 할 의무가 있어!"

그녀는 턱을 문질렀다.

"벤저민과 율리아에게 네 도움이 필요해!"

그 말을 듣더니 로즈는 완벽한 반달 모양의 눈썹을 치켜세웠다.

"무엇 때문에?"

"……이케 때문에."

"이케라고? 브랜던 교수님의 개 말이야?"

로즈가 황당한 표정으로 그를 쳐다보았다.

"그래."

"이케가 어떻게 됐는데?"

"심하게 다쳤어."

"……당장 말해. 지금 여기서 무슨 일이 일어나고 있는 건지."

모두가 크리스에게 물었다. 하지만 그는 대답할 수 없었다.

"그냥 내가 시키는 대로 해. 율리아 옆에 있어줘."

"그럼 넌?"

그는 아무 대답도 없이 돌아섰다.

교수들과 상급생들의 방갈로가 있는 좁은 도로로 가는 방법은 모두 세 가지였다. 주차장에서 그 앞 도로로 들어가거나 스포츠센터를 돌아서 가는 방법. 아니면 남쪽 건물을 지나 쓰레기 컨테이너가 있는 옆 출입문을 이용할 수도 있었다. 크리스는 일주일에 한 번씩 쓰레기차가 그쪽으로 지나가면서 컨테이너를 비운다는 걸 알고 있었다.

"넌 어디 가는데?"

크리스는 로즈의 질문을 들었지만 고개만 가로저었다.

"다른 애들이 있는 데로 가."

"조금 전에 한 이야기, 거짓말은 아니지? 만약⋯⋯."

그러자 크리스가 돌아서선 버럭 화를 냈다.

"빌어먹을! 거짓말 아니야, 로즈! 이케가 심하게 다쳤어! 분명 무슨 일이 일어나고 있지만 나도 잘 몰라. 그래서 지금 알아보러 가는 중이라고!"

그의 목소리에 배어 있는 절박함 때문이었는지 아니면 표정 때문이었는지 로즈는 순순히 대답했다.

"알았어!"

요리를 멈추고 위층으로 가기로 결정한 것이다.

"그런데 이케가 여기 있다면 브랜던 교수님은?"

"그것도 알아봐야지!"

낮은 목소리

제55번 목록. 내가 제일 두려워하는 것들.

1. 하늘에서 떨어지는 것.

2. 공기 중으로 날아다니는 박테리아.

3. 빨간색.

4. 신이 진짜로 있다는 사실!

아니다. 데비는 그린 박사가 주장한 것처럼 꿈속에서 살고 있지 않았다.

꿈속이라면 원하는 건 모두 가질 수 있어야 하잖아.

가령 로즈처럼 날씬하고 율리아처럼 매력적으로 웃을 수 있어야지. 그리고 사랑하는 사람으로부터 키스도 받고.

하지만 데비는 그중 어느 것도 이루지 못했다. 따라서 그린 박사의 주장은 틀렸다.

그래! 틀린 거야!

데비는 서서히 잠에서 깨어났다.

내가 몇 시간이나 잔 거지?

그녀는 단숨에 일어났다.

그냥 나 혼자 상상한 거야? 예전과 똑같은 건가? 약을 먹기 전이랑? 머릿속에서 몇 시간씩이나 계속되는 속삭임을 들었었던 그때랑?

여전히 잠에 취해 데비는 다시 베개를 베고 잠을 청하려 했다. 바깥에선 여전히 요란한 소리가 나고 있었다. 폭풍이 몰아쳤고 눈발이 창을 휘갈겼다. 그런데 거대한 태평양의 파도처럼 거세졌다가 다시 잠잠해지기를 반복하는 바람 소리를 듣고 있자니 이상하게도 마음이 편해졌다.

또 유리창이 바람에 의해 진동하며 낮게 울리는 소리도 위안을 주는 음악 소리처럼 들렸다. 데비는 천천히 심호흡을 하면서 그 소리를 경청했다.

그러다가 느릿하게 고개를 저었다.

폭풍은 일종의 신호였다. 폭풍은 모든 걸 황폐화시켰지만 지금 그녀를 두렵게 만드는 건 이 폭풍이 아니었다. 뭔가 다른 게 있었다.

그런데 그게 뭘까? 무슨 일이 일어났던 거지?

머릿속이 쿵쿵 울려서 도무지 기억이 나질 않았다. 그건 늘 두통과 함께 시작되었다. 항상 그랬다. 아침부터 그런 기미가 있었는데 그녀는 그냥 무시해버렸었다.

지끈지끈한 두통 때문인지 그녀는 온 세상이 흐릿하고 흔들거리는 것처럼 느껴졌다.

뭐가 현실이고 뭐가 착각이지?

만약 하느님이 진짜 있다면 아마도 그 존재를 무시한 데 대해 그녀에게 벌을 내리는 것이리라. 마르타 할머니는 항상 말했다. 하느님은 그 존재를 무시한다고 해서 없어지지 않는다고.

할머니 말이 사실이라면? 하느님이 진짜 그녀의 머릿속에 둥지를 튼 거라면? 그녀의 머릿속에서 들려오는 이 다른 음성이 혹시 그녀의 생각들을 뒤죽박죽으로 만들어놓는 건가? 하느님이 그녀에게 후회할 말들을 하게 만들고 그녀를 경악하게 만드는 생각들을 하게 하는 걸지도 몰랐다. 그가 그녀에게 밤마다 땀에 흠뻑 젖게 만드는 악몽을 꾸게 하는 것일지도 몰랐다. 그리고 그녀가 몸에 묻은 오물을 지우지 못할까봐 두려워하는 것도 모두 그의 탓이리라. 또 그녀가 손에 잡히는 것마다 모두 먹어 치우는 이유도.

데비는 침대 모서리에 걸터앉아선 양아버지가 처방해준 진통제를 꺼내기 위해 탁자 서랍을 열었다. 그런데 서랍 속에는 앨리스가 보내온 마지막 편지를 제외하곤 아무것도 없었다.

데비는 다시 베개를 베고 이마를 짚었다가 머리카락을 쓸어 넘겼다. 마치 머릿속에 있는 기억의 서랍 속을 뒤져보려는 것처럼. 그런데 진짜로 저 깊은 곳에서 어떤 단어 하나가 떠올랐다.

사고.

맞아, 사고가 났었지. 크리스가 나무에 차를 들이받았었어. 그 바람에 나는 유리창에 머리를 부딪쳤고 게다가 추위에 덜덜 떨면서 수 킬로미터를 걸어야 했어. 하마터면 얼어 죽을 뻔했지.

그건 분명한 사실들이었다.

그런데 그다음엔?

그 후엔 무슨 일이 있었더라?

데비는 그 후의 일들이 기억나지 않았다. 그냥 그렇게 기억의 흔적들이 끝나버렸다. 그녀를 침대까지 오게 한 나머지 사건들에 대해선 전혀 기억이 없었다.

웅웅거리는 바람 소리.

데비는 겨우겨우 침대에서 빠져나왔다. 그런 다음 비틀거리며 문에 걸려 있는 거울 앞으로 갔다. 발에 브래지어가 걸리자 발끝으로 멀리 치워버렸다. 그런데 그녀는 거울에 비친 자기 모습에 깜짝 놀라고 말았다.

시체처럼 창백한 얼굴이 자기를 마주 보고 있었다. 머리카락은 땀에 젖어 찰싹 달라붙어 있었고 입술은 너무 창백해서 어디가 볼이고 어디가 입술인지 분간조차 하기 힘들 정도였다. 눈은 또 어떤가? 어디가 흰자위이고 어디가 파란 눈동자인지 알아볼 수가 없었다. 그랬다. 설령 다른 사람들은 그녀의 눈이 희미한 회색 눈동자라고 표현했을지언정 그녀는 자신의 눈동자가 늘 파랗다고 생각해왔다. 그녀는 눈을 깜빡거렸고 잠시 동안 덮쳐온 현기증을 이겨내려고 애썼다.

다시 침대로 돌아가려는데 밖에서 무슨 소리가 났다. 데비는 가만히 귀를 기울였다. 그녀가 착각한 게 아니라면 누군가 울고 있었다. 아니 홀쩍거림에 가까웠다.

그녀는 천천히 문을 열어보았다.

거실에는 아무도 보이지 않았다. 따라서 그 소리는 다른 방에서 나는 게 틀림없었다. 데비는 까치발을 하고선 율리아의 방 앞으로 갔다. 문틈으로 침대에 앉아 있는 율리아가 보였다. 그리고 그녀 앞에는 이케가 이불에 싸인 채 누워 있었다.

저 개가 여길 어떻게 온 거지?

궁금해하던 찰나, 울고 있는 율리아가 손에 무슨 종이를 들고 있는 걸 알아차렸다.

그 순간 데비의 머릿속에서 땡- 하고 소리가 났다. 희미한 기억, 종이. 프린터 소리. 그랬다. 그녀는 뭔가를 프린트했었다.

메일이었어.

메일에 뭐라고 쓰여 있었는지 기억해낼 수만 있다면!

잠시 동안 데비는 그 자리에 가만히 서서 율리아를 지켜보았다. 머릿속에서 들려오는 둔탁한 망치 소리가 점점 더 커졌는데 데비는 한참 후에야 그 소리가 현실에서 난다는 걸 깨달왔다.

누군가 주먹으로 문을 두드리고 있었다.

율리아가 몸을 일으키려고 하자 데비는 얼른 자기 방으로 돌아갔다.

"크리스?"

율리아가 묻는 소리가 들렸다.

"크리스, 너야?"

"나야. 문 좀 열어봐!"

낮은 목소리. 그 목소리에 데비는 본능적으로 움찔했다. 그런데 왜 그랬을까? 왜 그렇게 갑자기 겁이 났을까?

"여긴 무슨 일이세요?"

"네 아버지에 관해 할 말이 있어."

그 순간 율리아의 입에서 신음 소리가 새어나왔다. 한동안 창문을 두드리는 태풍 소리만 들렸다. 문고리에 열쇠가 꽂히더니 철컥− 하고 돌아가는 소리가 났다.

그 순간 데비의 머릿속에서 모든 기억이 되살아났다.

책장

크리스는 회색 벽을 마주 보고 서 있었다. 눈보라가 그를 향해 매섭게 휘몰아쳐 균형을 잡고 있기조차 힘들었다. 그는 재킷도 걸치지 않았다. 너무 서두르는 바람에 그만 잊어버렸던 것이다.

크리스는 로키 산맥의 겨울을 여러 해 경험했었기 때문에 겨울이 상당히 혹독하다는 걸 알고 있었다. 하지만 이번은 유난히 더 심한 것 같았다. 손전등에서 나오는 불빛은 눈보라 때문에 겨우 자신의 발자국 정도만 보일 정도로 희미했다. 물론 계곡은 여러 가지 면에서 인간의 상식을 초월하는 특별한 곳이었지만 어쨌거나 이런 눈보라는 거의 50년 만에 처음 있는 일이었다. 본관과 방갈로들이 이런 폭풍에 끄떡하지 않고 지금까지 견뎌냈다는 게 그저 놀랍기만 했다.

좁은 도로로 나가는 큰 문은 여전히 잠겨 있었다. 크리스는 테드의 열쇠 꾸러미 덕분에 후문은 쉽게 통과할 수 있었지만 바깥에 있는 큰 문의 경우는 다른 문제가 있었다. 자물쇠 구멍이 꽁꽁 얼어 있었던 것이다.

그는 별 소용이 없으리라는 걸 알면서도 열쇠를 손가락 사이에 넣고 비벼보기도 하고 열쇠 구멍에 입김을 불어넣어보기도 했다.

성냥이나 라이터가 필요해. 왜 진작 그 생각을 못 했지?

너라고 늘 모든 사태에 대비할 수는 없잖아, 크리스. 넌 어쩌면 이 꼭대기에서 일어나고 있는 일을 멈출 수 없을지도 몰라. 지금 이 눈보라를 그치게 할 수 없는 것처럼. 그리고 아까 차가 언덕 아래로 내달렸을 때도 넌 차를 통제할 수 없었어.

그냥 여학생들이 있는 곳으로 돌아가는 게 어때? 기숙사로 돌아가서 그들과 함께 차라리 방어벽을 쌓아.

싫어, 난 슬슬 꼬리나 감추며 도망치지 않아. 문제를 내 손으로 해결할 거야. 난 우리 아버지와 달라.

지금까지 그에게 중요한 건 오직 그거뿐이었다. 늘, 항상. 바로 자신의 아버지를 극복하는 것.

크리스는 돌아서서 마주 부는 바람에 맞서며 본관이 있는 곳으로 돌아갔다. 그리고 벽난로 옆에 있는 점화용 라이터를 찾은 다음 주머니에 넣기 전에 혹시 고장 나지 않았는지 확인하고 또 확인했다.

건물에서 나가 또다시 냉동실처럼 차가운 곳에 가야 한다고 생각하니 끔찍했지만 방갈로로 가기 위해선 별수가 없었다.

자물쇠가 녹고 열쇠가 돌아가기까지는 한참이 걸렸다. 눈발은 날카로운 얼음 바늘이 되어 바닥에 떨어졌다. 크리스는 얼굴과 장갑도 끼지 않은 맨손이 눈에 베이지 않은 게 신기할 정도였다. 불과 몇 분 사이에 입고 있던 셔츠가 딱딱하게 얼어버린 듯한 느낌이 들었다. 마침내 문이 열렸을 때 크리스는 너무 기뻐서 눈물이 쏟아질 것 같았다.

교수들이 거주하고 있는 방갈로는 좁은 도로를 따라 나란히 일렬로 서 있었다. 방갈로는 모두 같은 시기에 지어져서인지 세세한 부분까지 똑같았다. 크리스는 왜 그레이스 대학에서 일하는 세계적인 석학들이 이 값싼 조립식 주택에서 사는 데 동의했는지 이해할 수가 없었다.

도로를 따라 걸어가는 동안 눈 때문에 무릎까지 젖어버렸다. 그의 기억이 맞는다면 브랜던 교수는 스포츠센터로 가는 방향에 있는 방갈로들 중 제일 끝 집에 살고 있었고 그 옆에는 포르스터 교수가 살고 있었다.

크리스는 8월에 율리아와 함께 포르스터 교수로부터 초대를 받은 적이 있었다. 그레이스 대학에서도 특히 뛰어난 학생들을 위한 디너파티였다. 율리아와 로즈는 포르스터 교수의 아내인 포르스터 부인의 미술 전시회에서 조교를 맡았던 적이 있는

데, 그에 대한 감사의 뜻으로 열린 파티에서 그들은 네 시간 동안이나 몇몇 노력파 학생들, 지루하기 짝이 없는 수많은 교수들과 함께 있어야 했다. 파티를 주최한 포르스터 교수는 그날 파티에서 오직 프랑스어로만 대화를 하자고 제안했었다.

그때 크리스는 브랜던 교수 옆에 앉아 있었는데 그 교수는 파티가 진행되는 내내 포르스터 교수를 '무슈 브와젱(프랑스어로 '이웃, 또는 같은 동네 사람'이라는 뜻 – 옮긴이주)'이라 부르면서 조롱했었다. 크리스는 그날 율리아와 눈빛을 주고받았고 나중에 약이 오를 대로 오른 포르스터 교수의 표정을 흉내 내면서 깔깔대고 웃었던 기억이 났다. 그랬다! 두 사람은 결코 좋은 동료 사이가 아니었고 특히 좋은 이웃지간은 더더욱 아니었다.

크리스는 깊이 심호흡을 했다. 앞쪽에 포르스터 교수의 집이 보였다. 그의 아내가 직접 유리 조각을 이어 붙여 만든 알록달록한 스테인드글라스 덕분에 쉽게 알 수 있었다. 손전등으로 유리창을 비추자 스테인드글라스가 화려하게 빛났다.

그 집 뒤쪽에는 방갈로가 한 채밖에 없었다. 바로 브랜던 교수가 사는 곳이었다.

크리스는 폭풍에 대비해 창살을 달아놓은 시꺼먼 창문을 올려다보며 잠시 어쩔까 망설였다.

막상 여기까지 왔지만 뭘 해야 좋을지 알 수가 없었다.

그냥 벨을 눌러볼까? 그래서 집에 누가 있는지 물어볼까?

그래, 어서 해, 크리스! 넌 브랜던 교수를 좋아하잖아. 그는 그레이스에서 유일하게 괜찮은 사람이야. 그가 돌아온 데는 틀림없이 그럴 만한 사정이 있을 거야.

크리스는 얼음처럼 차가운 손가락을 초인종 위에 올려놓았다. 안쪽에서 날카로운 벨 소리가 들렸다.

크리스는 잠시 기다렸지만 아무런 반응이 없었다. 그들이 사고가 난 뒤 학교에 돌아왔을 때 주차장에는 분명 브랜던 교수의 차가 없었다. 더군다나 브랜던은 그들보다 더 먼저 출발했었다.

그렇다면 이케는?

물론 브랜던 교수가 말하길, 이케는 자기 주인을 스스로 찾아다니는 개라고 하긴 했지만 그래도 크리스는 이케가 억지로 차에 올라타는 걸 분명히 보았다.

손잡이를 잡고 당겨보았다. 역시 생각했던 대로 문은 잠겨 있었다. 하지만 그에겐 열쇠 꾸러미가 있었다. 크리스는 자기 손 안에 있는 열쇠 꾸러미를 바라보았고 어떤 열쇠를 써야 하는지 단번에 알아차렸다.

그는 문을 열고 처음엔 작게, 그다음엔 좀 더 큰 소리로 브랜던의 이름을 불러보았다.

"브랜던 교수님, 계신가요? 집에 계세요?"

하지만 예상한 대로 대답이 없었다.

방갈로 안은 조용했다. 크리스의 시선이 현관 옷걸이로 향했다. 그곳에는 브랜던 교수의 외투가 걸려 있었다. 긴 진회색 외투. 크리스의 착각이 아니라면 틀림없이 브랜던 교수가 오늘 오전에 입고 있었던 옷이었다.

여기서 나가! 어서 율리아한테 가!

하지만 그는 마음이 시키는 대로 하지 않았다. 대신 몇 발자국 안으로 들어가선 맞은편에 있는 문을 열었다.

그런데 그 문 안의 공간은 완전히 다른 세계였다.

폭풍과 추위 속의 오아시스라고나 할까?

천장 꼭대기까지 닿아 있는 책장들, 수천수만 권의 책들. 두툼한 카펫, 어두운색 가죽 소파. 벽난로. 벽난로 안에는 따뜻하게 장작불이 파닥거리고 있었다. 불과 몇 분 전에 누군가 장작을 넣은 게 틀림없었다.

테이블 위에는 반쯤 빈 술병과 빈 유리잔이 놓여 있었는데 거기서 역겨운 냄새가 났다. 크리스가 꽃가루만큼이나 싫어하는 냄새, 바로 버번 냄새였다.

그의 아버지의 작업실에서도 늘 그 냄새가 났었다.

크리스는 방 안을 둘러보았다. 벽난로 왼편에는 어두운색의 큰 목제 괘종시계가 서 있었다. 그리고 한쪽 구석에는 값비싼 복고풍 전축이 있었다. 브랜던은 음악 마니아가 틀림없었다. 적어도 뒤쪽 벽면 전체를 빼곡히 채우고 있는 엘피판들로 추측해본다면 그랬다. 방 한가운데는 커다란 복고풍 책상이 놓여 있었고 그 위에는 A4 용지가 잔뜩 쌓여 있었다. 그리고 그 옆에도 빈 술잔이 있었다.

그 외에 특별히 눈에 띄는 건 없었다. 어두운색 가죽 소파나 괘종시계, 복고풍 책상 그리고 책장에 이르기까지 크리스의 눈에는 모두 유치하고 고리타분한 것들이었다. 엘리트 대학의 저명한 교수들에게서 흔히 볼 수 있는 전형적인 물건들. 유감이라면 거기에 담배 파이프가 빠져 있다는 점이었다.

크리스는 책장으로 다가갔다. 책들은 알파벳 순서대로 정렬되어 있었다. 브랜던 교수는 책장 정리에 관한 한 아주 까다로운 모양이었다. 크리스는 B 파트에서 자기 아버지의 책들을 한눈에 알아보았다.

존 비숍.

크리스는 그 책들을 하나씩 꺼내보기 시작했다.

제목만 봐도 그의 아버지가 그 분야에서 특별했었다는 걸 알 수 있었다.

『Futurum(미래) I』, 『Futurum(미래) II』, 『Exitus(죽음)』.

……*Exitus?*

그는 문득 사고 직전에 들었던 벤저민의 웃음소리가 떠올랐다……. 브레이크…… 브레이크에 뭔가가 있었던 게 틀림없었다. 그리고 바로 그 순간 크리스의 앞에 표지판이 나타났다. 'EXIT.' 그리고 검은색으로 큼지막하게 덧붙여 써놓은 'US'라는 글자.

'EXITUS.'

전에는 무심코 넘겼었던 표지판인데……

그는 비디오를 다시 떠올려보았다.

누군가 우리가 그 비디오를 보기를 원했던 거야. 그 일은 처음부터 계획된 거였어. 확실해.

크리스는 『Exitus』라는 이름의 책을 펴 모든 것의 시작이자 끝이기도 했던 인용문이 있는 페이지를 찾기 시작했다.

차라투스트라가 서른 살이 되었을 때 그는 고향과 고향의 호수를 떠나 산으로 갔다.

니체, 아버지가 가장 좋아했던 철학자.

그는 책장에 책을 도로 꽂아놓으려다가 문득 왼편에서 검은색 상자를 발견했다. 오래되고 먼지가 쌓인 그 상자는 뚜껑이 열려 있었다. 그리고 그 안에는 필름들이 들어 있었다. 누군가 부랴부랴 넣어둔 흔적이 역력했다.

크리스는 상자 표면에 쓰인 인쇄 글씨를 뚫어져라 응시했다. '코닥.' 그는 한참 후에야 그게 뭔지 깨달았다.

벤이 뭐라고 했더라?

"아마추어 비디오테이프. 저건 8미리짜리 카메라로 찍은 걸 나중에 디지털로 변환한 거야."

크리스는 필름들 중 하나를 꺼내 불빛에 비춰 보았다. 역시 그의 예상은 적중했다. 행복한 젊은이들의 얼굴은 오늘 오후 영화 감상실에서의 사건 이후 그의 뇌리 속에 완벽하게 새겨져 있었다.

크리스는 돌아가기로 결심했다.

브랜던 교수는 그곳에 없었다. 하지만 그는 사라진 학생들이 찍은 필름을 갖고 있었고 그건 결코 우연일 수 없었다.

***

눈보라가 너무 강해서 현관문이 쉽게 열리질 않았다. 그새 바람의 방향이 바뀐 모양이었다. 이제 바람은 북서쪽에서 불어와 방갈로를 갈라놓는 좁은 도로를 통과하면서 거의 무시무시한 회오리로 변해 있었다.

그는 있는 힘을 다해 현관문을 밀다가 문득 서재 문을 깜빡하고 열어둔 게 생각났다. 고개를 돌려 뒤를 보니 어느새 문틈으로 들어온 바람이 책상 위에 놓여 있던 종이들을 휩쓸고 책장의 책들을 쓰러뜨리고 있었다. 그것도 하필이면 B 파트가 시작되는 부분부터.

동시에 얼음처럼 차가운 냉기가 밖에서 안으로 휘몰아쳐 불과 몇 초 만에 나무 바닥을 눈으로 뒤덮어버렸다. 공기는 뿌옇고 너무 차서 숨을 쉬기조차 힘들었다. 그런데 하필 그 순간 건물 안을 밝히고 있던 전기가 나가버렸다.

암흑—

잠시 후엔 외부 조명까지 모두 꺼졌다.

게다가 갑자기 귀가 먹먹해질 정도로 큰 굉음이 나자 크리스는 몸을 움찔했다. 바람 때문에 브랜던 교수의 집 현관문이 닫히면서 난 소리였다. 문득 하늘을 올려다보니 시꺼먼 눈구름들이 마치 미지의 비행 물체처럼 크리스를 향해 다가오고 있었다.

그는 방갈로 사이로 난 좁은 길을 내달리기 시작했다. 날씨를 감안하면 거의 기적에 가까운 속도로 왔던 길을 되돌아갔다. 심장이 두방망이질했고 피가 거꾸로 솟는 것 같았지만 그는 멈추지 않았다. 아니, 멈출 수 없었다.

저편에 도로를 빠져나가는 큰 문이 있었다.

크리스는 문을 향해 몸을 던졌다. 한 번. 두 번. 세 번.

하지만 그사이 눈이 너무 높이 쌓여 문이 쉽게 열릴 것 같지 않았다. 문 앞에 쌓인 눈을 조금씩 치우는 동안 그의 머릿속엔 수만 가지 생각들이 교차했다.

브랜던 교수는 가던 길을 되돌아왔다.

그리고 그 이후로 자신의 집에 있었던 게 틀림없다.

대체 왜?

그리고 그의 작업실에 있던 그 필름들은 또 뭐지? 영화 감상실에서 그 필름들을 보고선 그냥 두고 온 게 그였을까? 아님 학생들도 그 영상을 보길 바랐던 걸까?

그는 후자 쪽에 더 가능성을 두었다.

크리스는 눈보라 때문에 제대로 생각할 수가 없었고 그 이면에 숨겨진 논리적인 해명을 찾아내기란 더더욱 어려웠다. 그에게 현실로 느껴지는 유일한 건 율리아가 갖고 있던 두려움이었다. 그제야 알 것 같았다. 그는 그녀가 느꼈던 패닉을 실감했고 그녀가 영화 감상실에서 빠져나오기 위해 문을 열려고 몸부림쳤을 때의 그 표정이 자꾸만 떠올랐다.

그리고 그때서야 후회하기 시작했다.

아, 율리아를 기숙사에 혼자 두고 오는 게 아니었어. 그녀 곁에 있었어야 했는데.

그런 생각을 하는 동안 마침내 문이 약간 열리자 그는 좁은 틈 사이로 겨우겨우 빠져나와 후문으로 달려갔다. 그의 유일한 목표는 본관으로 들어가는 거였다. 그곳은 오늘 아침까지만 해도 폭풍을 피할 수 있는 은신처로 보였었지만 이젠 거대한 위협으로 느껴졌다. 이런 느낌은 처음이었다.

등 뒤에서 큰 문이 쾅 하고 닫혔을 때 그는 자신도 모르게 온몸을 부르르 떨었다. 이 눈보라 속엔 거대한 힘뿐만 아니라 마치 있는 힘을 다해 건물 안으로 침입하려는 걷잡을 수 없는 의지가 도사린 것처럼 느껴졌다.

크리스는 요란한 바람 소리 때문에 다른 소리는 전혀 들을 수 없었지만 바지 뒷주머니의 진동은 느낄 수 있었다.

전화가 걸려온 것이었다.

그는 걸어가면서 휴대전화를 꺼냈다. 화면에 데이비드의 번호가 떴다.

데이비드? 왜 이 시간에 전화를?

지금은 안 돼.

크리스는 그렇게 생각하며 후문을 향해 돌진했다. 문을 열려고 손잡이를 돌렸는데 꿈쩍도 하질 않았다. 처음에는 자신이 너무 긴장해서, 너무 겁에 질려서 손에 힘이 빠졌나보다고 생각했다. 하지만 잠시 후 그 문 역시 열쇠로 열어야 한다는 걸 알게 되었다. 누군가 그 사이 문을 잠가버렸던 것이다.

그런데 왼손에 있던 휴대전화가 또다시 울리기 시작하더니 좀처럼 그치질 않았다. 사실 그는 데이비드의 전화를 받고 싶은 마음이 전혀 없었다. 그런데 의식 저 깊은 곳에서 문득 어떤 생각이 표면 위로 떠올랐다. 몇 시간 전에 들었던 뉴스가 기억났던 것이다. 전복된 차에 관한…… 그리고 생존자를 찾고 있다던 뉴스. 율리아는 그 차가 혹시 데이비드의 차일지도 모른다고 걱정했었고 크리스는 그럴 리 없다고 부인했었다.

마침내 통화 버튼을 눌렀다.

그는 폭풍에 맞서 소리를 질렀다.

"데이비드! 무슨 일이야?"

"크리스!"

그건 데이비드의 목소리가 아니었다.

"혹시 우리 누나한테 별일 없어?"

로버트였다.

"지금은 너랑 얘기할 시간 없어!"

"우리 누나는 괜찮은 거야?"

그는 이런 상황에서 뭐라 대답할 말이 없었다.

"지금은 말할 수가 없다니까. 안 그래도 율리아한테 가는 중이야."

로버트가 "이상하게 걱정이 돼서……"라고 말하는 순간 크리스는 전화를 끊어버렸다. 그런 다음 열쇠 구멍에 열쇠를 꽂았다.

자신이 무슨 일을 해야 하는지 알기 위해 전화 따윈 필요 없었다. 로버트는 수백 킬로미터 밖에 있었고 이곳에서 벌어지고 있는 일에 대해 알 리가 없었다. 반면 크리스 자신은 이 공포의 날을 현장에서 생생하게 체험하고 있었다.

그런데 열쇠가 잘 들어가질 않았다.

그는 열쇠를 빼다가 그만 바닥에 떨어뜨리고 말았다. 열쇠는 순식간에 눈 속에 파묻혀버렸다. 열쇠를 줍기 위해 몸을 숙인 순간 거친 손이 그의 어깨를 잡아당겼다. 크리스는 소스라치게 놀랐다. 손전등의 노란 불빛이 그의 눈을 정면에서 비추어 잠시 앞을 볼 수 없었지만 목소리와 말투로 그가 스티브임을 알았다.

"비숍 군, 미친 거 아인교? 지금 여서 뭐 합니꺼?"

그의 목소리는 바깥 날씨보다 훨씬 더 차가웠다.

침묵의 약속

제89번 목록. 죽길 바라는 사람들.

1. 제이크. 날 사랑하지 않으니까.

2. 우리 양아버지. 날 싫어하니까!

3. 앨리스. 모두 걔를 천사 같다고 해서!

율리아가 그 남자를 따라 밖으로 나가는 모습을 문틈으로 지켜본 데비는 너무 무서워서 몸이 굳어버렸다. 그랬다, 잠깐이긴 했지만 진짜 심장이 멈추는 것만 같았다. 게다가 율리아는 복도로 끌려 나간 뒤 문이 닫히던 순간 짧게 비명을 질렀었다.

데비는 자기 방으로 돌아가 침대에 누운 후 몇 분간 가만히 창밖에서 들려오는 폭풍 소리를 들었다. 금세라도 창문이 산산조각 날 것처럼 요란하게 덜컹거리는데도 이상하게 그 소리가 데비의 마음을 진정시켜주었다. 그녀의 머릿속 역시 수천 가지 생각으로 분해될 것처럼 쿵쿵 울려대면서 그녀를 놔주지 않았다.

지금까지 비현실적으로만 보였던 모든 일들이 현실이 되어버렸다.

그가 율리아를 데려갔다.

그리고 다음 차례는 데비였다.

데비는 눈을 감은 채 율리아가 문 뒤로 사라지던 장면을 잊으려고 애썼다. 하지만 마음처럼 쉽지 않았다.

그래서 다시 이불을 박차고 일어났다.

배가 고팠다.

뭘 좀 먹어야겠어.

맨발로 차가운 바닥 위를 터벅터벅 걸어 거실을 가로질러 주방 문을 열고 냉장고까지 갔다. 하지만 냉장고는 거의 비어 있었고 겨우 우유 두 팩과 시리얼 바 한 개뿐이었다. 모두 카티가 두고 간 것들이었다. 데비는 포장지를 뜯어 시리얼 바를 한 입 베어 먹었다.

맛은 형편없었다. 아무리 씹어도 도무지 목구멍으로 넘어가질 않았다. 데비는 남은 조각을 쓰레기통에 던져버리곤 대신 손톱을 물어뜯기 시작했다.

천장에 달린 전등은 눈이 따가울 만큼 밝은 노란빛을 쏘아

댔고 불투명한 전등 덮개 위에는 지난여름에 죽은 파리 시체
가 붙어 있었다.

그는 그녀를 데리러 올 것이었다.

틀림없이.

여기 마냥 앉아 있다간 그에게 끌려가서 책에서 자주 읽었
던 온갖 끔찍한 고문을 당하리라.

목 언저리에 벌써 그의 손이 닿는 것 같았다.

목이 조이는 듯한 느낌.

공기가 탁하게 느껴졌다.

동굴 속처럼.

그녀는 창가로 달려가 손잡이를 아래로 내려 열어보려고
했지만 맞바람이 불고 있어서 쉽게 열리지가 않았다.

그래서 다시 침대로 돌아가 가만히 천장을 응시했다. 전등
덮개에 붙어 있는 파리처럼 자신 역시 이 방에 갇혀버린 느낌
이 들었다. 그리고 어느 정도 시간이 흐른 뒤 묘안이 떠오르자
그녀는 다시 제정신을 차렸다.

데비는 자리에서 일어나 재킷을 집어 들고 플랫 슈즈를 신
은 뒤 아래층 로비로 뛰어 내려갔다.

천둥 번개 태풍, 삼총사가 건물 전체를 뒤흔들고 있었다.

이 소음들은 이 세상 것이 아니었고 데비의 기분 역시 비슷
했다. 그랬다. 그녀는 자신이 내뿜고 있는 입김 같은 구름 위
를 걷고 있는 기분이었다.

그녀는 자신을 만든 주인의 지시에 따라 움직이는 로봇처럼 한 걸음씩 앞으로 나갔고 플랫 슈즈가 눈 속에 잠긴 후에야 자신이 건물 밖으로 나온 걸 알아차렸다. 몇 분이 지나자 옷이 흠뻑 젖어 온몸에 달라붙었지만 그건 눈 때문이 아니었다. 긴장해서 땀이 났던 것이었다.

그건 약 때문이거나 또는 양아버지가 정확하게 설명해주었던 그 약의 부작용 때문이 아니었다.

제144번 목록. 부작용들.

1. 갑작스러운 허기

2. 수면장애

3. 악몽

4. 식은땀

5. 현기증

데비에겐 오직 한 가지 방법밖에 없었다. 그에게 가서 자기를 전혀 두려워할 필요가 없다고 말해야 했다. 아무에게도 말하지 않을 테니까. 그녀는 침묵할 거라고…… 관 속에 들어갈 때까지.

감시 카메라

크리스는 열쇠 꾸러미를 꽉 거머쥐었다. 스티브란 인물이 오늘 일어난 사건들에 연관되어 있는지, 그리고 만약 있다면 어떻게 연관되어 있는지 알 수가 없었다. 또한 브랜딘 교수가 이곳 어딘가에 와 있다는 사실도 그를 매우 혼란스럽게 했다.

"이거 놔요!"

크리스는 스티브의 손을 뿌리치려고 해보았다.

"이보소, 여서는 누가 어디서 뭐 하는지 전부 알아야 하는 게 내 의뭅니더. 그니까 얼렁뚱땅 넘어갈라 하지 마이소. 이 시각에 그냥 심심해서 밖에 나와 싸돌아댕기는 건 아닐 꺼 아임니꺼."

둘은 한동안 서로를 노려보고만 있었다.

지금은 길게 설명할 시간이 없어. 말싸움이나 할 때가 아니라고.

그 순간 크리스의 머릿속에는 오직 율리아에 대한 걱정뿐이었다.

크리스가 날카롭게 소리를 질렀다.

"남의 일에 간섭 말고 당신 할 일이나 해요!"

"바로 그겁니더. 학교 안에서 일어나는 모든 일들이 내 소관이란 말임더."

크리스 앞에 서 있는 남자가 거만한 눈빛으로 쳐다보았다.

매서운 바람이 크리스의 얼굴을 때렸다.

"당신, 지금 이 위에서 무슨 일이 일어나고 있는지 알기나 해요?"

"아다마다."

그러더니 갑자기 그토록 당당하고 태연했던 태도가 변했다.

"니 같은 쥐새끼가 눈보라 치는 이 밤에 위험하게 밖에 싸돌아댕기는 게 문제지. 그러다가 벌써 몇 명이나 죽었는지 알기나 하나? 근데 더 큰 문제는 니 같은 또라이들한테 무슨 일이라도 생기면 전부 내가 책임져야 한다는 기다."

하지만 크리스는 바람 소리 때문에 그의 말이 거의 들리지 않아서 크게 소리쳤다.

"당신 권총 갖고 있죠? 그거 나한테 줘요."

"니 지금 미친 거 아이가?"

287

크리스의 어깨를 잡고 있던 손에 더욱 힘이 들어갔다.

"니 폭풍 때문에 그 좋은 머리가 어째 됐나? 내 권총을 달라꼬? 액션 영화를 너무 많이 봤는갑재. 아이면 그걸로 내를 쏴 죽이기라도 할라꼬?"

크리스는 너무 화가 나서 사실 꼭 그러지 않을 거라 장담할 수도 없었지만 대신 이렇게 소리쳤다.

"당신의 다른 동료는 찾았어요? 아, 못 찾았다고요? 당연히 그랬겠죠!"

"그건 또 먼 소리고?"

"무슨 소리인지 궁금하면 지하에 한번 가보시죠. 지하 3층 샤워실에요!"

그러자 어깨를 잡고 있던 손에서 힘이 조금 빠졌다.

"샤워실?"

"그래요, 휴게실 안 샤워실이요. 그 사람, 거기 있어요. 그걸 보면 텍사스에서 온 돌머리인 당신이라도 지금 여기서 무슨 일이 일어나고 있는지 알 수 있을 거예요. 그 일에 비하면 지금 이 눈보라쯤은 살랑거리는 봄바람에 불과해요. 당신은 폭풍만 걱정하느라 정작 당신이 아주 잘 감시하고 있다고 굳게 믿고 있는 저 건물 안에서 진짜 심각한 일이 벌어지고 있다는 걸 전혀 모르고 있다고요."

스티브가 그의 어깨를 잡고 있던 손을 내려놓자마자 크리스는 돌아서서 얼른 열쇠 구멍에 열쇠를 넣어 문을 열었다. 그리고 보안 요원이 미처 그를 잡을 새도 없이 건물 안으로 들어가 문을 힘껏 닫아버렸다.

크리스는 빠른 걸음으로 로비를 가로질러 간 다음 계단을 서너 개씩 한꺼번에 뛰어 올라갔다. 그런데 3층에 다다르자마자 로즈가 넋이 나간 얼굴로 그를 향해 달려오며 소리쳤다.

"율리아! 율리아가 사라졌어. 아무리 찾아봐도 없어."

로즈의 눈빛에서 우려했던 일이 현실이 되었음을 확인하자 크리스는 한순간 몸이 돌처럼 굳어버렸다.

위협받는 느낌. 막연한 예감. 막막함. 그건 하루 종일 계곡에 휘몰아쳤던 태풍 때문이 아니었다. 크리스는 다시 한 번 무기력한 자신을 느꼈고 그건 그가 제일 싫어하는 기분이었다.

무력감.

크리스는 자신의 의식 표면 아래에서 부글거리는 막연한 두려움에 지지 않으려고 애썼다. 그는 호흡을 가다듬어보려고 온 신경을 오직 호흡에만 집중했다. 그리고 로즈가 그의 이름을 부르자 그제야 비로소 의식이 현실로 돌아왔다. 그는 아무말 없이 로즈를 옆으로 밀치고 복도를 따라 뛰어갔다. 213호 기숙사 문이 활짝 열려 있었다.

역시 율리아의 방은 비어 있었다. 홀로 침대 앞 카펫 위에 누워 있는 이케만 빼곤. 그사이 누군가 이케의 다리를 붕대로 단단히 감아놓았다. 그 옆에는 피로 범벅이 된 이불과 수건들이 놓여 있었고 한쪽 구석에는 구깃구깃한 샤워 커튼이 내던

져져 있었다. 이케는 눈을 감은 채 약하게 헥헥거리고 있었다. 이케는 이겨낼 것이었다.

저 빌어먹을 녀석은 살아남겠지.

하지만 율리아는? 율리아는 대체 어디 있는 거지?

"넌 이 방에 언제 왔어?"

"한 10분쯤 전에. 내가 왔을 땐 벤저민뿐이었어. 이케의 다리에 붕대를 감아주고 있었어."

"그런데 벤도 율리아를 못 봤대?"

"응."

로즈가 곤란하다는 듯 이마를 문질렀다.

"대체 무슨 일인지 이제 나한테도 말 좀 해줄래? 데비도 사라졌단 말이야!"

데비도?

"데비가 사라졌건 말건 나하곤 상관없어."

그 후로 침묵이 계속되자 크리스는 견딜 수가 없었다. 그래서 일부러 크게 발소리를 내어 걸었다. 기숙사로 들어섰을 때 느꼈던 두려움은 빛의 속도로 패닉이라는 말조차 시시하게 느껴질 만큼 무시무시한 공포로 변해갔다.

그는 잠시 침대 위에 앉았다. 율리아가 뿌리던 향수 냄새가 났다.

그는 숨을 깊이 들이마셨다가 다시 내뱉었다.

좋아. 이성을 잃지 말자. 율리아가 기숙사에서 나간 데는 그

럴 만한 이유가 있을 거야.

율리아는 절대로 문을 열어주지 않겠노라고 맹세했었다. 크리스나 로즈 또 그리고…….

"벤은 어디 갔어?"

"율리아랑 데비를 찾으러 갔어!"

"어디로? 바보 같은 녀석! 대체 걔들이 어딜 간 줄 알고 찾으러 간 거야?"

크리스는 처음으로 이 건물이 생지옥이나 다름없다는 걸 알게 되었다. 한 번 빠지면 결코 빠져나올 수 없는 곳.

"크리스, 내 말 들어봐. 벤저민은……."

"멍청한 놈, 여기 가만있었어야지. 이 미로 같은 건물에서 혼자서 걔들을 찾겠다고 뛰어다니고 있다니. 걔들이 어디 있을 줄 알고. 틀림없이 데비 때문일 거야. 만약 율리아한테 무슨 일이라도 생기면 절대로 가만 안 둬. 데비랑 벤저민 둘 다."

"크리스! 내 말 좀 들어보라고!"

크리스는 전혀 아랑곳 않고 곧장 이케를 가리켰다.

"그리고 저 개새끼도 총으로 쏴 죽여버릴 거야! 죽여버릴 거라고! 저놈 때문에 진짜 중요한 일을 못 했어!"

크리스는 분노를 억눌러야 한다는 걸 잘 알고 있었다. 제정신을 차려야만 했다. 그는 그 순간 자기 자신이 견딜 수 없이 싫었다. 하지만 자기 자신보다 미친 데비나 바보 같은 벤저민의 탓으로 돌리는 게 더 쉬웠다. 깊은 절망 속에서 오직 그것만이 진정한 빛, 한 줄기 희망처럼 여겨졌다.

게다가 로즈의 아름다운 얼굴에서 핏기가 사라지는 걸 보는 것도 나쁘진 않았다. 로즈는 얼굴이 창백해졌다. 마치 누군가 그녀의 혈관에서 피를 모두 뽑아버린 것처럼. 공포의 위력에 비하면 뱀파이어쯤은 진드기에 지나지 않았다.

로즈가 떨리는 목소리로 말했다.

"걔들은 이 건물 안에 있을 거야, 크리스. 멀리 갔을 리가 없어. 벤저민이 아래층에 있는 보안실에 가서…….'

"맞아!"

크리스는 이를 악물었다.

"멀리 못 갔을 거야. 이미 죽었을 테니까."

"죽었다니?"

크리스는 로즈의 아름다운 얼굴이 일그러지는 걸 보았다. 동공이 커지고 마치 소리라도 지르려는 것처럼 입이 벌어졌다. 그는 순식간에 식은땀이 나기 시작했다.

"방금 죽었을 거라고 했어? 크리스, 너 제정신이야?"

크리스는 깊이 숨을 들이쉬면서 침착해지려고 애썼다. 그런 다음 그는 손을 들어 보이며 말했다.

"잘 들어, 로즈. 지금 이 건물 안에 누군진 모르지만 아주 위험한 인물이 있어. 보안 요원 테드 베이커가 지금 지하 3층에 총에 맞은 채 죽어 있다고, 알겠어?"

"설마! 그럴 리가 없어!"

로즈가 세차게 고개를 저었다.

크리스는 로즈가 자신의 말을 제대로 이해하지 못했다는 걸 알았다. 하지만 그 장면을 실제로 보지 않고선 믿기 어려운 게 사실이었다. 그의 머릿속에 떠오르는 단편적인 사건들, 냄새, 자기 손에 묻은 피, 샤워 커튼 아래로 삐죽이 나와 있던 반짝반짝하게 잘 닦인 구두 한 짝…… 그리고 샤워 부스 안에 앉아 있던 그 남자.

그 생각을 해선 안 돼.

크리스가 다시 손을 들어 올렸다.

"내 말 들어봐, 로즈. 이건 실제로 일어난 일이야. 내가 직접 봤어. 벤저민과 함께. 하지만 지금은, 지금은 일단 율리아부터 찾아야 해. 율리아는 아무것도 모르거든. 왜냐하면……."

왜냐하면 그가 숨겼으니까.

가끔은 아무리 끔찍해도 사실을 말하는 게 더 나을 때가 있다.

"하지만 모두 떠났잖아, 안 그래? 우리 빼곤 여기 아무도 없는데……."

갑자기 로즈가 인상을 찌푸렸다.

"메이슨! 맞아, 보안 요원도 있었지! 네 생각엔……."

크리스가 로즈의 말을 가로막았다.

"나도 몰라, 로즈. 하지만 스티브 메이슨 말고 여기 또 한 사람이 있어……. 바로 브랜던 교수야."

"브랜던 교수님이라니, 확실해?"

"응, 확실해. 방금 그의 방갈로에 갔다 오는 길이거든. 그는 떠나지 않았어. 그리고 내가 그의 집에서 뭘 발견한 줄 알아? 바로 8미리짜리 비디오테이프야, 오래되고 하얗게 먼지가 앉은. 아까 우리가 영화 감상실에서 본 것과 똑같은 거였어."

"너 설마 브랜던 교수님이 그 보안 요원을 죽였을 거라고 생각하는 건 아니지? 그럴 이유가 없잖아? 게다가 뭣하러 데비나 율리아한테 나쁜 짓을 하겠어? 그런 생각 자체가 터무니없어."

"그건 늘 우리의 슈퍼스타 교수님이 입버릇처럼 하시던 말씀이잖아, 로즈! 생각조차 못 하는 것보다 더 터무니없는 일은 없다고. 그러니까 혹시 알아? 그런 짓을 저지르는 것도 그리 터무니없는 일은 아닐지도 모르지."

"그럼 경찰에 알리는 게 좋겠어, 크리스! 그들이……."

"도로가 폐쇄됐다는 거 잊어버렸어? 그들이 도착하려면 몇 시간은 더 걸릴 거야. 그때까지……."

그 순간 건물이 둔탁한 충격에 흔들거렸다. 그리고 곧이어 귀가 먹먹해질 정도로 큰 굉음이 들렸다. 꼭 뭔가가 폭발하는 듯한 소리였다.

그들은 서로를 멍하게 쳐다보았다.

폭풍이 스피커를 단 듯 더욱 요란해져서 로즈는 귀를 틀어막은 채 크리스에게 뭐라고 소리를 질렀다. 하지만 하나도 들리지 않아서 크리스는 고개를 저었다.

로즈가 다시 한 번 말했다. 이번에는 그도 무슨 말인지 알아들었다.

"감시 카메라 말이야! 벤저민이 아래층에서 모니터로 데비와 율리아를 찾는 중이라고!"

***

폭풍은 절정에 달했다. 그들은 분명 로비에 내려와 있었다. 하지만 그곳의 광경은 다시 알아볼 수 없을 만큼 처참했다. 건물 앞에 서 있던 커다란 가문비나무가 뿌리째 뽑혀 그들이 오전에 수차례 시도하다 결국 실패했었던 그 일을 결국 해내고 말았다. 나무는 로비의 정면 유리창을 뚫었고 쓰러진 나무의 수관이 로비를 가로질러 벽난로 바로 앞까지 닿아 있었다.

바닥에는 온통 깨진 유리 투성이였다. 크리스는 폭풍이 결국 원하던 걸 이루었다고 생각했다. 드디어 건물 안으로 침입했던 것이다.

계속 이 불행이 이어진다면…… 그리고 불행의 법칙은 예견조차 불가능한데, 폭풍이 아직도 제 목적을 다 이루지 못했다면…… 어쩌면 저 나무에 불이 붙어 건물 전체가 불구덩이에 휩싸이게 될 수도 있지 않을까.

눈발이 건물 안으로 날아 들어왔다. 잡지들이 바람에 휘날렸고 의자들은 쓰러졌다.

"얼른 여기서 피하자!"

크리스가 소리치며 보안실 쪽으로 달려가 문을 벌컥 열었다. 로즈가 그의 뒤를 따라갔다.

세찬 바람이 그들의 등 뒤로 거칠게 문을 닫았다.

크리스는 겁에 질린 표정으로 유리문을 통해 로비에서 벌어지고 있는 일들을 지켜보았다. 벽에 걸려 있던 그림들이 공중에 날아다녔다. 로비 입구 오른쪽에 있던 대형 평면 TV도 한쪽 귀퉁이가 떨어지고 나머지 한쪽만 아슬아슬하게 걸린 상태로 바람이 불 때마다 벽에 부딪치며 끔찍한 소리를 냈다.

그러더니 갑자기 조용해졌다.

마치 포효하며 성내던 괴물이 물러나듯이 폭풍은 갑자기 잦아들었다. 지금보다 더 끔찍한 사건이 일어날 거라는 예고였을까 아니면 마침내 이 단단한 유리벽을 뚫고 들어온 데 만족한 거였을까.

그때 누군가가 등 뒤에서 소리쳤다.

"크리스, 드디어 나타났네!"

뒤를 돌아보자 책상 앞에 벤저민이 서 있었다.

"문제가 좀 생겼어."

벤저민의 목소리에는 평소처럼 장난기가 배어 있지 않았다. 아니, 너무 진지해서 크리스는 오히려 두려웠다.

***

   크리스는 보안실 안을 두리번거렸다. 스크린들이 모두 꺼져 있었다. 하지만 형광등은 멀쩡한 걸로 보아 정전 같은 전기상의 문제는 아닌 것 같았다.

"누군가 감시 카메라를 전부 꺼버렸어."

"네가 다시 작동시킬 수 없어?"

크리스가 묻자 벤저민은 어깨를 으쓱했다.

"글쎄. 한번 해볼게."

   크리스와 로즈는 벤저민이 책상 아래로 몸을 숙이는 모습을 지켜보았다. 각종 케이블과 전선들이 그의 손에 이끌려 나왔다. 그런데 갑자기 그가 거칠게 욕을 하기 시작했다.

"왜 그래? 안 되겠어?"

로즈가 눈을 휘둥그레 뜨고 묻자 벤저민이 투덜거렸다.

"아니, 그 반대야. 이곳 책임자가 누군진 모르지만 우릴 완전 바보로 생각했거나 아니면 그 자신이 바보거나 둘 중 하나인 것 같아. 그냥 코드를 뽑아놓은 거였어."

   그 순간 크리스는 그 방법도 효과가 나쁘진 않았다고 생각했다. 최소한 너무 단순해서 벤저민이 10여 분간 전혀 알아차리지 못했으니까 말이다.

   잠시 후 익숙한 기계음이 들렸다. 컴퓨터가 켜졌고 스크린도 하나둘씩 켜지기 시작했다. 벤저민이 다시 책상 밑에서 나와 컴퓨터 앞에 앉았다.

"게다가 메인 컴퓨터는 전혀 건드리지 않고 스크린들만 꺼 났어. 이 시스템 자체는 아마도 중앙 서버를 통해 작동되고 있 는 것 같아."

스크린이 깜빡거리더니 몇 개의 방들이 보이기 시작했다. 크리스는 잠시 엉망진창이 된 로비를 넋을 놓고 쳐다보았다. 폭풍이 신나게 그레이스의 심장부를 박살 내고 있었다.

그의 시선이 다른 스크린 쪽으로 옮겨갔다. 보이는 거라곤 아무도 없는 복도와 교실들뿐이었다. 빈 엘리베이터. 열린 문. 지하의 어두운 교실들. 거기에도 역시 움직임은 포착되지 않 았다. 구내식당도. 주방이나 다른 기숙사들에도 특이한 점은 보이지 않았다. 실험실, 강의실, 스포츠센터 모두 어둠 속에 잠겨 있었다.

율리아, 대체 어디 있는 거야?

"없어."

크리스는 주먹을 불끈 쥐었다. 손톱이 손바닥을 파고들어 저릿했다.

"흔적도 없이 사라졌어."

"아니야. 흔적도 없이 사라진 게 아니라 오히려 어디에든 있 을 수 있다는 게 문제야."

벤저민은 스크린을 가리키며 말을 이었다.

"이 건물에 있는 감시 카메라들은 이게 전부가 아니거든. 어디를 보고 싶으냐에 따라 특정 건물이나 층 또는 건물 밖까지 모두 선택해서 볼 수 있다고."

그는 목록을 훑어보더니 캠퍼스 전체의 지도를 불러냈다.

"여기 있는 파란 점들이 감시 카메라가 있는 위치야."

벤저민이 몸을 앞으로 더 바싹 숙였다.

"와, 진짜 미치겠다! 얼마나 정교하게 달았으면 어느 한 군데 안 보이는 곳이 없어. 정말 구석구석이 다 보여. 다시 말해서, 이 건물 안에 있거나 또는 캠퍼스 어딘가에 있는 건 모두 다 볼 수 있다는 뜻인데……."

로즈가 다급하게 물었다.

"저 빨간 점들은 뭐야?"

"그건 지금 여기 모니터에 나오고 있는 곳을 비추는 감시 카메라들이야. 우리가 보고 있는 건 로비 쪽과 3층 복도, 지하 2층, 중앙 건물의 복도들, 식당……."

"거긴 아무도 없어. 이런 식으로 하나씩 살펴보는 동안에 율리아는 벌써 다른 곳으로 이동해버렸을지도 몰라."

조바심에 크리스가 발을 동동거리자 벤저민이 손을 들어 보였다.

"걱정 마, 친구. 우선 이 목록들이 어떤 원칙에 따라 나열되어 있는지부터 살펴보자. 내 생각엔 O는 1층을 말하는 것 같아. I부터 IV는 각층들, K는 복도, A는 기숙사…… U1과 U2는 지하 1층과 지하 2층. U3은…… 우리가 오늘 발견한 비밀의 지하실인 것 같아."

로즈가 깜짝 놀라서 물었다.

"지하 3층이 있었어?"

"나중에 설명해줄게. 그리고 이건 캠퍼스 안에 있는 각 도로들……."

그는 카메라를 하나씩 클릭해보았다.

로즈가 소리쳤다.

"저기! 저기 뭔가가 움직여!"

그들은 모니터 앞으로 바싹 다가섰다.

크리스의 눈에는 아무것도 보이지 않았다.

오직 암흑뿐이었다. 밤. 높은 담장. 문.

"저기 분명히 뭔가 있었는데."

그러더니 로즈가 갑자기 비명을 질렀다.

"봐, 데비야!"

크리스는 모니터를 뚫어지게 쳐다보았다. 화질이 흐릿하고 약간 깨지긴 했지만 로즈의 말이 맞았다. 크리스 역시 독특한 걸음걸이로 화면에 보이는 사람이 데비임을 알아볼 수 있었다. 그리고 아침에 입고 있었던 베이지색 재킷 역시 데비의 것이 분명했다.

"벤, 저긴 어디야?"

"캠퍼스 어딘가겠지."

"좀 더 또렷하게 볼 수 없어?"

벤저민은 화면을 줌으로 확대했다.

원편에 편평한 지붕이 있었고 그 옆에도 눈이 수 미터나 쌓인 지붕이 있었다.

크리스가 소리쳤다.

"저기는 스포츠센터 쪽이야! 제길, 이건 왜 이렇게 느려 터졌어!"

"내 잘못이 아니야. 시스템 자체가 그런 거지."

하지만 벤저민 역시 초조해하는 기색이 역력했다.

크리스는 모니터에서 눈을 떼지 못했다. 마치 자신의 뇌가 화면을 빛의 속도로 스캔하는 것 같았다. 그리고 그 영상은 점점 더 커졌다…….

그가 소리쳤다.

"저건 사잇길이야, 스포츠센터와 교수들이 묵는 방갈로 가운데 있는!"

드디어 데비의 모습이 또렷이 보였다. 데비는 마치 자신이 감시당하는 걸 아는 사람처럼 행동했다. 고개를 카메라가 있는 옆으로 돌린 채 얼굴에서 젖은 머리카락을 떼어냈다. 크리스는 그녀의 얼굴에서 혼란스러움과 공포 그리고…… 분노를 알아보았다.

"지금 저기서 뭘 하는 거지?"

로즈가 물었지만 그 누구도 답을 알지 못했다. 그들은 아무 말 없이 데비가 눈 덮인 계단을 힘겹게 올라가는 모습을 지켜

볼 수밖에 없었다. 크리스가 조금 전에 올라갔었던 바로 그 계단이었다. 데비는 눈길에 미끄러지지 않으려고 손으로 난간을 꽉 잡고 있었다.

그랬다. 데비는 브랜던 교수의 방갈로로 가는 계단 위에 서 있었다.

실수.

단순한 실수가 때론 목숨을 위태롭게 할 수도 있다.

그것만이 유일하게 옳은 행동이라 믿을지라도.

협박

크리스는 브랜던의 방갈로 현관문을 여는 순간 뭔가 달라진 느낌을 받았다. 안에서 차갑고 축축한 바람이 불어왔다.

벽을 더듬어 전등 스위치를 찾는 동안 숨쉬기가 어려워질 정도로 심장박동이 점점 빨라졌다. 그러다가 손에 축축한 게 느껴지자 소스라치게 놀라 얼른 스위치를 켰다. 불이 들어오면서 동시에 그는 깜짝 놀라 뒤로 물러섰다.

복도와 거실이 한마디로 벌집을 쑤셔놓은 것처럼 엉망진창이었다. 서재 창문이 눈보라를 이겨내지 못하고 활짝 열려버린 탓이었다. 복도로 난 문 역시 열려 있었는데 마침 흰 A4 용지 한 장이 그의 얼굴 쪽으로 날아왔다. 마룻바닥에는 눈이 얇게 깔려 있었다.

벤이 주위를 두리번거리더니 말했다.

"난 위층으로 가볼게."

로즈가 고개를 끄덕였다.

"그럼 난 아래층을 맡을게."

크리스는 그들의 말을 듣는 둥 마는 둥 하곤 곧장 서재로 들어갔다.

벽난로 안 장작은 거의 다 타버린 상태였다. 책장에서 떨어진 책들이 바닥에 나뒹굴고 있었고 책상 위에 놓여 있던 유리잔은 바닥에 떨어져 산산조각이 나 있었다. 바람이 여전히 거세서 마룻바닥이 진동할 정도였다.

아무것도, 그 어디에도 여기에 누가 왔다 간 흔적을 나타내는 건 없었다. 규칙적으로 벽이 쿵쾅거리고 퉁탕거렸지만 인기척은 느낄 수가 없었다.

크리스는 난장판이 된 집 안을 가만히 노려보았다.

그 자리에 얼마나 서 있었을까? 갑자기 뒤에서 로즈가 다가오더니 크리스 앞쪽으로 나왔다.

"아무것도 없어. 부엌도 거실도 전부 비어 있어."

"침실이랑 욕실도 마찬가지야."

벤저민의 말이 끝나자 로즈는 크리스의 생각을 소리 내어 말했다.

"율리아는 여기 없어, 크리스."

이미 늦었으면 어쩌지?

너무 늦었다고? 뭐 하기에?

율리아를 구하기에.

그녀를 무엇으로부터 구해야 하는지 알 수만 있다면. 그러면 옳은 결정을 내릴 수 있을지도 모르는데. 그랬더라면 오늘 하루가 전혀 다르게 흘러갔을 텐데.

크리스의 시선 끝으로 벤저민이 책장 쪽으로 걸어가선 8미리짜리 비디오테이프가 든 상자를 집는 게 보였다.

인지. 아버지의 목소리가 들리는 듯했다.

"결정을 감정에 맡기지 마라. 이성에 맡기지도 말고 인지를 근거로 결정해라."

크리스는 소리라도 지르고 싶었다.

무슨 일이 일어나고 있는지 감조차 잡을 수 없을 땐 어떻게 해야 하죠? 무방비 상태일 땐요?

아버지, 그러면 어떻게 해야 하는 거죠?

그러면 아마도 '네게 옳은 길을 알려줄 어떤 일이 일어날 거야'라고 아버지는 말했을 것이다.

크리스는 천천히 고개를 저었다.

아뇨, 그건 그다지 희망적인 선택 사항이 아니에요.

"애들아, 이리로 와봐."

로즈의 목소리에 크리스는 현실로 돌아왔다. 로즈는 태풍 때문에 바닥에 떨어져 있던 은색 액자를 들어 보였다. 유리는 깨지고 없었다.

크리스가 밖으로 가려고 방향을 돌렸을 때 벤저민이 소리쳤다.

"잠깐만, 크리스. 이거 너도 꼭 봐야 해."

그는 사진 쪽을 힐끗 보았지만 너무 멀어서 잘 보이지가 않아 그냥 포기하고 복도 쪽으로 걸어갔다.

"난 그렇게 한가하지 않아! 율리아를 찾아야 해!"

그의 목소리는 자신이 듣기에도 환각 상태에 빠져 있는 것처럼 이상하게 들렸다.

"잠깐만 들어봐! 너 혹시 브랜던 교수가 솔로몬 대학의 학생이었다는 거 알고 있었어? 그가 그런 말을 한 번이라도 한 적이 있냐고?"

다음 순간 크리스는 벤저민의 곁으로 곧장 가 사진을 빼앗았다.

"이 사람, 브랜던 교수 맞지?"

벤저민이 갈색 머리의 키 크고 마른 학생을 가리켰다. 그는 다른 네 명의 학생들과 돌담에 기대앉아 있었다. 그 뒤로 학교 건물이 보였다. 담쟁이덩굴로 뒤덮인 출입문과 단풍나무가 있는 둥근 앞마당을 봤을 때 지금의 그레이스 대학과 똑같았다.

그 사진은 비디오테이프를 찍었던 그 시절에 찍은 게 틀림없었다. 그리고 크리스처럼 그레이스 대학에 입학하길 원했던 이들이 학교로부터 받은 브로슈어에서 본 풍경과도 비슷했다. 거의 동화 속 세계처럼 보이는 멋진 풍경과 장엄한 건물, 그 뒤편에 깔린 3천 년이 넘은 대자연. 그리고 그 앞에는 행복과 희망에 가득 찬 표정의 젊은 학생들이 지식의 전당에 선택받은 것에 감격한 모습으로 서 있었다. 이와 비슷한 사진들은 크리스의 아버지의 서재 벽에도 걸려 있었다. 하지만 이미 까마득히 먼 일처럼 느껴졌다.

그는 이해할 수 없었다. 눈보라가 요란한 소리를 내고 있는데도 크리스에게는 격렬하게 요동치는 자신의 심장 소리가 들렸다. 숨을 쉴 수 있는 유일한 방법이란 소리를 지르는 것밖에 없었다.

"너희들은 알겠어? 이 사진들과 비디오테이프, 그리고 고스트까지! 난 이해가 안 돼! 뭐가 뭔지 하나도 모르겠어!"

그가 한 팔을 번쩍 들어 올렸다.

"이런 게 대체 율리아랑 무슨 관련이 있다는 거지?"

그러자 벤저민과 로즈가 어리둥절한 표정으로 크리스를 빤히 쳐다보았다.

벤저민이 말했다.

"그것들이 율리아와 관련이 있는지 없는지 네가 어떻게 알아? 내가 알기로 율리아는 한 번도 그런 말 한 적이 없었는데."

바로 그거였다. 그녀는 한 번도 무슨 말을 한 적이 없었다.

"나도 모르겠어!"

크리스는 초조하게 복도를 왔다 갔다 했다.

"아까 비디오테이프를 볼 때 율리아의 반응 때문인 것 같아.

정상적인 반응이 아니었거든! 틀림없이 뭔가 있어…… 내 느낌에 율리아는 뭔가를 알고 있는 것 같아. 그런데 도통 나한테 말을 안 해."

크리스는 갑자기 말을 멈췄다. 문득 율리아도 이런 식으로 말을 할 수 있겠구나 하는 생각이 들어서였다.

벤저민이 고개를 저었다.

"설마 모든 일이 그 사라진 학생들과 관련이 있는 건 아니겠지, 그렇지?"

하지만 크리스는 벤의 말을 귀 기울여 듣고 있지 않았다. 바지 주머니에 넣어둔 휴대전화가 진동하더니 곧 〈하이 눈〉의 주제곡으로 바뀌었기 때문이었다.

크리스는 휴대전화를 꺼내곤 잠시 망설이다가 통화 버튼을 눌렀다.

모르는 번호였다.

평소 같았으면 무시해버렸을 테지만 모든 게 불확실하고 절망적인 상황이라 누구의 전화건 모두 자신을 구조해줄 닻처럼 느껴졌다. 그래서 그는 통화에 응했고 심장은 터질 듯 뛰었다.

"크리스!"

그리고 다시 한 번.

"크리스!"

하지만 크리스의 귀에 들린 건 자신의 이름이 아니라 지난 몇 달간 그토록 친숙했던 목소리에 배어 있는 공포심이었다.

율리아였다.

"크리스, 내 말 들려?"

율리아의 목소리는 이상하게 크고 탁했고 또 아주 멀리서 전화를 건 것처럼 끊겼다가 한참 만에 다시 들려오곤 했다.

"율리아, 거기 어디야?"

크리스는 큰 소리로 말할 수가 없었다.

"여기로 빨리 와줘!"

율리아는 마치 목숨이 걸린 위급한 상황임을 설득이라도 하려는 듯 소리를 질렀다.

크리스의 시선이 머물 곳을 찾아 갈팡질팡하다가 벤저민이 들고 있던 사진에 가서 꽂혔다. 알파와 오메가. 처음과 끝. 이 사진과 율리아가 있는 곳 사이에는 선, 연결 고리가 있었다. 그렇게 믿어야 했다. 믿어야만 침착하고 또렷하게 생각할 수 있기 때문이었다.

"어떻게 된 건지 말해봐."

"그 사람…… 그가 우릴 여기에 가둬놨어! 시키는 대로 하지 않으면 데비를 죽이겠대. 아마 진심일 거야."

"지금 어디 있어?"

잠시 전화가 끊어졌다. 그는 낮게 욕을 했다. 캠퍼스 안은 평소에도 수신 상태가 고르지 않았다. 그런데 지금은 폭풍까지 불고 있으니. 통신망이 과부하가 걸렸거나 고장 난 걸 수도 있었다.

"율리아, 내 말 듣고 있어?"

로즈가 속삭였다.

"무슨 일이야?"

크리스는 고개를 저었다. 그러다가 다시 율리아의 목소리가 들리자 손을 들어 보였다.

"그 사람…… 완전히…….'"

율리아의 목소리가 떨렸다.

"미쳐버렸어."

또다시 연결이 끊어질 것처럼 이상한 잡음이 들렸다. 크리스는 얼른 휴대전화를 귀에서 떼어내 수신 안테나를 확인해 보았다. 수신 감도가 약해지고 있었다.

"율리아, 지금 어디 있어?"

크리스는 휴대전화를 높이 쳐들었다. 덕분에 통화가 끊어지기 전에 가까스로 마지막 말을 알아들을 수 있었다.

"수영장. 수영장에 있어. 혼자 와야……!"

마지막 문장은 또다시 지직거리는 잡음에 묻혀버렸다.

통화는 끝났다. 연결이 끊겼다.

크리스는 조금 전에 들은 소식이 마치 영을 향해 내려가는 초시계처럼 느껴졌다.

하지만 전체가 몇 시간인지 또는 몇 분에 불과한지조차 그는 알지 못했다.

퍼즐 조각

크리스는 벤저민과 로즈에게 율리아로부터 들은 이야기를 간단히 설명했다. 말을 하는 동안 그는 브랜던 교수의 서재에 있는 복고풍 시계의 똑딱거리는 소리를 들었다. 초침이 한 칸씩 넘어가면서 나는 작은 소리에도 그의 신경은 날카롭고 예민해졌다. 하루 종일 폭풍 소리와 눈보라와 맞서온 그는 이제 서서히 그것의 의미를 깨닫고 있었다. 폭풍이 잠잠해지고 있었던 것이다. 결코 멈추지 않는 이 작은 똑딱 소리는 꼭 '시간이 없어! 시간이 없다고!'라고 말하면서 그를 재촉하는 모스부호처럼 들렸다.

"잘 들어! 지금 내가 아는 건 당장 수영장으로 가야 한다는 것뿐이야!"

"시키는 대로 하지 않으면 데비를 죽이겠대."

크리스는 그 말을 숨겼다.

"너 혼자 가면 안 돼."

로즈가 고개를 저었다.

"율리아가 혼자 오랬어."

"그럼 우린? 우리더러 여기 가만히 앉아서 기다리고만 있으라고?"

"아니. 벤저민과 넌 스티브를 찾아봐. 내가 한 말을 제대로 알아들었다면 그는 벌써 테드 베이커의 시체를 찾아냈을 거야. 그다음엔 뭘 어떻게 해야 할지도 알겠지."

로즈가 그의 말을 받아치려고 하자 크리스가 손을 들어 보였다.

"서로 휴대전화로 계속 연락하면 돼. 율리아와 데비가 진짜 거기 있을 수도 있고 아니면 함정일지도 몰라. 솔직히 나도 모르겠어. 하지만 일단은 율리아가 말한 대로 할래."

로즈나 벤저민의 대답을 기다리지 않고 크리스는 돌아서서 재빨리 브랜던 교수의 집에서 나갔다. 그리고 한 번도 뒤를 돌아보지 않았다.

집 앞 계단을 내려가면서 그는 하늘이 개고 있다는 걸 알았다. 하루 종일 한 번도 해가 난 적이 없었다. 하지만 이제 먹구름이 계곡에서 물러나고 조금씩 맑은 하늘이 보이기 시작하자 크리스는 자신이 짐작했던 것처럼 그리 늦진 않았다는 느낌이 들었다. 이제 막 땅거미가 지고 있었다. 그가 미신을 믿었다면 맑아지는 날씨와 가볍게 공중을 휘날리는 눈발을 좋은 징조라고 여겼을지도 모른다.

***

눈이 수북이 쌓인 도로로 나오자 그는 망설였다.

어떤 길로 가야 할까?

왼쪽의 큰 문으로 간다면 목적지까지 빨리 갈 순 있었다. 그러면 수영장의 상황을 한눈에 볼 수도 있었다. 하지만 그렇게 되면 상대방도 그를 볼 수 있었다.

율리아가 몰래 전화를 했던 걸까? 그게 가능했을까?

아니면 브랜던이 수영장으로 오도록 유인한 걸까?

그런 생각을 하자 크리스는 자신도 모르게 오른쪽으로 방향을 틀었다. 좀 돌아가더라도 터널을 통해 가기로 했다. 멀리서 벤저민과 로즈가 뒤따라오는 소리가 들렸다. 하지만 그는 이 순간만은 그들의 존재를 생각하지 않기로 했다. 그의 생각은 오직 자기 앞에 놓인 것에 고정되어 있었다.

본관 로비에 들어서자 그는 폭풍이 저질러놓은 횡포에 시선을 두지 않고 곧장 계단으로 걸어가선 뛰어 내려가기 시작했다. 그리고 긴 복도를 지나 수영장으로 이어지는 50미터가량의 긴 터널을 통과했다. 회색의 밋밋한 콘크리트 벽으로 된 터널은 창문이나 문 같은 탈출구라곤 전혀 없어 갑갑하기 그지없었다.

그랬다, 모든 게 함정 같았다. 하지만 상관없었다. 율리아가 그에게 전화를 했고 그의 도움을 필요로 하고 있었다.

그는 터널을 달려가는 동안 이곳을 감시하고 있고 그의 움직임을 모두 기록하고 있을 감시 카메라가 떠올랐다. 그리고 그 카메라들이 눈으로 변해 자신의 뒤를 쫓는 장면을 상상해 보았다. 이 터널을 수백 번도 넘게 지나다녔지만 이토록 길고 음침하게 느껴진 적은 한 번도 없었다.

드디어 스포츠센터에 이르자 그는 다시 계단 위로 올라간 뒤 주위를 살피지 않고 곧장 수영장 입구로 갔다.

드디어 철문까지 세 걸음만 더 가면 됐다. 그의 기억이 맞는다면 오늘 오전 그들은 틀림없이 문을 열어둔 채로 나왔었다. 그런데······

드디어 한 걸음만 더 가면!

그는 심호흡을 한 뒤 문을 열었다.

***

암흑이 무거운 장막처럼 그를 감쌌다. 그는 암흑을 느끼고 맡을 수 있었다. 수영장 안에는 무거운 공기가 감돌았다. 그리고 평소에 익숙했던 소독약 냄새 대신 다른 냄새가 났다.

이게 무슨 냄새지?

크리스는 낯선 냄새의 정체를 알아내려고 신경을 곤두세웠다. 분명 식당에서 나는 냄새와 비슷한 것 같았다.

크리스가 예상했던 일은 일어나지 않았다. 대신 모든 게 비현실적으로 보였다. 차츰 어둠에 익숙해지자 크리스는 수영장 안이 생각했던 것처럼 완전히 깜깜하진 않다는 걸 알았다. 그리고 그곳엔 아무도 없는 게 분명했다.

주위를 희미하게 비추고 있는 파닥거리는 빛의 발원지를 알아내려고 주위를 둘러보던 크리스의 시선이 매끈한 수면 위에서 멈췄다.

그때 본 광경은 아마 평생 잊을 수 없을 것이었다.

황금빛으로 변한 물이 가벼운 물결에 너울거리는 모습은 마치 꿈을 꾸듯이 비현실적으로 보였다. 그런데 그 몽환적인 빛의 유희를 연출하는 건 수영장 바닥에 설치되어 있는 조명등이 아니라 물 한가운데서 거의 눈에 띄지 않게 살랑거리는 수많은 초들이었다.

촛불! 수백 개의 초가 수면 위로 따뜻한 빛을 뿜어내고 있었다.

크리스는 처음에는 초들이 서로 멀어지지도 가까워지지도 않는 게 그저 우연인 줄만 알았다. 그런데 자세히 보니 초들은 특정한 모양으로 배열되어 있었다.

수영장 가장자리를 따라 걸으면서 그는 초들이 어떤 모양을 이루고 있는지 알게 되었다. 그건 커다란 하트였다.

그리고 좀 더 가까이 가서 보니 하트 안에 다른 뭔가가 또 있었다. 바로 빨간 양귀비꽃과 가문비 나뭇가지를 엮어 만든 화환이었다. 흔히 11월 11일이 되면 무덤가에 갖다놓는 화환이었다.

그걸 보자 크리스는 온몸이 얼어붙는 것 같았다. 수영장엔 그가 기대했던 건 아무것도 없었다. 율리아도 없었고 그 밖에 다른 누구도 없었다. 대신 지금까지 줄곧 그를 괴롭혀왔던 불길한 예감, 하루 종일 마음을 짓누르고 있던 정의 내릴 수 없는 위협이 현실이 된 느낌이었다.

크리스는 이 모든 걸 끝내기 위해서는 오직 한 가지 방법밖에 없다고 생각했다. 그는 전등 스위치가 있는 오른쪽으로 몸을 틀었다. 불을 켜자 천장과 벽에 달린 형광등이 내보내는 예리하고 차가운 빛이 그를 소름 끼치게 했던 광경을 평범하게 만들어버렸다. 그와 함께 그의 이성도 다시 돌아왔다.

그제야 크리스는 테드 베이커의 시체를 보면서 오싹했던 이유가 단지 살인자가 피해자를 냉혹하고 잔인하게 죽였기 때문만은 아니었다는 걸 깨달았다. 그랬다. 그 살인자의 목적은 다른 데 있었다.

째깍- 째깍-

어디선가 시계의 초침 소리가 들렸다.

하지만 크리스는 움직이지 않았다. 초와 화환을 보고 난 뒤의 충격 때문에 그가 간과한 것이 있었다. 아니, 어쩌면 무의식적으로 보고 싶지 않았던 걸지도 모른다. 그건 바로 화환에 매어진 까만 리본이었다. 리본에는 금색으로 글씨가 쓰여 있었다.

그는 그 글씨를 읽어보기 위해 수영장 가장자리를 돌아 반대편으로 갔다.

'추모. 라우라 드 빈센츠.'

드 빈센츠?

저건 그 추모비에 적혀 있었던 이름들 중 하나 아닌가?

율리아가 유난히 집착했었던, 그래서 그곳에 자꾸만 가곤 했던 이유.

두 번째 리본 위에 쓰인 글은 처음엔 알아보기가 힘들었다. 그는 수영장에 손을 넣어 물결을 일으켰다. 물결이 살랑거리며 그가 원하던 대로 화환의 방향을 살짝 틀었다.

'출생: 1991년 12월 24일. 사망: 2010년 11월 11일, 영령 기념일.'

크리스는 유리창을 통해 밖을 내다보았다. 어느새 땅거미가 지며 11월의 밤이 시작되고 있었다. 이제는 익숙해진 바람의 신음 소리가 간간이 들려왔다. 폭풍은 이제 할 일을 다 했다는 듯이 물러가려 하고 있었다.

하지만 크리스는 한 발자국도 전진하지 못한 느낌이 들었다. 또다시 오도 가도 못하는 상황에 빠져 있었다. 무기력한 순간. 아버지가 세상을 떠난 날에도 그 느낌을 받았었다.

그는 전화를 받자마자 그곳으로 달려갔고 마음속으로 간절히 자기가 도착했을 땐 아버지가 이미 이 세상 사람이 아니기를 바랐다. 이미 결정되어버렸기를. 의사가 장담한 대로 가망 없는 목숨을 부지하려고 사투를 벌이지 않기를 빌었다.

하지만 현실은 달랐다. 그는 아버지가 죽는 모습을 보고야 말았다. 신음 소리, 마지막 순간까지 힘겹게 내쉬던 숨소리를 들었고 방 안 가득히 떠도는 죽음의 냄새를 맡았다. 하지만 그가 할 수 있는 일이란 아무것도 없었다. 오직 기다리는 것밖엔.

그래서 그는 그 일이 또다시 일어나선 안 된다고 생각했다.

아직은 늦지 않았어.

율리아를 구할 시간이 남았어.

그 생각과 함께 경직되어 있었던 그는 제정신을 차렸다.

크리스는 밖으로 나가기 위해 곧장 문으로 돌아갔고 문고리를 막 잡으려는 순간 노크 소리가 났다.

그는 고개를 돌려 어두운 유리창을 돌아보았다.

창밖에 누가 서 있었다. 누구인지 알아볼 수는 없었지만 크리스는 보자마자 등줄기가 서늘해졌다. 그는 순간 자신이 정신이 나간 게 아닌지, 유리창에 얼굴을 바짝 갖다 대고 있는 사람이 환영이 아닌지 하는 생각이 들었다.

그런데 다시 노크 소리가 들렸다. 이번엔 더 크고 또렷했다.

그리고 바깥에 서 있던 남자가 손을 흔들었다.

크리스는 심장이 터질 듯이 뛰기 시작했다.

그럴 리 없어.

크리스는 그 상황을 이해해보려고 했다. 하지만 외투로 온 몸을 꽁꽁 싼 그 남자, 바깥에서 그를 향해 손짓을 하고 있는 이는 브랜던 교수가 틀림없었다.

이제 그가 모은 퍼즐 조각은 맞지 않았다.

667번 도로 위의 사고

브랜던 교수가 유리문을 통해 수영장 안으로 들어오자 크리스의 마음속에 있던 의구심은 한순간에 사라져버렸다.

"비숍 군! 지금 여기서 뭐 하는 건가?"

교수는 그렇게 말하더니 크리스의 어깨 너머로 수영장 쪽을 힐끗 보고는 황당한 표정을 지었다.

"저건 또 뭐지? 혹시 학생이 한 짓인가? 저것도 학생들의 터무니없는 장난의 일종으로 봐야 하는 거야?"

그는 코웃음을 치더니 말을 이었다.

"비숍 군은 지금 밖에서 어떤 일이 일어나고 있는지 알고 있기나 하나?"

크리스가 고개를 끄덕이곤 냉정하게 말했다.

"그럼요. 무슨 일이 일어나고 있는지 아주 잘 알죠. 그러는 교수님은요? 교수님은 아시나요?"

조금 전까지만 해도 크리스는 브랜던 교수가 모든 사람들이 알고 있던 그 사람이 아니라고 확신했었다. 그가 바로 테드 베이커를 죽이고 율리아와 데비를 어딘가에 감금해놓은 끔찍한 사이코패스라고 믿었던 것이었다. 하지만 이제 그와 직접 대면하고 보니 확신이 흔들리기 시작했다. 교수의 시선은 또렷했고 신중했으며 표정은 몹시 충격을 받은 듯했다.

"……무슨 뜻인가요?"

"율리아는 어디 있죠?"

"율리아 양? 율리아 프로스트 학생을 말하는 건가?"

"율리아가 걔 말고 또 있나요?"

"그건 나도 모르지. 어쨌든 내가 알기론 전부 다 학교에서 떠난 줄 아는데."

거짓말일까?

브랜던 교수가 꾸며댄 말에 혹시 속고 있는 건 아닐까?

하지만 만약 그의 말이 사실이라면?

한순간 크리스는 그에게 달려들어 바닥에 패대기치고 싶은 충동을 느꼈다. 예전 같으면 실제로 그랬을 수도 있었다.

브랜던 교수는 수영장의 뒤쪽 문을 활짝 열었다. 다시 말해 그는 수영장 열쇠를 갖고 있었던 것이다. 차가운 바람이 들어왔지만 크리스는 아랑곳하지 않았다. 지금의 상황에 대해 길게 설명할 시간이 없었다. 한시라도 빨리 율리아를 찾아야 했다.

율리아가 브랜던 교수의 집에 있는 게 아니라면 대체 어디 있는 거지? 누가 그녀를 끌고 간 걸까? 그리고 날 이곳으로 유인한 이유는 뭐지?

크리스는 다시 한 번 그날의 일들을 돌이켜 생각해보았다. 여러 가지 사건들이 공기 중에 휘날리는 눈발처럼 머릿속에서 소용돌이쳤다. 그의 뇌는 각각의 사건들을 저장했고 그 사건들을 이성적으로 서로 이어보려고 했지만 여전히 어떤 연결고리도 발견하지 못했다.

이대로 영영 해결하지 못하면 어쩌지?

벌써 몇 초가 흘러갔다. 귀중한 시간이 낭비되고 있었다. 그리고 이 모든 사건들과 연관이 있을 것 같은 한 사람의 이름이 자꾸만 떠올랐다. 표면 위에 있는 단 하나의 이름.

스티브 메이슨.

계속 율리아에게 추파를 보냈던 스티브. 아무렇지 않게 농담을 걸며 친한 척 굴던 남자. 하루 종일 코빼기도 보이지 않다가 하필 영화 감상실에 갇혀 있던 그들을 꺼내준 그. 그리고 크리스는 오늘 오전에 그가 수영장 안을 어슬렁거리던 모습도 보았었다! 크리스는 등줄기가 서늘해졌다.

벤저민과 로즈는 지금 그를 열심히 찾아다니고 있을 거야.

그 순간 브랜던 교수가 그의 어깨에 손을 올리곤 물었다.

"비숍 군, 얼굴이 꼭 귀신을 본 것처럼 창백하군! 어떻게 된 건가? 무슨 일이 있었는지 어서 말해보게."

하지만 크리스는 아무 설명도 없이 그냥 지나가려고 했다.

"빨리 개들을 찾아야 해요. 안 그러면 또다시 끔찍한 일이 일어날지도 몰라요."

그러자 교수가 그를 붙들어 세웠다.

"누굴 찾아야 한다는 거지? 또다시 끔찍한 일이 일어난다니, 그 일이란 게 대체 뭔가?"

하지만 크리스는 대답 대신 교수의 손을 뿌리치고 밖으로 뛰어나갔다. 등 뒤에서 그의 이름을 부르는 소리가 들렸지만 그는 돌아보지 않았다.

크리스의 앞에는 눈 덮인 도로가 펼쳐져 있었다. 길 오른쪽으로 수영장의 정면이 보였다. 그는 왼쪽으로 꺾어 방갈로로 가는 좁은 길을 달려갔다. 그곳에는 바람이 불지 않았는지 사방에 어지럽게 찍혀 있는 발자국들이 아직도 선명했다.

아까 로즈와 벤저민은 본관 건물 안까지 그를 따라왔었다. 그런 다음 제일 먼저 보안실로 돌아갔을 것이다. 어쩌면 그들은 아직 거기에서 감시 카메라로 스티브를 찾고 있을지도 몰랐다.

드디어 방갈로가 있는 곳에 이르자 그는 무심코 브랜던 교수의 집이 있는 왼쪽을 쳐다보았다. 현관문이 여전히 열려 있었다. 그곳에서 나온 게 벌써 까마득하게 느껴졌다. 그는 눈길을 가로질러 터벅터벅 걸어갔다.

뒷마당으로 가는 문 역시 열려 있었다.

오늘 하루 동안 문을 몇 개나 지나갔을까?

셀 수 없이 많았다. 하지만 그 문들은 모두 그를 혼란스럽게 만 했었다.

달려가는 동안 그는 혹시 율리아가 그사이 메시지를 보내진 않았을까 하는 바람으로 주머니에 넣어둔 휴대전화를 꺼내 액정을 들여다보았지만 메시지는 없었다.

하지만 그 덕분에 좋은 생각이 떠올랐다. 크리스는 손가락이 덜덜 떨려서 하마터면 휴대전화를 떨어뜨릴 뻔했다.

정신 똑바로 차려, 크리스.

그는 눈을 감고 연락처 목록에서 전화번호를 찾는 데 집중했다. 그리고 마침내 원하던 이름을 찾아 번호를 누르려던 순간 본관 건물의 후문이 열리더니 세 사람이 걸어 나왔다.

그들이 그쪽으로 다가왔고 동시에 등 뒤에서도 누군가 걸어오는 소리가 들렸다.

"크리스!"

로즈의 목소리였다.

"율리아를 찾았어?"

그는 천천히 고개를 가로저었다.

뒤에서 다가온 사람은 브랜던 교수였다. 바람 때문인지 그의 목소리가 아득히 먼 곳에서 들려오는 듯했다.

"지금 무슨 일이 일어나고 있는 건지 학생들이 설명 좀 해주겠나?"

그러자 남자가 대답했다.

"제 동료가 죽었습더. 지금 시체가 지하 3층에 있는데예, 총에 맞은 것 같습더."

스티브였다.

로즈가 그의 옆으로 다가오더니 이제 어떻게 하면 좋을지를 묻는 표정으로 크리스를 쳐다보았다.

스티브.

브랜던.

둘 다 아니라면 그럼 대체 누구지?

"그렇지만 이해가 안 되는군⋯⋯."

브랜던 교수의 목소리는 차분했다.

"경찰에 신고했는데예, 오전에 난 사고 때문에 아직 도로가 폐쇄된 상태랍니더. 거기다가 이런 눈보라에는 헬리콥터도 못 띄운다네예. 안 그래도 사태가 심각한데 이런 일까지 터졌으니 우짜믄 좋습니꺼?"

크리스는 스티브를 빤히 쳐다보았다.

사고!

TV를 통해 사고 소식을 접하면서 찜찜한 느낌이 들었었지만 그때까지만 해도 그게 뭔지 정확히 알지 못했었다.

그런데 지금은?

지금은 그 일에 대해 오래 생각할 시간이 없어. 안 그래, 크

리스?

하지만 생각해봐! TV에서 정확히 뭘 봤더라?

그는 혼란스러워진 머릿속을 다시 정리하려고 고개를 흔들었다.

구급차. 사이렌 불빛.

기억이 돌아왔고 TV에서 본 장면이 마치 내면의 눈처럼 나타나 깜빡거렸다. 밝은색 차. 눈보라가 심해서 거의 알아볼 수가 없었는데……

아니, 잠깐!

그제야 그는 그 장면이 왜 계속 거슬렸는지 이유를 알았다.

바로 다리 때문이었다.

왜 처음엔 알아차리지 못했지?

화면에 보였던 그 다리는 차단기에서 불과 3킬로미터 내지 4킬로미터밖에 떨어져 있지 않았다. 다시 말해 고갯길을 통과하기 전 지점이었던 것이다.

그렇다면 그들이 학교로 돌아올 때 사고 장면을 목격했어야 했다.

하지만 그들은 사고 현장을 보지 못했다.

그건 무슨 뜻이지?

생각들이 머릿속에서 소용돌이쳤다.

그건 오늘 아침 그레이스 대학을 마지막으로 떠난 게 크리스 일행이 아니었다는 걸 의미했다. 천만에! 그들이 학교로 돌아온 이후에도 한참 동안 누군가는 캠퍼스에 있었던 게 틀림없었다.

크리스는 단번에 브랜던 교수의 곁으로 다가가 그의 어깨를 잡고 흔들었다.

"교수님은 그 사고 보셨어요? 667번 도로에서 난 사고 말이에요."

그러자 브랜던이 넋이 나간 표정으로 그를 쳐다보았다.

"당연하지. 이케가 갑자기 차에서 뛰어내리는 바람에 찾으러 돌아왔었거든. 오던 길에 사고 지점을 지나가게 되었는데 마침 경찰들이 운전석에 있던 애너벨 포르스터를 끌어내고 있었어. 정말 끔찍한 장면이었네."

애너벨 포르스터.

밝은색 차.

포르스터 교수의 흰색 링컨.

크리스가 울부짖듯이 물었다.

"그럼 그는요? 포르스터 교수님은 어떻게 됐어요?"

"포르스터? 내가 사고 장소를 지날 때까진 행방불명이라고 했는데……."

브랜던은 잠시 말을 멈추고 이마를 쓸었다.

"아마도 차가 충돌할 때 차 밖으로 튕겨나간 거겠지. 실은 나도 밖에서 계속 그를 찾아다니는 중이었다네. 어쩌면 학교로 돌아왔을지도 모른다고 생각했거든. 쇼크 상태로 말이지.

무슨 말인지 알아듣겠나?"

크리스는 주위를 두리번거렸다. 길가에 나란히 줄지어 서 있는 방갈로들은 거의 구분이 안 될 정도로 겉모습이 똑같았다. 똑같은 창문, 똑같은 계단, 그리고 똑같은 난간!

젠장!

크리스는 데비가 그 계단들 중 어느 한곳으로 올라가는 모습을 봤을 뿐이었다. 그런데도 그는 그녀가 브랜던 교수의 집으로 가고 있다고 믿어버렸다.

다음 순간 그는 벌써 도로를 가로질러 포르스터 교수의 집 현관문 앞에 서 있었다.

문은 잠겨 있지 않았다.

그는 노크도 하지 않고 안으로 들어갔다.

***

겉보기엔 똑같은 집.

하지만 내부는 완전히 달랐다.

크리스는 등 뒤에서 자길 부르는 목소리를 들었지만 그냥 무시해버렸다.

이번에는 좀 침착해지기로 했다. 사실은 전혀 그럴 수 없는 상황이었지만. 시간이 계속 흘러가고 있었다. 그럴수록 율리아를 구할 수 있는 시간이 줄어들고 있는지도 몰랐다. 또 한

번의 실수는 용납할 수 없었다.

그는 주위를 둘러보았다.

제일 처음 눈길이 간 건 복고풍 서랍장이었다. 그 위에는 금색 틀의 거울과 꽃병이 놓여 있었는데 꽃병에 꽂혀 있는 빨간 양귀비가 내뿜는 향기에 정신이 혼미해지는 듯했다.

옷걸이에는 재킷과 외투가 나란히 걸려 있었고 신발장 안에도 신발들이 마치 자로 잰 듯 반듯하게 놓여 있었다. 비뚤게 걸린 액자는 물론이고 허공에 떠다니는 먼지 한 톨조차 없었다.

그는 잠시 숨을 멈추고 자신의 심장 소리를 들었다.

이번에는 그의 직감이 맞았던 것이다.

"크리스?"

그는 고개를 저었다.

방해하지 마.

다른 사람의 머릿속에서 무슨 일이 일어나고 있는지를 알려주는, 이마에 붙이는 팻말 같은 건 왜 없는 거지?

하지만 평소에는 섬세하고 소극적이던 로즈가 그의 팔을 잡고선 말을 걸었다.

"크리스, 이것 좀 봐."

그는 또다시 고개를 저었다.

지금 바빠. 말 걸지 마. 날 가만 놔둬.

뭔가가 이곳 분위기를 방해하고 있어. 그게 뭐지?

흰 타일 바닥에 찍힌 더러운 신발 자국!

밖에서 집 안으로 끌고 들어온 더러운 눈덩이가 작은 웅덩이를 이루고 있었다.

그것도 곳곳에.

"크리스! 여기 메시지가 있어! 율리아에게 온 메시지야!"

크리스는 소스라치게 놀랐다.

"이것 봐. 이게 바닥에 놓여 있었어."

로즈가 쪽지를 내밀자 그는 망설임 없이 낚아챘다.

글자들이 눈앞에서 아른거렸다.

발신인: remembrance@grace.on.ca
과거의 일을 기억하기 위한 날.
잃어버린 시간을 찾아서!

그가 쪽지를 읽는 동안 귓속에서 속삭이는 소리가 들렸다.

난 네 아버지가 무슨 짓을 저질렀는지 다 알고 있다!

운명의 아이러니

희한했다.

해 질 녘인데도 하늘이 하루 중 그 어느 때보다 더 밝은 것 같았다. 하루 종일 떠돌며 계곡을 어둠에 휩싸이게 했던 두꺼운 구름이 차츰 걷히고 있었다.

크리스는 계단 꼭대기에 서서 눈 덮인 도로를 내려다보고 있었다. 바람이 더는 불지 않아서 발자국들이 고스란히 남아 있었다. 흔적을 지워버릴 눈도 내리지 않았다.

그가 아버지에게서 배운 게 있다면 그건 바로 이 세상일들이 서로 연관되어 있다는 것, 그것도 아주 밀접하게 연결되어 있다는 것이었다. 따라서 지난 시간 동안 너무 두꺼워서 꿰뚫어 볼 수 없었던, 그래서 그의 눈에는 오히려 헐거운 실타래 정도로만 보였던 각각의 사건들도 실은 서로 뗄 수 없는 긴밀한 관계에 있는 게 틀림없었다.

그는 계단을 내려가서 스포츠센터를 지나 호수로 내려가는 길이 있는 왼쪽 방향을 돌아보았다.

포르스터 교수의 집 현관문의 열린 틈으로 새어 나오는 밝은 불빛이 도로에 남아 있는 발자국들을 선명하게 비췄다. 그 발자국들은 누구의 눈치도 보지 않고 당당하게 걸어간 느낌을 주었다.

다시 큰 문이 있는 곳으로 고개를 돌렸다.

그곳 역시 도처에 발자국들이 남아 있었다.

얼어붙은 눈에 선명하게 찍힌, 끝이 보이지 않는 발자국들.

내 발자국은 어떤 걸까? 스티브의 발자국은? 브랜던 교수의 것은? 어떤 게 오늘 아침 율리아의 발자국이고 데비의 납작한 플랫 슈즈 자국일까?

그들은 어느 방향으로 향했지?

크리스는 계속 걸어가서 큰 문을 지났다.

뒤에서 스티브와 브랜던 그리고 벤저민이 그를 부르고 있었다. 그들의 목소리는 긴장되고 격앙되어 있었다. 아니, 거의 공포에 떨고 있었다……. 하지만 그는 뒤돌아보지 않았다.

"비숍 군! 거기 서게! 그래봤자 소용없어!"

로즈도 소리쳤다.

"너 혼자선 개들 못 찾아. 어디 있는지도 모르잖아!"

점점 더 어둠이 짙어져서 발자국을 알아보기가 힘들었다. 질척한 눈이 바지와 신발에 묻었다. 그는 거의 앞으로 나갈 수가 없었다. 힘겨운 걸음으로 크리스는 이미 자기 앞 눈 속에 깊이 박힌 발자국을 따라 밟으려고 애썼다. 한 발 한 발 옮길 때마다 그는 더 깊은 구멍으로 빠지는 것만 같았다. 그런데 그는 다음 걸음을 어디로 옮겨야 할지 본능적으로 알았다.

발자국과 발자국 사이의 거리는 얼마일까? 기껏해야 50센티미터일 거야…… 그러니까 보폭이 갑자기 달라지면 금세 알아차릴 수 있어.

그들보다 더 빨리 걸어야 했다. 그들은 데비와 함께 있었다. 크리스는 오늘 아침 데비가 눈길을 얼마나 느릿느릿 걸어갔는지 똑똑히 기억했다. 따라서 그들은 빨리 가지 못했을 것이었다.

크리스는 다른 사람들이 아직도 자신을 뒤따라오고 있는지 알 수 없었다. 솔직히 말해 그건 중요하지 않았다. 하지만 발걸음을 옮길 때마다 너무너무 힘이 들었다. 크리스는 해내지 못할까봐 두려웠다. 발이 눈에 빠질 때마다 쇳덩이처럼 무겁게 느껴졌다. 헉헉대는 자신의 숨소리가 들렸고 옷이 축축해서 오한이 들었지만 그게 땀 때문인지 아니면 젖은 옷 때문인지 알 수가 없었다. 심장이 터질 것만 같았고…… 축축한 공기를 너무 많이 들이마셔서 폐가 얼어붙을 것 같은 느낌마저 들었다.

그렇지만 그는 멈춰 설 수 없었다. 걸음을 멈추자마자 다시 생각이 시작될 테니까.

생각에 빠져들면 안 돼. 그 즉시 돌아버릴 거야.

그렇게 계속 걸어가고 있는데 갑자기 번개에 맞은 것처럼 아무것도 느껴지질 않았다. 마치 의식이 몸을 떠난 것처럼. 오직 호숫가 산책로를 따라 북쪽 호숫가까지 간 뒤 거기서 산 위로 올라가야 한다는 생각뿐이었다.

그러다 어둠 속에서 자신이 걸어가고 있는 길의 종착지가 어디인지를 깨닫게 된 건 다리에 다다랐을 때였다.

추모비.

영령 기념일.

그제야 그날 일어난 일들의 퍼즐 조각이 서서히 맞춰지는 것 같았다.

***

크리스는 영웅이 아니었다. 그는, 누가 한 말처럼 그저 늘 제할 일만 하는 그런 사람이었다. 그러던 중 아버지가 세상을 뜨며 아들에게 빌어먹을 유산을 남겼다. 공허함과 불확실함 그리고 산더미 같은 의문들. 아버지와 이 계곡에 대한 의문들. 그리고 그 의문들은 크리스 자신이 직접 찾아 나서지 않는 한 영원히 답을 얻을 수 없었다.

그의 천재 아버지는 스무 권이 넘는 책을 썼다. 브랜던 교수가 늘 말했듯이 삶에 관한 위대한 의문에 대해 답을 제시하고 있다고 믿게 만드는 책들이었다. 하지만 그의 아버지가 책에 적은 글들은 매번 또 다른 의문들을 던져놓곤 했다.

갈림길에서 멈춰 선 크리스는 진정 아직도 답을 알고 싶은지 자신에게 물어보았다.

대답은 '그렇다'였다. 율리아, 그녀를 위해.

숲이 점점 더 우거졌다. 어둠이 모든 걸 삼켜버렸다. 추모지까지 질러가는 지름길 같은 건 없었다. 크리스가 그곳에 가본 건 그저 율리아를 따라간 두어 번이 다였다.

그는 경사면을 거의 기다시피 올라가면서 자꾸 발을 헛디뎌 비틀거렸고 그럴 때마다 눈 위로 튀어나와 있는 뿌리나 그루터기에 의지해 균형을 잡곤 했다. 이따금씩 넘어지기도 했지만 그는 단 1초도 낭비하지 않고 재빨리 일어났다.

그리고 그들의 소리를 들었다.

분명히! 틀림없었다.

데비의 투덜거림. 징징거리는 말투. 그사이 그녀의 말투에 너무나 익숙해져서 그는 어딜 가든 그녀의 존재를 금세 알아차릴 수 있을 것 같았다. 그런데 처음으로 그런 그녀의 목소리가 반갑게 느껴졌다. 아니, 너무 좋아서 하마터면 소리까지 지를 뻔했다.

멀지 않은 곳에 그들이 있어!

그는 자신도 모르게 발걸음을 늦췄다. 발아래서 눈이 사각

거리자 크리스는 숨을 참았다. 자기 귀에는 발소리마저 너무 크게 들려 들킬까봐 조마조마했다.

포르스터 교수가 뭘 하려는 건지, 어떤 동기로 이런 짓을 하는지, 왜 두 여학생을 하필 이곳으로 데리고 왔는진 알 수 없었다. 하지만 어쨌거나 모험을 할 순 없었다.

그는 이 나무에서 저 나무로 몸을 감추며 앞쪽에서 들려오는 소리에 귀를 기울였다. 하지만 데비의 소리가 가까이서 들려오는데도 그들의 모습은 보이지 않았다.

데비가 함께 있는 사람이 율리아와 포르스터 교수인 건 확실할까?

이상하게도 데비의 목소리밖에 들리질 않았다.

그러다가 갑자기 크리스는 하늘을 올려다보았다.

잔잔한 바람에 살랑살랑 흔들거리는 키 큰 가문비나무들의 수관이 둥근 원을 이루고 있는 곳. 바로 추모비가 있는 곳이었다! 크리스는 바닥에 앉아 쓰러져 있는 나무 그루터기에 귀를 바싹 대고 소리를 들었다. 자신의 숨소리조차도 너무 크게 들려 움직일 엄두가 나질 않았다. 주머니에 있던 휴대전화를 찾아 아무 버튼이나 눌러보았다. 그러자 어둠 속에서 액정에 환하게 불이 들어왔다. 그는 얼어붙은 손가락으로 자판을 누르기 시작했다.

'추모비.'

그런 다음 겨우 벤저민의 전화번호를 찾아 메시지를 보냈다. 그러고선 다시 주머니에 넣으려는 순간 무음 모드로 바꿔야겠다는 생각이 들었다.

크리스는 무릎을 꿇고 엎드린 채로 눈길을 기어갔다. 마침내 추모비가 있는 곳에 다다랐다.

세 사람이군! 다행이야!

그가 제일 먼저 발견한 건 포르스터 교수였다. 그는 손전등을 들고 서 있었고 오늘 아침 그를 향해 손을 흔들었을 때 입고 있던 바로 그 외투를 걸치고 있었다.

그가 있는 곳에서 오른쪽으로 3미터가량 떨어진 곳에 데비가 서 있었다. 그녀는 오른손으로 연신 눈물과 콧물을 닦으면서 큰 소리로 훌쩍거리며 울고 있었다. 데비의 앞에는 커다란 구덩이가 입을 벌리고 있었고 그 옆에는 흙이 한 무더기 쌓여 있었다.

포르스터는 그녀를 신경 쓰지 않았다. 그는 정확히 크리스가 있는 방향을 보고 서 있었고 율리아는 그 반대편에서 포르스터를 마주 보고 서 있었다.

밝은 손전등이 그녀의 얼굴을 정면으로 비추었다. 즉 크리스가 몸을 일으키면 곧장 들킬 수 있었다.

어떡하지?

데비와 율리아를 여기까지 어떻게 데려왔지?

죽은 테드 베이커의 모습이 갑자기 눈앞에 떠올랐다. 머리에 난 구멍. 권총집에서 사라져버린 권총.

크리스는 자신의 눈앞에 펼쳐진 장면이 영화 속 장면처럼 전혀 실감 나질 않았다.

어떤 일이 벌어질까? 포르스터 교수의 진짜 정체가 뭐지? 권총으로 희생자를 난사하는 연쇄살인범? 아니면 갑자기 미쳐버린 정신병자?

하지만 눈밭 한가운데 서 있는 포르스터는 평소처럼 반듯한 가르마에 고리타분한 안경을 쓰고 있었다. 그의 목소리 역시 평소처럼 상대의 약점을 알아내려는 듯 날카로우면서 한편으론 참을 수 없이 지루했다. 또 그가 하는 말 역시 책에서 베낀 듯 딱딱하고 틀에 박혀 있었다.

"이 구덩이는 네 아버지가 날 위해 파놓았던 거란다. 하지만 이젠 네 무덤이 되겠지!"

"우리 아빠가요?"

율리아의 목소리는 겁을 먹었다기보다는 긴장한 것처럼 들렸다.

"지금 대체 무슨 말씀을 하시는 거예요?"

"이 추모비에 있는 남자 말이다. 마크 드 빈센츠."

크리스는 몸이 굳었다.

마크 드 빈센츠가 율리아의 아버지라고?

크리스의 머릿속에 화환에 쓰여 있던 이름이 떠올랐다. '라우라 드 빈센츠.'

뭐지?

율리아가 큰 소리로 말했다.

"제 이름은 프로스트예요. 율리아 프로스트!"

그러고선 잠시 망설이더니 이렇게 덧붙였다.

"저를 다른 사람과 착각하셨나봐요."

"다른 사람은 몰라도 난 못 속인단다."

또다시 지루하기 짝이 없는 목소리.

"난 다 알고 있어."

"교수님이 무슨 말씀을 하시는지 정말 모르겠어요."

"그렇다면 내가 기억나도록 도와주마."

포르스터 교수는 마치 강의 시간에 수업 내용을 이해하지 못하는 학생을 다루듯이 말했다.

그때 데비가 울먹이며 끼어들었다.

"저는 보내주세요. 전 그 일이랑 아무 상관도 없다고 수없이 말씀드렸잖아요. 맹세할게요. 그 일에 대해서 한 마디도 안 하겠다고요. 관 속에 들어갈 때까지 입 꾹 다물게요."

하지만 포르스터는 그 말을 무시했다. 데비를 아예 없는 사람 취급하는 것 같았다.

그는 율리아 앞으로 한 발짝 가까이 다가갔다.

"자, 어디부터 시작하면 좋을까? 그 이야기를 끝부터 듣고 싶니, 처음부터 듣고 싶니? 아니면 전부? 전부 다 얘기해줄까?"

율리아는 대답하지 않았다.

"내 동생 이름은 폴이었단다. 내 동생은…… 네 동생 로버트와 여러모로 닮은 점이 많았지."

"저한테 그런 얘기를 왜 하시는 거죠?"

"그 이름을 듣고 뭐 생각나는 거 없니? 폴 포르스터라는 이름 말이다."

크리스는 깜짝 놀랐다.

폴 포르스터.

약 3개월 전 크리스와 친구들 모두를 혼란에 빠뜨렸던 이름. 크리스는 고스트 산에 올라갔었던 9월의 일들이 떠올랐다. 그때 폴 포르스터라는 이름의 남학생도 함께 갔었는데 나중에야 폴 포르스터가 그의 진짜 이름이 아니었다는 사실을 알게 되었다. 어쨌거나 그 폴이라는 남자는 산에서 내려오던 길에 소리 없이 사라져버렸고 그 후로 영영 나타나지 않았다. 내려오던 길에 카티는 크레바스에 빠진 등반 안내인을 구출하려다가 그 안에서 시신을 발견했는데 그 시신이 지니고 있던 여권에는 폴 포르스터라는 이름이 적혀 있었다. 아마도 그들이 발견한 그 시신이 진짜 폴 포르스터였던 모양이었다.

하지만 그들은 그 일에 대해 절대로 그리고 아무에게도 발설하지 않겠다고 서로 맹세했었다.

"폴 포르스터라고요? ……아뇨, 모르겠는데요!"

율리아가 왜 저러는 거지?

그녀는 자신이 얼마나 위험한 상황에 처해 있는지 모르는 듯했다. 크리스는 숨이 막혔다.

그걸 어떻게 알겠어? 포르스터가 자신이 테드 베이커를 죽인 살인자라는 말을 하지 않았을 텐데. 나처럼.

율리아는 포르스터가 그런 짓도 서슴없이 저지를 수 있는 사람이라는 걸 알 리가 없었다.

포르스터가 들고 있던 손전등이 흔들거렸다. 크리스는 그가 화가 나 있고 흥분해 있다는 걸 눈치챘다. 그는 들킬까봐 불안해서 몸을 눈 속으로 더 깊이 숨겼다.

"그래? 하지만 그 산 위에서 내 동생을 죽인 게 바로 네 아버지였다는 얘기를 들으면 네 생각도 달라질 거다."

그 말에 데비가 깜짝 놀라 비명을 내질렀다.

크리스는 율리아의 표정을 볼 수가 없었다. 하지만 손전등에 비친 그녀의 몸이 바들바들 떨고 있다는 건 알 수 있었다.

저게 율리아가 지금껏 숨기고 있던 비밀의 실체였을까? 율리아가 어느 누구에게도 말할 수 없었던 비밀?

하지만 율리아는 조금도 동요하지 않고 아주 침착하게 대답했다.

"말씀드린 것처럼 절 다른 사람과 착각하신 거예요. 우리 아버지의 이름은 콜린이에요. 콜린 프로스트. 우리 아버지는 런던에 있는 은행에 다니시고 캐나다에는 한 번도 오신 적이 없어요."

"난 네 진짜 아버지에 대해 얘기하고 있는 거란다."

"저도 마찬가지예요."

그러자 포르스터가 율리아의 팔을 거칠게 잡아챘다. 갑자기 태도를 바꾸기로 한 모양이었다.

"너희들, 그 위에서 뭘 봤지?"

"아무것도요."

"속일 생각 하지 마. 난 거짓말하는 거 질색이니까. 카티 베스트가 나에게 이메일을 보냈어. 폴 포르스터라고 했던 그 남학생에 대해서 묻고 또 물었지. 대체 거기서 뭘 본 거야?"

크리스는 포르스터보다 더 크고 힘도 더 셌다. 그냥 이대로 뛰어나가서……

망설이는 사이 포르스터가 데비를 붙들더니 무릎을 꿇게 하고선 머리를 눈 속에 처박았다. 바로 그 순간 크리스는 그의 손에 권총이 있다는 걸 알아차렸다.

율리아는 떨리는 목소리로 외쳤다.

"데비를 놔줘요! 걔는 이 일과 아무 상관도 없잖아요. 고스트에 함께 가지도 않았단 말이에요! 그 일에 대해선 아무것도 몰라요."

"그 일이라니. 그리고 뭘 모른다는 거지?"

데비가 두 발을 버둥거렸다.

율리아가 한 발 앞으로 나갔다.

"놔줘요. 그럼 다 설명할게요."

그러자 데비의 목덜미를 잡았던 손이 느슨해졌다. 데비가 고개를 쳐들고 숨을 몰아쉬었다.

포르스터는 데비를 놔준 뒤 율리아 쪽으로 몸을 돌렸다. 데비는 두 손과 발로 거의 기다시피 해서 그 자리를 벗어나더니 쓰러져서 엉엉 울었다.

"자, 어서 말해봐."

율리아가 말했다.

"맞아요. 우리가 그 사람의 시체를 발견했어요. 폴 포르스터 말이에요."

"그래서?"

"그는 크레바스 안에 있었어요."

율리아는 카티가 본 것에 대해 숨겼다. 그의 등에 도끼가 꽂혀 있었다는 것, 즉 폴 포르스터가 자연사한 게 아니라는 사실에 대해.

크리스는 심장이 터질 것 같았다.

무슨 수를 써야 해. 무작정 덤벼들어봤자 소용없어!

포르스터 교수는 20여 미터 떨어져 있었고 게다가 율리아에게 총까지 겨누고 있었다.

크리스는 깊이 심호흡을 한 뒤 수풀 사이로 몸을 숙인 채 왼쪽으로 이동했다. 빽빽하게 서 있는 가문비나무를 건드릴 때마다 나뭇가지 위에 쌓여 있던 눈이 쏟아졌다.

젠장, 이러다간 들키는 건 시간문제야!

"그러니까 포르스터의 시체를 발견해놓고 한마디 말도 안

했다는 거지?"

포르스터 교수는 다시 침착해졌지만 말투에선 느긋함이 사라져 있었다.

"시체를 크레바스에서 꺼내 올 수도 있었잖아. 그러면 내가 제대로 잘 묻어줬을 텐데. 그걸 보고서도 모두 숨겼단 거야?"

그 순간 데비가 소리쳤다.

"전 몰랐어요! 아무것도 몰랐다고요! 저는 같이 가지 않았어요!"

하지만 포르스터는 데비의 말을 들은 체 만 체 하고 대신 율리아를 자기 쪽으로 끌어당겼다.

그런 다음 명령했다.

"뛰어내려!"

손전등이 비석 옆에 있는 구덩이를 비췄다.

크리스는 눈 위로 조심조심 발걸음을 옮겼다.

좀 더 서둘러! 제길, 이러다가 늦겠어!

"뛰어내리라고!"

하지만 율리아는 순순히 그가 시키는 대로 하지 않았다. 대신 온 힘을 다해 저항하며 소리쳤다.

"교수님의 동생이 살해되었다고 어떻게 확신하시죠? 발을 헛디뎌서 떨어졌을 수도 있잖아요! 아님 혹시 교수님도 그 자리에 함께 계셨었나요? 교수님도 그 사라진 학생들 중 한 명이시냐고요!"

"내가?"

포르스터는 코웃음을 쳤다.

"천만에. 그들은 내가 함께 가는 걸 원치 않았어. 나한테 바로 이 자리에서 만나자고 했지만 약속 시간에 아무도 오지 않았더군. 대신 날 위한 무덤을 파놓았지. 바로 그 구덩이야. 거기다가 내 이름이 적힌 십자가까지 세워뒀더군."

드디어 크리스는 목표 지점에 이르렀다. 포르스터의 시선이 미치지 않는 곳에.

어서 서둘러야 해!

크리스가 포르스터를 향해 덤벼들려는 순간 갑자기 교수가 소리쳤다.

"자네가 하필 크리스토퍼 비숍과 애인 사이라니, 참 희한한 인연이지 않나! 크리스토퍼 비숍은 존 비숍 교수의 아들이거든. 그들이 신처럼 떠받들던 존재였지! 물론 니체는 신이 죽었다고 했지만. 그들은 모두 비숍 교수의 강의에 열광했어!"

크리스는 몸이 돌처럼 굳어버렸다.

"존 비숍은 니체 강의를 했었지. 혹시 브랜던이 그 이야기도 해줬나? 크리스의 아버지가 이끌었던 클럽에 대해서. 비숍 교수는 아주 독특한 방식으로 학생들을 선택했었어."

율리아가 그의 말을 끊었다.

"그런데 교수님은 거기에 들지 못하셨군요."

율리아는 여전히 커다란 구덩이 앞에 아슬아슬하게 서 있었다.

"그래, 난 거기에 끼지 못했어. 그들은 내 동생만 선택했지."

"왜죠?"

"왜?"

잠시 포르스터가 흥미진진한 표정을 지었다.

잘했어.

크리스는 생각했다.

좋아, 율리아! 그렇게 계속 말을 시켜. 딴 쪽으로 신경을 돌리라고!

"그 학생들이 왜 교수님의 이름이 새겨진 십자가를 세웠느냐고요."

"일종의 협박이었지. 내가 그들의 비밀을 폭로하지 못하게 하려는 속셈으로."

교수는 순순히 대답했다. 그는 모든 이야기를 다 털어놓고 싶어 안달이 난 것처럼 보였다. 마침내 누군가에게 그 시절 이야기를 모두 할 수 있게 되어 기뻤던 걸까?

"그런데 그 모든 사실을 어떻게 아셨어요?"

그러자 포르스터 교수가 고개를 저으며 말했다.

"그래도 그 아이는 내 동생이었으니까."

그러더니 다시 율리아 앞으로 다가섰다. 하지만 율리아가 한 발 더 빨랐다.

"무엇을, 그들은 산꼭대기에서 뭘 하려고 했던 거죠?"

율리아의 방법이 먹혔다. 포스터는 율리아를 구덩이로 밀어 넣으려다가 또다시 멈췄다.

"그들은 계속해서 무슨 실험에 대해 얘기했었어."

"실험요?"

그는 한동안 침묵했다가 다시 말을 이었다.

"그들은 고스트를 깨달음의 산이라고 불렀었지. 모두 미쳤었어. 비숍 교수는 신은 죽었고 인간은 스스로 자신을 극복해야 한다는 말로 그들을 모두 미치게 만들었던 거야. 그리고 그건 그 깨달음의 산을 넘어야만 가능하다고 했지."

"하지만 전 아직도 잘 모르겠어요. 교수님은 왜 누군가 산 위에서 동생을 살해했을 거라고 생각하시는 거죠? 어차피 그들은 모두 실종되었잖아요."

"그들을 찾으려고 많은 사람들이 나섰지."

포스터 교수는 갑자기 크리스가 있는 방향을 돌아보았다. 순간 크리스는 들켰구나 싶어 아찔했다. 하지만 포스터는 금세 고개를 다시 돌렸다.

"그리고 얼마 전까진 나도 그들 모두 죽은 줄로만 알았어."

그 순간 크리스의 머릿속에서 누군가의 목소리가 들리는 듯했다. 술에 잔뜩 취해 꼬인 혀로 "그들은 모두 그 위에서 죽었어, 크리스. 모두 내 잘못이야"라고 했던 아버지의 목소리가.

"하지만 그건 전부 내 착각이었어! 네 아버지는 살아 있었거든! 그러니까 안됐지만 네 아버지 마크가 저지른 범죄의 대

347

가를 네가 대신 치러야만 해."

크리스는 율리아가 고개를 젓는 걸 보았다.

"대체 교수님이 무슨 얘기를 하시는 건지 모르겠어요. 우리 아버지의 이름은 프로스트에요. 콜린 프로스트. 우리 아버지는 사라진 학생들과는 아무 상관도 없어요. 우리 아버지는 이 학교에 다닌 적이 없거든요. 그러니까 교수님이……."

율리아가 말을 채 끝내기도 전에 포스터가 율리아를 향해 권총을 겨누었다.

"그게 바로 운명의 아이러니라는 거야, 율리아 프로스트!"

목격자

눈이 얼굴에 잔뜩 묻어 있었다. 입, 코, 심지어 귓속까지도. 데비는 숨이 막혀 켁켁거리면서 일어서려고 했다. 아직도 총구가 닿아 있었던 이마가 얼얼했다. 허파가 터질 것 같은 느낌과 동시에 감당할 수 없는 공허함이 밀려들었다.

실망감.

가만히 생각해보니 오래전에 미완성으로 남겨두었던 목록이 떠올랐다.

제233번 목록. 날 가장 실망시킨 사람들.

그 목록은 특히 길었었다.

끝없이 이어졌던 이름들.

좌절되었던 희망들.

실망스러운 느낌들.

한 번도 실제로 본 적이 없는 친아빠.

그녀를 사랑하지, 아니 좋아하지도 않았던 양아버지.

그녀가 처녀성을 바쳤던 위대한 첫사랑 제이크.

그리고 그녀의 상담자로서 그녀의 영혼의 대변인이 되었어야 했지만 오히려 그녀에게 자신의 이성을 통제하지 못한다고 설득하려 했던 그린 박사.

지난해 고등학교 졸업반에서 지리를 가르쳤던 우드 선생님 (데비는 그레이스에서 지낸 반년 동안 꾸준히 그에게 편지를 보냈었지만 단 한 번도 답장을 받지 못했다).

예전 신입생 튜터로 데비의 마음을 설레게 했지만 결국 안젤라 파인더를 죽인 살인자로 밝혀졌던 알렉스.

그리고 피터 포르스터 교수까지.

데비는 그가 좋아하는 작가들이 쓴 책들을 샅샅이 뒤져 '천지창조는 평생 한 번이 아니라 매일 일어난다'라는 마르셀 프루스트의 글을 찾아냈고 그 글을 포르스터 교수에게 문자 메시지로 보냈었다. 게다가 그에게 동급생들이 저지른 잘못들을 고자질했고 그의 강의 시간에 커피를 뽑아주기도 했었다.

지금 와서 가만히 돌이켜보면 그녀의 '제233번 목록'에는 모두 남자들만 있었다. 그건 유전적인 문제였다. 데비네 집안의 여자들은 모두 한 번씩 남자에게 배신을 당했었다. 할머니 마르타 그리고 엄마까지도.

하지만 데비는 그러고 싶지 않았다. 정의를 대변하는 신 또는 더 높은 존재가 있다고 믿지 않는다면 복수에 대한 권리는 인간의 몫이 된다. 따라서 정의로움이라는 개념이 알맹이 없는 빈껍데기가 되지 않도록 할 수 있는 유일한 존재는 그녀 자신이었다.

그녀, 데비. 오직 그녀만이 자신의 운명을 결정할 수 있으며 그건 가만히 생각해보면 그리 나쁜 선택지는 아니었다.

정신은 삶의 막다른 상황을 모른다고 말한 게 마르셀 프루스트였지?

이봐, 데비. 너 왜 눈 위에 그러고 앉아 있어? 숲속에 주저앉아서 저 사람이 네 목숨을 좌지우지하는 걸 가만히 지켜보고만 있을 거야?

그녀는 아까 다른 친구들이 모두 그녀를 두고 나갔을 때 로비에서 본 장면을 떠올렸다. 포르스터 교수.

그녀는 죽은 테드의 시체를 끌고 가던 포르스터 교수를 봤었던 것이다. 그랬다, 그때까지는 무슨 상황인지 전혀 파악 못 한 채 그저 그 사실에 대해 침묵해야 한다는 생각만 했다. 그러지 않으면 자신이 위험해질 거라 믿었기 때문이었다.

하지만 이젠 알 것 같았다. 포르스터의 머릿속에 어떤 생각들이 차 있는지, 그가 어떤 심정이었는지 알 수 있었다. 그 역시 실망했고 속임을 당한 자, 헛된 희망을 품은 자들의 부류에 속하는 사람이었던 것이다. 하지만 어쩌랴, 인생이 원래 그런 것을.

잠시 데비는 자신의 생각에 매료되어 멍하게 있었다. 브랜던 교수라면 그녀의 이런 사유 방식에 틀림없이 A를 줬으리라. '숨마 쿰 라우데(최고 점수—옮긴이주)'라는 평가와 함께.

그녀의 양아버지가 그녀의 인생에 별 도움을 준 건 없지만(참, 아이폰을 사줬지. 하지만 병원장 월급에 비하면 그런 건 푼돈에 불과해.) 그에게서 한 가지 배운 게 있다면 지능에 대한 의무, 즉 지능을 사용하고 사회를 위해 써야만 한다는 것이었다.

데비는 멍청하지 않았다. 물론 그녀는 다른 사람들이 아무도 그녀를 진지하게 대하지 않는다는 걸 잘 알았다. 다른 사람들이 그레이스 학교 내 서버를 통해 그녀에 대해 퍼뜨리는 소문들을 매일 읽고 있었으니까. 하지만 사실은 그녀가 대부분의 소식들을 받고 있었다는 것, 그녀 또한 그 대화 속에 있었다는 건 아무도 알지 못했다!

그래, 난 결코 도살장에 끌려 나온 양 같은 취급을 받을 수 없어.

포르스터 교수는 데비에게 그 더러운 삽을 쥐여주면서 구덩이를 파라고 시켰다. 그러곤 그녀를 눈밭에 내팽개쳤다. 벤저민의 표현을 빌리자면 꼭 젖은 포대 자루처럼. 하지만 데비는 육체적으로 가만히 있을 때 정신적으로 최고의 실력을 발휘할 수 있었다. 그게 바로 그녀가 지닌 비밀이었다.

항상 그린 박사가 말했듯이 그녀는 어떤 병리학 이론에도 들어맞지 않았다. 그녀의 오성은 다른 사람들이 생각하는 것보다 훨씬 더 예리했던 것이다.

데비는 포르스터 교수를 힐끗 쳐다보았다. 하지만 그는 그녀를 전혀 신경 쓰지 않았다. 그는 오로지 온 신경을 율리아에게만 집중하고 있었다. 모두가 데비의 존재를 무시했다. 게다가 과소평가까지 했다.

데비는 천천히 몸을 일으켰다.

눈이 솜처럼 모든 소리를 집어삼켰다. 데비는 자기 옆에 놓여 있던 삽을 집어 들었다. 그런 다음 천천히 포르스터 교수 쪽으로 다가갔다. 그로부터 불과 두세 발자국쯤 떨어진 곳에 이르렀을 때 그가 말했다.

"그게 바로 운명의 아이러니라는 거야, 율리아 프로스트!"

그는 율리아의 정체성에 의문을 가질 만한 이유가 충분하다는 듯이 마지막 두 단어를 특히 힘주어 발음했다. 그런 다음 권총을 들어 올렸다. 바로 그 순간 데비는 삽으로 정확히 그의 뒤통수를 가격하며 그가 끝맺지 못한 말을 마무리했다.

"그래, 맞아. 그게 바로 운명의 아이러니지. 넌 소년을 성폭행하고 그 소년의 아버지는 널 죽이는 거 말이야."

어둠 사이로 울린 둔탁한 소리는 곧이어 들려온 다른 소리에 파묻혀버렸다.

날카로운 비명은 포르스터 교수가 아닌 데비의 뒤쪽 숲에서 나타난 다른 사람의 입에서 튀어나온 것이었다.

고스트에서의 실험

크리스는 포르스터 교수가 쓰러지는 모습을 보고 있었다. 어둠 속의 검은 그림자. 손전등이 공중으로 날아가더니 1미터쯤 떨어진 눈밭 속으로 사라져버렸다. 수백만 개의 얼음 알갱이가 수정처럼 반짝거렸다.

포르스터는 비틀거리며 일어나려고 애썼다. 하지만 데비가 한발 더 빨랐다. 그녀는 다시 한 번 삽을 들어 그를 내리찍었다. 이번에는 삽의 날카로운 모서리가 그의 이마에 명중했다. 크리스는 그 소리를 다시는 듣지 않길 빌었다. 그 소리가 영원히 기억 속에서 사라져버리길.

그는 알고 있었다. 데비를 멈추게 해야 한다는 걸. 그건 얼굴이 온통 피범벅이 된 채 그의 눈앞에 누워 있는 그자가 불쌍해서가 아니라 그자에게 아직 묻고 싶은 말이 남아 있었기 때문이다.

크리스는 데비가 또다시 삽을 들어 올리는 걸 보면서 저런 힘이 어디서 나는지 그리고 그녀를 멈추게 할 방법이 과연 있기나 한지 의문이 들었다.

크리스는 데비의 어깨를 잡아 뒤로 당겼다. 그러자 데비가 깜짝 놀라 삽을 떨어뜨리곤 균형을 잡으려고 비틀거리면서 세 발자국 앞으로 나가다가 그만 쓰러져 있는 포르스터 교수에게 발이 걸려 넘어지고 말았다.

크리스는 육중한 데보라 빌더가 아주 짧은 순간 무거운 몸을 어디로 향해야 할지 몰라 공중에서 버둥거리는 모습을 보았다.

그녀가 날카로운 비명과 함께 앞으로 넘어지면서 구덩이 속으로 사라져버리는 광경은 정말 희극적이었다. 그가 만약 그 순간 데비를 구하러 달려갔더라면 포르스터 교수가 비틀거리면서 다시 몸을 일으키는 걸 알아차리지 못했을 것이다. 사실 그가 삽으로 두 번씩이나 맞고도 다시 일어날 수 있으리라고는 전혀 예상치 못했다. 하지만 그는 다시 일어나선 아무렇지도 않게 마치 땀을 닦듯이 얼굴에 묻은 피를 닦곤 돌처럼 꼼짝 않고 서 있는 율리아 쪽으로 다가갔다.

권총이 어디 있지? 그가 아직 손에 쥐고 있나?

아니야.

적어도 그의 손에는 아무것도 없었다.

크리스는 율리아를 향해 소리쳤다.

"도망쳐! 율리아!"

하지만 그녀는 꼼짝하지 않았다. 오히려 그녀는 포르스터를 더 자극하려는 것처럼 보였다. 둘은 포르스터 교수의 어깨 너머로 시선을 주고받았다. 크리스는 율리아의 눈빛에서 그녀가 말하고자 하는 메시지를 알아차리고는 놀라서 외쳤다.

"율리아, 내가 시키는 대로 해! 제발 한 번만!"

그녀는 천천히 고개를 저었다.

크리스는 등 뒤에서 데비가 우는 소리를 들었다. 그녀는 끙끙대며 신음하고 있었지만 크리스는 포르스터 교수에게서 눈을 뗄 수가 없었다. 그에게 당장이라도 덤벼들고 싶은 마음을 억누르느라 너무나 힘들었다.

하지만 율리아는 포르스터와 이야기하는 동안 끊임없이 눈빛으로 크리스에게 이렇게 말했다.

'난 이렇게 해야만 해. 이 일은 나 혼자 해야 해. 반드시.'

율리아가 물었다.

"교수님도 함께 있었나요?"

목소리는 아주 침착했다. 두려움도 조롱도 분노도 없었다. 오히려 호기심과 좌절감, 그리고 희미한 희망이 느껴졌다.

그런데 무엇에 대한 희망이지?

"아니, 난 거기 없었어."

"그럼 고스트 위에서 무슨 일이 일어났었는지 어떻게 아시죠?"

"그건 믿을 만한 정보통으로부터 들은 거야."

"언제쯤이요?"

"무슨 말인가?"

"그 사실을 언제부터 아셨느냐고요."

"일주일쯤 됐어."

한동안 둘 사이엔 정적이 흘렀다.

어디선가 돌풍이 불어와 크리스의 눈에 눈발을 뿌렸다. 뒤쪽에선 여전히 데비의 소리가 들렸다. 끙끙대고 작게 징징거리는 소리. 흙 떨어지는 소리.

율리아가 다시 말을 이었다.

"그동안 수십 년의 세월이 흘렀는데 교수님은 왜 이제 와서 갑자기 진실을 알게 되었다고 믿으시는 건가요?"

"내가 그 당시 일어났던 일을 잊어버릴 수 있을 거라 생각하나? 난 내 동생을 사랑했었어. 그들도 모두 알고 있었을 거야."

포르스터 교수가 율리아 쪽으로 한 걸음 더 다가서자 크리스가 얼른 그의 어깨를 잡아 뒤로 당겼다.

"그를 가만둬, 크리스."

율리아가 소리쳤지만 크리스는 고개를 저었다.

"이제 됐어. 그만해!"

"아니, 그냥 얘기하게 둬!"

그녀는 눈을 가늘게 떴다. 그 모습은 수학 문제를 풀 때 로버트의 모습과 너무나 비슷했다. 그녀는 자신이 어떤 일을 하고 있는지 잘 알고 있는 듯했다.

포르스터 교수가 말했다.

"비숍 군, 방금 자네 애인이 하는 말을 들었지? 날 놔주지 않으면 더는 아무 말도 안 하겠네."

크리스는 잠시 망설였지만 결국 손가락의 힘을 풀 수밖에 없었다. 대신 그는 눈으로 연신 바닥 어딘가 떨어져 있을 권총을 찾았다.

"우린 모두 같은 학년이었어. 나와 자네의 아버지 그리고 저 돌 위에 새겨진 다른 학생들도 모두. 때는 졸업을 앞둔 해 여름이었지."

포르스터 교수가 손을 들어 흐르는 피를 닦았다.

그 뒤에 서 있던 크리스는 교수의 얼굴을 볼 수 없었지만 이마에 난 상처에서 피가 많이 흐르고 있는 게 틀림없었다. 포르스터는 비틀거리지 않으려고 애를 쓰고 있는 듯했다.

"그래서요?"

"그들 모두 전공으로 철학을 선택했었다네."

"교수님의 동생은……."

"나보다 두 학년 아래였어. 그런데도 비숍 교수는 그를 받아들였지. 폴은…… 늘 모든 이의 관심의 대상이였거든. 뭐든 일단 시작했다 하면 완벽하게 해내는 대단한 아이였어."

크리스는 포르스터가 갑자기 달라지는 걸 느꼈다. 그라는 사람이 얼마나 다양한 모습을 갖고 있는지에 대해 속으로 감탄을 했다. 그가 알던 포르스터는 그저 고루한 불문학 교수였다. 무덤덤하고 무채색 같은. 그를 좋아하지 않는 학생들은 마르셀 프루스트를 동경하는 그를 항상 놀려대곤 했다. 다른 학생들은 그를 그냥 무시했다.

하지만 포르스터 교수가 보안 요원을 죽인 방식은 그의 다른 면모를 보여주었다. 피도 눈물도 없고 냉정하며 차가운. 하지만 그 두 모습은 어쩌면 일맥상통하는지도 몰랐다.

크리스는 그런 생각을 하느라 한눈을 팔고 말았다. 하지만 다행히 그의 움직임을 바로 눈치채고 소리쳤다.

"거기 서요!"

크리스가 앞으로 가려 했지만 그보다 한발 먼저 율리아가 오른쪽으로 몸을 피했다. 그 바람에 포르스터 교수는 균형을 잃고 허우적대다가 겨우 추모비를 잡고 섰다.

그런데 그가 갑자기 몸을 숙이더니 데비가 떨어뜨린 삽을 집어 들었다. 그리고 율리아의 머리 위로 들어 올렸다.

"가까이 오지 말게, 비숍 군!"

살짝만 움직여도 삽의 날카로운 모서리가 율리아의 머리를 찍을 것 같았다.

크리스는 잠시 한눈을 팔았던 자신을 질책했다.

그리고 율리아도 원망스러웠다.

얘기를 끝까지 듣겠다고 고집을 피우더니 결국엔!

"교수님은 그 클럽에 끼지 못하셨는데 교수님의 동생은 요?"

율리아는 마치 불문학 수업에서 개최하는 여름 축제에서 칵테일을 권하듯이 느긋하고 침착하게 물었다.

"그들은 솔로몬 클럽이라고 이름을 지었지. 소위 그레이스의 정신적인 엘리트 집단이랄까."

크리스는 눈을 가늘게 떴다. 포르스터의 팔이 눈에 띄게 떨리고 있었다.

바로 지금이야!

그런데 포르스터도 의도하고 있던 걸 실행할 때가 됐다고 생각한 모양이었다. 크리스가 그를 향해 덤벼드는 순간 그 역시 율리아의 머리를 향해 삽을 휘둘렀다.

정말 아슬아슬했다. 크리스는 삽이 날아가는 방향으로 몸을 던지면서 팔을 뻗어 삽을 멀리 쳐냈다. 그런데 그만 삽의 날카로운 모서리에 손등을 찍히고 말았다. 검지와 중지 사이가 찢어지는 것처럼 아팠다.

통증이 온몸으로 퍼졌고 크리스는 쓰러졌다. 그런데 눈 속에서 뭔가 딱딱한 게 느껴졌다. 드디어 권총을 발견했던 것이다!

크리스는 다시 일어나 포르스터 교수가 정신을 차리기 전에 그의 몸을 깔고 앉아 이마에 총을 겨누었다. 바닥에 깔린 교수는 신음했고 양손으로 땅바닥의 눈을 꽉 거머쥔 채 왼쪽

다리를 움찔거렸다. 그런데 말도 안 되지만 크리스는 이상하게도 자기 아버지가 떠올랐다. 하얀 새틴 천 위에 누워 있던 아버지의 모습이.

포르스터가 이대로 죽으면 어쩌지? 내 눈앞에서?

"일어나요, 포르스터!"

아무 반응이 없었다.

크리스는 몸을 숙여 왼손으로 눈을 한 움큼 쥐어서 포르스터 교수의 얼굴에 비볐다.

"일어나라고!"

그러자 포르스터는 눈꺼풀을 파르르 떨더니 진짜 눈을 떴다. 크리스는 그가 아직 의식이 남아 있는지 알 수가 없었다. 하지만 한 가지는 분명했다. 물어볼 게 있다면 바로 그 순간이 절호의 기회였다.

"대체 그 일과 우리 아버지가 무슨 상관이 있다는 거죠?"

교수는 고개를 저었다.

"난 더 이상……."

"아니, 할 수 있어요. 얘기해야만 해!"

크리스는 또다시 왼손으로 눈을 집어 그의 얼굴에 뿌렸다.

포르스터가 콜록콜록 기침을 했다.

"어서 말하라고!"

크리스는 권총을 꽉 거머쥐었다.

"그들은 날마다…… 고스트에…… 올라가려는 계획을 세

웠어……. 무슨 실험 운운하면서."

"실험? 그 일에 우리 아버지도 연관되어 있었다는 건가요?"

"모든 게 그의 아이디어였거든."

"아버지의 아이디어였다고요?"

교수는 또다시 신음했고 멀리서 율리아가 소리쳤다.

"크리스! 그만 됐어! 교수님을 놔줘!"

그 주변이 어두워서 포르스터 교수의 표정을 거의 알아볼 수 없었지만 눈을 감고 있는 것 같았다. 그리고……

"손전등을 집어, 율리아!"

그녀는 꼼짝하지 않았다.

"손전등 말이야! 이 사람이 날 볼 수 있게. 내 눈을 똑바로 쳐다볼 수 있게 비춰!"

율리아는 잠시 망설이더니 결국 그가 시키는 대로 했다. 그녀는 손전등을 들어 포르스터 교수의 얼굴을 비췄다.

포르스터는 따가운 불빛을 피하기 위해 팔을 들려고 했지만 크리스는 봐주지 않았다. 오른손이 참을 수 없을 만큼 아팠지만 포르스터의 이마에 겨눈 권총은 그대로 유지했다.

"어떤 아이디어였죠?"

"궁금하면 직접 물어보지 그러나."

"돌아가셨어요."

포르스터 교수는 여전히 악의에 찬 웃음을 흘릴 힘은 남은 모양이었다.

"천재들은 일찍 죽는 법이라는 말도 꼭 맞는 건 아닌 것 같군. 제명대로 다 살다가 죽는 천재들도 있는 걸 보면. 안 그런가?"

크리스는 바닥에 누워 있는 남자를 당장이라도 때려죽이고 싶었지만 간신히 참았다. 아직 듣지 못한 답이 남아 있었기 때문이다.

"계속해!"

그러자 포르스터가 신음하며 본론을 꺼냈다.

"실험의 주제는 '감지'였어. 서로서로를 지켜봐야 했지. 다른 사람들이 뭘 하는지, 무슨 말을 하는지 모두 기록하기로 했어. 그들의 태도, 몸짓, 표정 하나까지 모두 세세하게. 아주 사소한 것까지도. 밤낮 할 것 없이, 무슨 말인지 알겠나? 그들은 산꼭대기에 풀어놓은 실험 쥐나 다를 바 없었던 거야. 아니! 실험 쥐 그 이상이었지. 그들은 학자이자 동시에 쥐였다네. 하지만 그들은 각자 자신이 학자고 나머지 사람들이 쥐라고 믿었을 거야."

포르스터는 코웃음을 치려 했지만 대신 기침이 나왔다.

"왜? 무슨 목적으로 그런 짓을 했던 건가요?"

"주제가 감지였다고 말했지 않나! 네 그 빌어먹을 아버지는 사람들이 모두 세상을 다르게 본다는 걸 증명하려고 했어. 그 이유는 학자로서의 호기심 때문이 아니었다네. 그는 책 계약서에 사인을 했던 거야. 전공 세계에서의 명성만으론 만족하지 못했던 거라고."

"그렇지만 그들은 모두 자발적으로 간 것 아닌가요?"

크리스가 소리쳤다.

"누가 강요해서가 아니라 각자가 원했던 거잖아요!"

포르스터 교수는 몸을 일으키려고 했지만 크리스가 그를 다시 바닥에 눕혔다.

"계속 말해요! 그다음엔 어떻게 됐죠?"

율리아가 다시 소리쳤다.

"크리스! 그만해!"

"무슨 일이 일어났냐고요!"

포르스터 교수의 목소리는 너무 작아서 속삭임에 가까웠다.

"그들은 돌아오지 않았다네, 한 사람도."

"그럼 마크 드 빈센츠가 당신의 동생을 살해했다는 건 어떻게 알았죠?"

교수는 말없이 고개만 저었다.

"그 보안 요원이 그러던가요? 당신한테 그 사실을 말한 게 테드 베이커였어요?"

그가 또다시 고개를 저었다.

"그럼 그는 왜 죽었죠? 베이커를 왜 죽였어요?"

크리스는 그의 대답을 거의 알아들을 수가 없었다.

"뭐라고? 더 크게 말해요!"

"……날 봤기 때문이지……. 봐선 안 될 순간에…… 봐선 안 될 곳에서……."

크리스는 놀라서 옆 사람에게 들릴 정도로 크게 숨을 집어삼켰다.

그게 한 사람이 죽어야 할 만큼 대단한 이유라도 된다는 거야? 하필 결정적인 시각에 결정적인 곳에 있었다는 이유만으로?

믿을 수가 없었다. 아니, 믿고 싶지 않았다. 그는 미칠 만큼 화가 났다.

"그 사실을 누가 당신한테 말한 거야."

포르스터 교수는 움직이지 않았다. 의식을 잃고 있었던 것이다.

어디선가 데비가 울먹이는 소리로 물었다.

"그 사람, 죽었어? 난 차라리 그가 죽었으면 좋겠어. 죽었으면 좋겠다고!"

"데비, 징징거리지 마. 그만 좀 해!"

크리스의 질책에도 데비의 훌쩍임은 멈추지 않았다.

그런데 그 순간 숲에서 사람 목소리가 들려왔다.

크리스는 포르스터 교수를 놓고 일어났다. 그러곤 율리아 쪽으로 걸어가 그녀를 품에 안았다. 머릿속에서 오만 가지 생각들이 소용돌이쳤고 의식은 현실과 꿈 사이의 좁은 통로를 오락가락했다.

내가 여기에 왜 왔을까?

계곡은 그냥 단순히 어떤 곳이 아니었다. 아니, 계곡은 바로 그 어떤 곳이었다. 지도 상의 한 점. 다만 문제는 사람들이 그 곳에서 빠져나오지 못한다는 것이다. 그들은 그곳을 그냥 과거로 남겨두지 못하고 말았다. 이 계곡과 연관되어 있는 기억들, 그들의 의식 속에 녹슨 못으로 쾅쾅 박아둔 기억을 잊을 수 없었기 때문이었다.

누군가 그의 이름을 불렀다. 그리고 뒤이어 율리아의 이름도 들렸다.

"나는?"

구덩이 속에서 데비가 소리쳤다.

"왜 아무도 내 이름은 안 부르는 거야!"

열네 개의 눈동자

산속의 눈은 여전히 남아 있었지만 눈보라가 일으킨 피해들은 복구되었다.

포르스터 교수가 죽었다는 소식은 11월 11일로부터 열흘하고도 하루가 더 지난 날 점심시간에 그레이스 대학교 구내식당을 중심으로 빠르게 퍼졌다.

포르스터가 죽었다.

피터 포르스터 교수, 불문학과 학과장이자 파리 1대학의 명예 박사이며 프랑스 문학상 수상자인 그는 밴쿠버 구치소에서 수감 중 목을 매 자살했다. 그가 남긴 유서의 내용은 단 한 줄의 문장이 전부였다.

'내 동생의 사체를 찾아주시오.'

그 소식은 대학의 상황이 서서히 안정되어가고 더는 경찰들의 탐문 조사에 시달리지 않아도 된다는 사실에 모두들 기뻐할 때쯤 들려왔다. 그래도 그 사건은 그다지 큰 동요를 불러일으키지 못했다. 학장이 놀라운 능력으로 언론의 접근을 막아낸 덕분에 어떤 보도에도 그들의 이름이나 학교 이름이 거론되지 않았던 것이다.

크리스 역시 그 사실에 대해 전혀 놀라워하지 않았고 오히려 포르스터 교수가 11일씩이나 버틴 후에 자살했다는 것에 더 놀랄 따름이었다. 크리스가 이제 자기 접시에 놓인 스테이크를 썰기 어려워진 것도 모두 그 때문이었다.

율리아가 물었다.

"내가 도와줄까?"

그는 고개를 젓곤 웃어 보이려고 했지만 왠지 부자연스러웠다. 그는 오른손에 감아놓은 붕대 때문에 스트레스가 극도에 달해 있었다. 삽이 검지와 중지 사이를 정확히 관통하는 바람에 수술이 불가피했고 이틀을 병원에서 지낸 뒤에도 6주 동안 손가락을 쓰는 게 불편할 거라 했다.

그렇게 된 것만으로도 포르스터 교수가 죽길 바라는 이유로 충분했다. 하지만 더 솔직히 말하면, 그 소식을 들었을 때 크리스는 마음이 홀가분해지지는 않았다. 데비에게 시달릴 필요가 없어졌다는 사실엔 마음이 조금 후련했지만.

데보라 빌더는 경찰에서 목격자 진술을 마친 다음 찾아온 양아버지에게 이끌려 병원에 입원했다. 크리스는 사실 데비가 처음부터 포르스터 교수에 대해 알고 있었다는 걸 나중에서야 알았다. 데비가 얼마나 위험한 인물이었는지도. 진술에 따르면 데비는 본관 앞에 서 있었을 때 포르스터 교수가 로비에서 테드의 시신을 엘리베이터 쪽으로 끌고 가는 모습을 본 건 사실이었다. 그런데도 그에 대해 한 마디도 하지 않았다니! 데비는 율리아에게 사고가 일어날 걸 알았으면서도 아무 대책도 세우지 않았던 것이었다.

크리스는 한동안 데비가 학교에 돌아오지 않을 거라는 사실에 너무너무 기뻤다. 다시 데비를 보게 되었을 때 자신이 어떤 짓을 할지 장담할 수 없었기 때문이었다. 다른 한편으로 데비가 병원에 계속 입원해 있을 거라는 건 소문에 불과했다. 어쨌거나 크리스는 벤저민의 말이 제발 맞기를 기도했다.

"소문은 90퍼센트가 사실에 근거하고 거짓은 10퍼센트에 불과해. 그러니까 난 데비가 올해 안에는 나타나지 않을 거라는 데 걸겠어."

그 말을 들은 로즈가 말했다.

"사람 가지고 내기하면 못써!"

그러곤 크리스에게 이렇게 말했다.

"크리스, 네가 자기한테 고맙다는 말조차 안 했다고 데비가 투덜거리더라."

"내가 뭘 고마워해야 하는데?"

"율리아랑 네 목숨을 구해준 것."

그러자 벤저민이 놀라워하며 말했다.

"난 데비가 모두와 아예 연락을 끊은 줄 알았는데."

"걱정이 돼서 내가 데비네 할머니께 전화를 걸었었거든."

"로즈, 넌 아무래도 인간이 아니라 천사인 것 같아."

그러자 로즈가 웃으며 말했다.

"그러는 너는 악마지?"

"카티, 저 위 크레바스 안에 있는 시신은 내년 봄이나 돼야 끌고 내려올 수 있다는 거, 사실이야?"

"그걸 왜 나한테 물어?"

카티는 크리스를 쳐다보지도 않고 오렌지 껍질을 까는 데 열중하고 있었다. 경찰은 거의 일주일 내내 폴 포르스터의 시신 건으로 카티를 괴롭혔다. 포르스터 교수가 경찰들에게 모든 사실을 말해버린 탓이었다.

"그야 네가 경찰들과 수십 번도 넘게 이야기를 했으니까 그렇지."

"나보다 경찰들이 더 말을 많이 했어."

크리스는 카티의 말이 과장이 아닐 거라고 생각했다.

"벤저민, 그거 알아? 저 크레바스에 누워 있는 시신은 변하지 않아. 나한테 아무리 꼬치꼬치 캐물어봤자 난 내가 본 것 외엔 해줄 말이 없어. 그런데 그것마저 많질 않아서."

"그때 본 걸 얘기해줘. 그 이야기는 아무리 들어도 질리지

370

않아."

그러자 데이비드가 날카롭게 반응했다.

"벤, 너 점점 더 데비랑 닮아간다는 거 알아? 혹시 앞으로는 데비의 역할을 네가 대신할 계획이야?"

테이블 전체가 웃음으로 들썩거렸지만 벤저민은 전혀 동요하지 않았다.

"그건 그렇고⋯⋯."

카티가 등받이에 등을 편히 기대더니 말을 이었다.

"포르스터 교수의 강의는 휴강됐다고 나한테 전화라도 좀 해주지 그랬어. 그랬으면 괜히 세미나 준비를 하느라 고생하지 않아도 됐잖아."

율리아가 말했다.

"그런 건 생각할 겨를도 없었어."

"설마 그 실험 어쩌고 하는 말을 사실이라 믿는 건 아니겠지? 포르스터 교수는 항상 허풍쟁이였어. 프루스트에 대한 강의를 생각해봐. 그 매머드급 책이 통틀어 몇 페이지나 되는 줄 아니?"

로버트가 책에서 눈을 떼지 않고 대답했다.

"5,283페이지야."

"어쩐지. 그가 맛이 간 것도 무리가 아니네."

카티가 흡족한 듯이 고개를 끄덕이곤 후식으로 선택한 요거트 병을 집어 들었다.

"좋아, 포르스터 교수 일은 그렇다 치고. 브랜던 교수는 어떻게 된 거야? 난 아직도 브랜던 교수가 이번 일에 무슨 관계가 있는지 잘 모르겠어."

크리스가 대답했다.

"좋은 질문이야. 내 생각엔 우리도 그걸 금방 알아내기는 어려울 거라고 봐."

"난 이케가 차에서 뛰어내렸다는 그의 말을 믿어. 이케는 절대로 평범한 개가 아니야."

로버트의 말에 벤저민이 그를 빤히 쳐다보며 비웃는 투로 물었다.

"그럼 뭔데? 뱀파이어 개라도 된다는 거야?"

로버트는 벤저민의 말을 무시하기로 결정했다.

그때 크리스가 굽잇길에서 사고가 나기 전에 보았던 번뜩이는 눈을 떠올리곤 이렇게 말했다.

"어쩌면 로버트의 말이 사실일지도 모르겠어. 나도 이제는 테드 베이커의 시신이 있는 곳으로 우릴 인도한 게 이케라고 확신하거든."

이케는 여전히 동물 병원에 있었지만 위험한 고비는 넘겼다고 했다.

"브랜던 교수의 방갈로에 있던 비디오테이프들은 뭐야?"

로버트의 물음에 크리스가 어깨를 으쓱했다.

"내 생각에 브랜던 교수는 이 일과 아무 상관이 없는 것 같

아. 물론 그도 그 당시 솔로몬 대학에 다녔었지. 하지만 그 역시 벤처럼 단순히 카메라 광이 아니었을까?"

벤저민이 크리스 쪽으로 상체를 기울였다.

"사실은 그거 안 믿잖아. 모두 다해서 롤이 여덟 개가 넘었어. 어쩌면 1970년대 대학 생활에 대한 멋진 자료가 될지도 몰라. 그런데 그게 전부 경찰 손에 넘어갔으니 다시 돌려받으려면 수년은 걸리겠지."

그는 다시 자리에 앉았다.

"제길. 그 정도 자료면 꽤 긴 시리즈물도 얼마든지 만들 수 있는데."

크리스가 비아냥거리듯이 말했다.

"왜? 넌 답을 아니까?"

하지만 벤저민은 고개를 절레절레 흔들었다.

"아니. 난 천재니까. 그리고 내게 진실 따윈 중요하지 않아. 내가 늘 좋은 소재를 찾고 있는 거, 너희도 알잖아."

로즈가 물었다.

"그런데 포스터 부인은 어떻게 된 거래? 다들 인정하다시피 난 선량한 사람이지만 앞으로도 영원히 그녀가 미술 수업을 하는 일만은 없었으면 좋겠거든."

"몸은 회복되고 있는 것 같아. 하지만 정신적으로도 완전히 회복될 수 있을까?"

***

잠시 침묵이 흘렀다. 크리스는 애너벨 포르스터에 대한 소문을 떠올렸다. 그녀는 차 사고의 주목격자였고 데비의 진술 역시 그녀의 진술에 힘을 실어주었다고 했다.

포르스터 부인의 말에 따르면 그녀의 남편은 그날 아침 유난히 이상하게 행동했다고 한다. 그는 차에 짐을 잔뜩 실어놓곤 출발하는 대신 방갈로 뒤편에 주차시킨 후 아내가 그 이유를 묻자 급히 끝내야 할 일이 있다고 했다는 것이다. 그리고 다시 나타나지 않았다고 한다. 그녀는 한 시간 넘게 방갈로에서 남편을 기다리고 또 기다렸다. 그러다가 결국엔 후문을 통해 본관으로 들어갔고 거기서 남편과 마주쳤다.

벤저민이 말했다.

"포르스터 부인은 자기 남편이 온통 피투성이였다고 말했대. 마침 증거를 없애고 있던 중이었다고."

크리스는 엘리베이터 안의 얼룩과 자기 손에 묻었던 피를 떠올리곤 속으로 진저리를 쳤다.

율리아가 고개를 저으며 말했다.

"상상을 해봐. 거기서 자기 남편을 보곤 뭔가 끔찍한 일이 일어났다는 걸 알아차렸을 거 아냐. 그래서 보안 요원을 부르는 대신 그냥 달아난 거지."

로즈가 덧붙였다.

"아마 그럴 수밖에 없었을 거야. 포르스터 교수가 아내를 총으로 협박했었대. 차까지 갈 수 있었던 것만으로도 감사할 일이지. 세상에, 얼마나 놀랐겠어. 그러니 차를 나무에 들이받았지. 게다가 날씨까지 그 지경이었으니. 하마터면 죽을 뻔했어. 반면 그 시간 동안 우리는 본관 건물 반대편에 서서 어떻게 하면 그 건물 안으로 들어갈 수 있을지 고민하고 있었으니……정말 으스스하지 않니?"

벤저민이 고개를 끄덕였다.

"난 수영장 지붕에 기어 올라가면서 차 시동 거는 소리까지 들었었어. 그런데도 그게 태풍 소리인 줄 알았던 거지."

크리스 역시 고개를 끄덕였다. 그도 그 소리를 들은 기억이 났다. 하지만 전혀 다른 소리인 줄 알았던 것이다.

벤저민이 계속 말을 이었다.

"그리고 그 수영장 안에 있던 남자 말이야, 그 남자도 스티브 메이슨이 아니라 포르스터 교수였어. 세상에! 넌 제대로 알아볼 만도 했잖아, 크리스."

"안쪽이 너무 어두웠어. 게다가 너도 알겠지만 그때 눈이 내렸잖아. 그래서 미끄러지지 않으려고 온통 신경이 딴 데 가 있었어."

하지만 크리스는 모든 게 그렇게 간단하지만은 않다는 걸 알고 있었다. 그는 편견에 사로잡혀 있었던 것이다. 게다가 스티브에 대한 분노까지.

"어쨌거나 이제 자동차 브레이크를 일부러 고장 냈었다는 건 증명됐지? 포르스터 교수는 율리아가 학교로 되돌아오도록 하려던 거였어."

크리스는 포르스터 교수가 다른 사람들의 희생까지 감수하려 했다는 생각을 하면 아직도 소름이 돋았다.

그 대목에서 잠자코 입을 다물고 있을 벤저민이 아니었다.

"그건 네가 그레이스에서 제일 형편없는 운전자라는 평판을 지우기 위한 뜬소문에 불과해."

다른 이들이 모두 그를 보며 큰 소리로 웃었다. 그 순간 크리스는 생각했다.

열네 개의 눈동자가 널 보고 있어. 네 뒤를 쫓고 너의 일거수일투족을 지켜보고 있어. 그들은 네가 하는 행동 하나하나, 네가 하는 말, 네 몸짓, 네 표정까지 모두 기록해. 넌 그 사실에 미칠 것 같으면서도 달아날 수 없다는 걸 잘 알지. 왜냐하면 넌 고스트 꼭대기에 있고 다른 사람들 없이는 혼자 살아남을 수 없으니까.

에필로그

그들은 길을 나섰다. 날이 엽서 속 풍경처럼 맑고 환했다. 하늘은 겨울치곤 보기 드물게 푸르렀고 미러 호는 마치 우주 속 지구를 담고 있는 듯했다. 공기는 차고 건조했으며 햇살이 너무 밝아서 눈 덮인 온 세상이 눈부셨다.

크리스는 이런 날들이 익숙했다.

예전에 크리스는 이럴 때 스노보드를 타고 가파른 언덕을 내달리곤 했었다. 위험할 수도 있다는 생각 따윈 전혀 하지 않았다. 그는 속도감에 취했고 마치 영웅이 된 듯 우쭐했었다. 하지만 크리스마스를 앞둔 이 겨울날처럼 자연이 이렇게 아름답게 보인 적인 처음이었다.

율리아는 추모비에 다시 갈 수 있게 되기까지 꼬박 한 달이 걸렸다. 크리스와 데이비드는 그곳에 갔다가 누군가가 구덩이를 메우고 십자가를 제거한 사실을 알았다. 이제 그곳에 남아 있는 건 잘려 나간 나무들과 횅한 공터뿐이었다. 그리고 둥근 공터 한가운데에는 이름이 새겨져 있는 비석 하나만 솟아 있었다.

내일이면 그들은 크리스의 집으로 떠날 것이었다. 그곳에서 함께 크리스마스를 보내기로 했기 때문이었다. 율리아가 추모비가 있는 곳까지 동행해달라고 부탁했을 때 크리스는 마침내 진실의 순간이 왔음을 예감하고 긴장감에 떨렸다.

11월 11일.

영령 기념일. 고인들의 영혼을 기리는 날.

크리스는 주위를 두리번거리다가 율리아와 자신이 눈 위로 남겨놓은 발자국을 보았다.

아버지는 항상 추억이란 우리가 살아가면서 남겨둔 발자국과 같다고 했었다. 그 발자국들이 없다면 되돌아보았을 때 눈에 들어오는 건 아무도 밟지 않은 눈밭이나 다른 사람의 발자국뿐일 것이다.

그는 11월 11일의 일들을 잊으려고 몸부림쳐봤지만 소용없었다. 그날은 그의 기억 속에 영원히 각인되고 말았다. 그의 아버지가 세상을 떠난 날, 그리고 율리아가 죽을 뻔했던 날로.

율리아는 공터에 도착하기까지 한 마디도 하지 않았고 크리스 역시 강요하지 않았다.

두 사람은 오랫동안 비석을 바라보고만 서 있었다. 크리스는 비석에 새겨진 이름들을 몇 번이고 반복해서 읽었고 그때마다 '마크 드 빈센츠'라는 이름이 걸렸다. 그는 율리아에게 물어보기 두려웠지만 물어봐야만 한다는 걸 알았다. 그녀가 진실을 말했다는 것에 대해 의심하는 이는 아무도 없었다. 그녀와 로버트는 '마크 드 빈센츠'라는 이름을 들어본 적이 없다고 주장했던 것이다.

그는 율리아의 호흡이 가빠지는 걸 느끼곤 그녀를 품에 안았다. 그리고 그녀의 체취를 맡으며 머리카락에 얼굴을 파묻었다.

그가 중얼거리듯이 말했다.

"널 잃어버렸다면 난 견딜 수 없었을 거야. 난 내가 한 발 늦은 줄 알고……."

"그래서?"

"그를 죽이려고 했어. 단숨에."

그러자 율리아가 침착하게 말했다.

"하지만 넌 누군가를 죽이지 않았잖아. 오히려 그 반대야. 넌 날 구했어. 중요한 건 그것뿐이야."

하지만 그는 고개를 저었다.

"율리아, 가끔 난 내 자신이 두려워."

두 사람은 바싹 붙어 있었지만 뭔가가 두 사람을 갈라놓고 있는 듯했다. 진실 사이에 놓인 좁은 협곡이.

그녀가 마침내 말을 하기 시작했을 때 목소리는 깊이 가라앉아 있었다.

"있잖아, 그 사람이 한 말이 맞아. 내 이름은 라우라 드 빈센츠야. 마크 드 빈센츠는 우리 아빠 이름이고."

크리스는 잠시 숨이 막혔다. 물론 그도 짐작하고 있었다. 그래, 짐작만 했을 뿐이다. 그녀의 입을 통해 직접 듣는 건 전혀 다른 느낌이었다.

진실.

그건 추측하고 막연히 생각했던 것보다 훨씬 더 혹독했다.

그리고 끔찍한 의미를 주었다.

크리스는 심장이 터질 듯이 뛰고 있다는 사실조차 의식하지 못했다. 그러다가 율리아가 "갑자기 왜 그래?"라고 묻자 그제야 자신이 숨을 가쁘게 몰아쉬고 있었다는 걸 알았다.

햇빛 속에서 그녀의 눈은 그들을 둘러싸고 있는 가문비나무의 수관을 담고 있기라도 한 듯이 짙은 녹색을 띠었다.

"아무것도 아니야."

그녀가 그의 손을 잡아 자신의 뺨에 얹었다.

"크리스, 약속 하나만 해줄 수 있어?"

그는 침을 삼키곤 고개를 끄덕였다. 그녀가 얼마나 말을 하기 힘들어하는지 느낄 수 있었다.

"그 일에 대해 묻지 말아줘."

"하, 하지만……."

율리아는 그의 입술에 손을 얹으며 고개를 저었다. 그러곤 조용히 말했다.

"제발 묻지 마."

그녀의 목소리에는 무조건적인 신뢰를 요구하는 것처럼 들리는 어떤 게 배어 있었다. 무조건적인 사랑 같은 것.

그녀의 입가에 눈에 띌락 말락 한 희미한 웃음이 떠올랐다.

"누군가가 포르스터 교수에게 우리 아빠가 저 산봉우리 위에서 그의 동생을 죽였다고 말했던 거야. 그 사람은 포르스터가 신뢰하는 사람이었겠지. 그 사람은……."

그녀는 말을 하다 말고 망설였다.

그러자 크리스가 그녀가 하고자 했던 말을 이었다.

"그때 고스트에 함께 있었던 사람……."

한동안 침묵이 흘렀다.

그녀는 그의 어깨에 머리를 기댔다. 영원히 그대로 있고 싶었다. 그녀의 머리 향기, 체취. 그들은 이미 숱한 밤을 함께 보냈었지만 지금처럼, 파란 하늘과 빛나는 햇살 아래 공터에서의 이 순간처럼 서로를 가깝게 느낀 적은 없었다. 심지어 울면서 쓰러지는 율리아를 그저 안고 있을 수밖에 없었던 그 끔찍했던 11월 11일 밤에도.

"크리스."

그는 바들바들 떨고 있는 율리아를 더 세게 껴안았다.

"그게 무슨 뜻인지 알아? 그때 살아남은 건 우리 아빠 혼자가 아니었다는 거야. 어딘가 진실을 아는 사람이 더 있을 거야. 우리 아빠가 고스트 산꼭대기에서 폴 포르스터를 죽였을리 없어."

'그럼 누가 그랬을까?'라고 묻고 싶었지만 크리스는 잠자코있었다. 대신 그녀의 두려움과 의구심을 온전히 느끼며 자신이 그녀의 짐을 대신할 수 있기를 진심으로 기도했다. 그러나불가능한 일이었기에 그녀를 꼭 안아줄 수밖에 없었다.

그리고…… 그는 말해야만 했다.

그것이 비록 망각이란 없다는 걸 의미할지라도 그녀에게 말해야만 했다. 그들 뒤에 남겨진 발자국이 그들의 것만이 아니라는 걸, 그들의 아버지들의 것이라는 걸. 그들은 아버지들의발자국을 따라 이곳 계곡까지 올라왔고 그 발자국은 아직 끝나지 않았다는 걸.

그가 말하기 시작했다.

"1년 전쯤이었어. 어느 날 우리 아버지 앞으로 우편물이 도착했지. 발신자는 마크 드 빈센츠였어."

고인 명단

안젤라 파인더
마크 드 빈센츠
폴 포르스터
나누크 크리
테드 베이커
존 비숍
피터 포르스터

옮긴이 강혜경

1970년에 태어나 연세대학교 독어독문학과를 졸업하고, 독일 프라이부르크 대학에서 독어독
문학 석사 과정, 연세대학교에서 박사 과정을 수료했다. 현재 프리랜서 번역가로 활동 중이다.
옮긴 책으로는 아스트리드 린드그렌의『바다 건너 히치하이크』『아름다운 나의 사람들』『베네
치아의 연인』, 페트라 함메스파의『위증』, 산도르 마라이의『이혼 전야』, 율리아 프랑크의『친구
와 연인』, 울리히 룰레의『음악에 미쳐서』, 롤란트 크나우어 등 저『내일 아침 99℃』등이 있다.

THE VALLEY 3 : 벗어날 수 없는 계곡

초판 1쇄 인쇄 2017년 6월 22일
초판 1쇄 발행 2017년 6월 28일

지은이 크리스티나 쿤
옮긴이 강혜경
펴낸이 김선식

경영총괄 김은영
책임편집 윤세미　　**디자인** 심아경　　**책임마케터** 최혜진
콘텐츠개발3팀장 이상혁　　**콘텐츠개발3팀** 이은, 윤세미, 김수나, 심아경
마케팅본부 이주화, 정명찬, 최혜령, 최혜진, 최하나, 김선욱, 이승민, 이수인, 김은지
전략기획팀 김상윤
경영관리팀 허대우, 권송이, 윤이경, 임해랑, 김재경
외부스태프 이진솔 (표지 일러스트)

펴낸곳 다산북스　　**출판등록** 2005년 12월 23일 제313-2005-00277호
주소 경기도 파주시 회동길 357 3층
전화 070-7606-7446(기획편집) 02-6217-1726(마케팅) 02-704-1724(경영관리)
팩스 02-322-5717　　**이메일** dasanbooks@dasanbooks.com
홈페이지 www.dasanbooks.com　　**블로그** blog.naver.com/dasan_books
종이 한솔피엔에스　　**출력·인쇄** 민언프린텍　　**제본** 에스엘바인텍　　**후가공** 평창 P&G
ISBN 979-11-306-1316-1 (04850)
　　　979-11-306-1313-0 (세트)